BASTEI LÜBBE

DIANA PALMER

Nächte voller Sehnsucht

Roman

Ins Deutsche übertragen
von Susanne Kregeloh

BASTEI LÜBBE

BASTEI LÜBBE TASCHENBUCH
Band 18 249

Erste Auflage: März 2000

Originaltitel: Midnight Rider
Published by arrangement with The Ballantine Publishing Group,
a division of Random House, Inc.

Lektorat: Katharina Woicke
Titelbild: Margret Johnson / Agentur Thomas Schlück GmbH
Umschlaggestaltung: QuadroGrafik, Bensberg
Satz: KCS GmbH, Buchholz/Hamburg
Druck und Verarbeitung:
Brodard & Taupin, La Flèche, Frankreich
Printed in France
ISBN 3-404-18249-9

Sie finden uns im Internet unter
http://www.luebbe.de

Der Preis dieses Bandes versteht sich einschließlich der gesetzlichen Mehrwertsteuer

1

Im Südwesten von Texas, 1900

Nichts auf der ganzen Welt liebte Bernadette Barron mehr als ihren Garten, auch wenn sie ihn – besonders im Frühling – wegen der Asthmaanfälle, die die Blütenpollen bei ihr auslösten, manchmal fluchtartig verlassen mußte. Im Südwesten des Staates Texas gab es eine Fülle von Blumen und für Bernadette mindestens ebensoviele Gelegenheiten, das Haus ihres Vaters damit zu schmücken. Colston Barron gehörte wohl gut die Hälfte von Valladolid County, das auf halbem Wege zwischen der blühenden Stadt San Antonio und dem etwas bescheideneren Del Rio an der mexikanischen Grenze lag. Hier besaß er ein imposantes Haus im viktorianischen Stil.

Für einen irischen Einwanderer, der sich zunächst mit der Arbeit für eine Eisenbahngesellschaft über Wasser gehalten und Schienen verlegt hatte, hatte er einen geradezu außerordentlichen Aufstieg erlebt: Denn jetzt, dreißig Jahre nach seiner Ankunft in den Vereinigten Staaten, gehörten ihm selbst zwei dieser Gesellschaften. Er verfügte über ein riesiges Kapital, hatte aber nur noch eine kleine Familie, für die er sein Geld ausgeben konnte.

Trotz seines Reichtums war Colston Barron in seinem Leben bislang etwas versagt geblieben: die Anerkennung und die Achtung der besseren Gesellschaft. Sein unüberhörbarer irischer Akzent und seine zuweilen recht rauhen Manieren trennten ihn von den einflußreichen, tonangebenden Familien – eine Situation, die zu ändern er fest entschlossen war. Und seine Tochter Bernadette sollte ihm beim Erreichen dieses Zieles Mittel zum Zweck sein.

Seine geliebte Frau Eloise war an einer Infektion gestorben, kurz nachdem sie Bernadette zur Welt gebracht hatte. Seine älteste Tochter hatte ebenfalls die Geburt ihres Kindes nicht überlebt. Und sein einziger Sohn lebte mit Frau und Sohn an der Ostküste und verdiente sich seinen Lebensunterhalt als Fischer. Die beiden hatten so gut wie keinen Kontakt mehr miteinander. Albert war bei seinem Vater in Ungnade gefallen. Er hatte sich dessen Anordnung widersetzt, eine Frau zu heiraten, die nach Meinung seines Vaters eine passende Partie gewesen wäre und ihm die Türen der Gesellschaft geöffnet hätte. Statt dessen war er eine Liebesheirat eingegangen. Jetzt lebte nur noch Bernadette im Hause des Vaters. Ihr Bruder brachte seine kleine Familie mehr schlecht als recht durch, so daß es sich für Bernadette verbot, bei ihm Zuflucht zu suchen. Zumal sie für ihren Lebensunterhalt nicht selbst aufkommen konnte, da ihr angegriffener Gesundheitszustand es derzeit nicht zuließ, einem Beruf, zum Beispiel als Lehrerin, nachzugehen. Bis sich das vielleicht einmal änderte, mußte sie sich gegen die nahezu fanatischen gesellschaftlichen Ambitionen ihres Vaters so gut wie möglich zur Wehr setzen.

Es war beileibe nicht so, daß Bernadette überhaupt nicht heiraten wollte. Doch hatte sie ihre eigenen Vorstellungen von einem Heim und einer Familie. Ihr Vater hingegen war fest entschlossen, ihr den passenden Ehemann auszusuchen – wobei für ihn die gesellschaftliche Stellung das wichtigste Kriterium war. Geld allein reichte ihm nicht.

Colston Barron ließ sich durch nichts und niemanden von seiner Absicht abbringen, Bernadette mit einem Adligen zu verheiraten oder, sollte seine Wahl doch auf einen Amerikaner fallen, dann nur mit einem Mann von höchstem gesellschaftlichen Ansehen. Sein erster Kandidat war ein englischer Herzog gewesen, doch dieses Unternehmen hatte in einem Fiasko geendet. Und das, obwohl der verarmte Adlige mehr als bereit gewesen war, die Tochter des reichen Amerikaners zu ehelichen. Dann war er Bernadette vorgestellt worden. Und die war – aus Gründen, die außer ihr wohl nur der liebe Gott kannte – zu dieser ersten Begegnung in zerschlissenen Arbeitshosen ihres Bruders und einem schmutzigen Hemd erschienen. Zwei ihrer Zähne hatte sie mit Wachs geschwärzt, ihr langes Haar war von einer undefinierbaren Substanz verklebt, die wie Schmieröl roch. Der Herzog hatte Hals über Kopf das Weite gesucht, wobei er zur Entschuldigung die überraschende Nachricht vom nahen Tod eines Familienangehörigen nannte. Wobei die Frage offenblieb, wie er so plötzlich davon hatte erfahren können – in diesem gottverlassenen Teil von Südwest-Texas …

Trotz allen Wütens und Tobens ihres Vaters war Bernadette standhaft geblieben. Sie werde niemals, hatte sie ihrem Vater unverblümt mitgeteilt, irgendeinen Mann heiraten, nur weil dieser einen Adelstitel trug! Ihr Bruder hatte einige alte Kleidungsstücke auf der Ranch zurückgelassen, und sie würde sich nicht im mindesten scheuen, sich jedesmal wie eine Verrückte zu benehmen, wenn ihr Vater wieder einen Heiratskandidaten anschleppte. Heute jedoch war sie nicht auf der Hut. Sie trug ein blaukariertes Kleid, und ihr Haar war wie üblich zu einem lockeren Knoten verschlungen und hochgesteckt. In ihren Augen lag ein weicher, verträumter Ausdruck, während sie sich damit beschäftigte, einige verwelkte Rosenblüten abzuschneiden. Sie sah ganz und gar nicht wie ein Zankteufel aus. Auch nicht in den Augen des Mannes, der sie unbemerkt vom Rücken eines feurigen schwarzen Hengstes aus betrachtete.

Plötzlich fühlte Bernadette sich beobachtet … unter die Lupe genommen … von einem Paar eindringlichen Augen. Von *seinen* Augen – natürlich. Es ist verwirrend, dachte sie, daß ich seine Gegenwart immer zu spüren scheine, ganz egal, wie leise er sich mir auch nähert.

Sie richtete sich auf und wandte sich um. Eine leichte Röte überzog ihr Gesicht mit den hohen Wangenknochen, und aus hellgrünen Augen funkelte sie den schwarzgekleideten Mann an, der sogar in seiner Arbeitskleidung elegant wirkte – Jeans und Stiefel, darüber ein Hemd aus feingesponnener Baumwolle und eine Jacke, das Haar fast ganz verborgen unter einem Hut, dessen breite Krempe sein Gesicht vor der stechenden Sonne schützte.

»Muß ich jetzt einen Knicks machen, Euer Exzellenz?« Mit einem höflich-kühlen Lächeln warf sie ihm diese Frage wie einen Fehdehandschuh hin. Wie immer herrschte zwischen ihnen sofort wieder diese seltsam angespannte Feindseligkeit.

Eduardo Rodrigo Ramirez y Cortes bedachte Bernadette mit einem arroganten Kopfnicken, dabei umspielte ein spöttisches Lächeln seinen grausam wirkenden Mund. Ein gutaussehender schwarzer Engel, wenn man von der Narbe absah, die sich über seine Wange hinzog. Angeblich stammte sie von einer Messerstecherei, an der er in jungen Jahren beteiligt gewesen sein sollte. Jetzt war er sechsunddreißig und immer noch gefährlich.

Sein Vater, ein spanischer Adliger, war vor einer Reihe von Jahren gestorben. Seine Mutter, eine wunderschöne

Blondine aus der Gesellschaft San Antonios, lebte mit ihrem zweiten Ehemann in New York. Eduardo hatte weder das Aussehen seiner Mutter noch ihre Art und ihr Temperament geerbt. Er war durch und durch Spanier. Für die Arbeiter auf seiner Ranch war er *El Jefe,* der Patron oder der Boß. In Spanien war er *El Conde,* ein Graf, dessen Familie mit allen Königshäusern Europas verwandt war. Für Bernadette war er – der Feind. Jedenfalls manchmal. Sie kämpfte gegen ihn, damit er nicht merkte, was sie wirklich für ihn empfand – Gefühle, die in den letzten zwei Jahren noch schwerer als je zuvor zu verbergen gewesen waren.

»Falls Sie meinen Vater suchen, er denkt gerade darüber nach, welche der reichen Familien San Antonios er zu seinem Ball einladen will. Am Sonnabend in vier Wochen«, teilte sie ihm mit, wobei sie innerlich vor Wut kochte. Trotz des Schattens, den die Hutkrempe auf sein schmales Gesicht warf, konnte Bernadette das Funkeln in seinen schwarzen Augen gerade noch erkennen. Nicht eben gentlemanlike musterte er sie herablassend von Kopf bis Fuß und wandte dann den Blick gleichgültig wieder ab. Offensichtlich fand er nichts Fesselndes an ihrer schlanken, wenn auch wohlproportionierten Figur mit dem eher kleinen Busen. Seine verstorbene Frau, eine Spanierin aus einer alten Adelsfamilie, war, wie Bernadette gehört hatte, eine Frau mit weitaus üppigeren Formen gewesen. In der Hoffnung, für ihn attraktiver zu werden, hatte Bernadette versucht zuzunehmen, aber trotz aller Bemühungen hatte sie auch nicht ein Gramm zugelegt.

»Er macht sich Hoffnungen auf eine Verbindung mit einer europäischen Adelsfamilie«, sagte Eduardo. »Sie denn nicht auch?«

»Eher würde ich Gift schlucken«, erwiderte sie. »Einen seiner Heiratskandidaten habe ich schon in die Wüste geschickt, aber mein Vater wird nicht aufgeben. Er sagt, er veranstaltet den Ball, um seine neueste Eisenbahn-Erwerbung zu feiern – aber der eigentliche Grund ist, daß er wieder zwei verarmte Adlige aufgetrieben hat, die sich wie Kletten an mich hängen werden.«

Bernadette holte tief Luft und hustete unterdrückt, bis sie ihren Atem wieder unter Kontrolle hatte. Hin und wieder machten ihr die Blütenpollen sehr zu schaffen. Sie haßte es, diese Schwäche vor Eduardo zu zeigen.

Denn der verschränkte jetzt die Arme über dem Sattelknauf und beugte sich ein Stück vor. »Der Garten ist wohl kaum der geeignete Platz für einen Asthmatiker«, stellte er fest.

»Ich liebe Blumen.« Sie zog ein spitzenumhäkeltes Taschentuch aus ihrem Gürtel und preßte es an den Mund. Aus ihren grünen Augen sah sie Eduardo abweisend an. »Warum reiten Sie nicht einfach nach Hause und schinden Ihre Sklaven?« fragte sie mokant.

»Ich habe keine Sklaven. Nur mir treu ergebene Angestellte, die mein Vieh hüten und mein Haus bewachen.« Er strich sich mit der Hand langsam über den kräftigen Oberschenkel, während er Bernadette mit ungewöhnlichem Interesse musterte. »Ich dachte, Ihr Vater hätte es aufgegeben, Sie an den nächstbesten Adligen verheiraten zu wollen.«

»Leider sind ihm bis jetzt die Kandidaten noch nicht ausgegangen.« Bernadette seufzte und schaute zu Eduardo auf. Mit diesem Blick gab sie mehr von ihrem Kummer preis, als ihr bewußt war. »Seien Sie froh, daß er nicht Sie ins Visier genommen hat.«

»Ich verstehe nicht ganz …«

»Nun, Sie tragen doch einen Titel und sind adlig, oder nicht?«

Er lachte amüsiert. »In gewissem Sinne schon, ja.«

»Sie sind ein Graf – *El Conde*«, beharrte sie.

»Richtig, das bin ich. Aber Ihr Vater weiß, daß ich nicht den Wunsch habe, wieder zu heiraten. Nachdem ich meinen Sohn verloren habe – und meine Frau.« Es klang verbittert.

»Nun, für mich ist es sehr beruhigend zu wissen, daß Sie nicht wieder heiraten wollen«, sagte sie.

Bernadette wußte sehr wenig über die Tragödie, die ihm widerfahren war. Aber einige Tage nach dem schrecklichen Geschehen war ihr zu Ohren gekommen, daß die Leute Eduardo einen neuen Namen gegeben hatten. Sie nannten ihn den »Eiskalten«. Berüchtigt für seine Unbeherrschtheit und seine Zornesausbrüche, die mindestens ebenso beeindruckend waren wie sein ellenlanger Stammbaum, war er schon binnen kurzer Zeit zur Legende geworden. Erwachsene Männer hatten die Flucht ergriffen, wenn Eduardo in Wut geriet. Einmal war auch Bernadette mit ihm aneinandergeraten. Sie war dazugekommen, als er sturzbetrunken wie wild mit seinem Revolver herumgefuchtelt hatte ... Was geschehen war, wußte eigentlich niemand so ganz genau. Eduardo war eines Tages nach Hause gekommen und hatte seinen kleinen Sohn tot aufgefunden. Kurz danach hatte man auch seine Frau gefunden – mit einer Schußwunde im Kopf. Es waren nie Ermittlungen angestellt, niemand war dieser Tat beschuldigt worden. Eduardo hatte sich über die Geschehnisse ausgeschwiegen, und so waren fast zwangsläufig Gerüchte aufgekommen. Er hätte seine Frau für den Tod des Kindes verantwortlich gemacht, hieß es, und hätte sie deswegen getötet. Und wenn sie ihn jetzt ansah, konnte Bernadette ihn auch fast eines Mordes für fähig halten. Eduardo war der unerbittlichste Mann, den sie kannte, und sie hielt ihn für gnadenlos, wenn er glaubte, einen Grund für einen Zornesausbruch zu haben. Wenn er die Beherrschung verlor, geschah das nur selten in offener Aggressivität. Er wurde dann ruhig und eiskalt, und dieses Verhalten wirkte bedrohlicher als lautes Herumschreien und Umsichschlagen.

Sie hatte selbst miterlebt, daß er ohne mit der Wimper zu zucken einen betrunkenen Cowboy niedergeschossen hatte, der mit gezogenen Pistolen auf ihn losgegangen war.

Eduardo hatte sich nicht einmal die Mühe gemacht, in Deckung zu gehen. Er stand im Kugelhagel, zielte seelenruhig und schoß. Der Mann fiel zu Boden, und man trug ihn verletzt zum Arzt. Eduardo hatte einen Streifschuß am Arm abbekommen, aber Bernadettes Angebot, ihm die Wunde zu verbinden, hatte er abgelehnt. Ein solcher Kratzer, hatte er wegwerfend gesagt, sei es nicht wert, daß man soviel Wirbel darum mache.

Gegen alle Vernunft hatte Bernadette darauf gehofft, ihr Vater würde eines Tages auf die Idee kommen, sie mit diesem Mann zu verheiraten. Denn Eduardo war der Grund für ihr Herzklopfen. Wenn sie sich ausmalte, wie diese harten Hände ihre nackte Haut berührten, begann sie zittern. Aber eine Verbindung zwischen den beiden Familien hatte nie zur Debatte gestanden. Das Augenmerk ihres Vaters war auf Europa gerichtet, von dort sollte sein künftiger Schwiegersohn kommen, nicht aus der unmittelbaren Umgebung.

»Sie wollen nicht heiraten?« fragte Eduardo unerwartet.

Die Frage überrumpelte Bernadette. »Ich bin nicht gesund, meine Lungen sind angegriffen«, sagte sie. »Und besonders hübsch bin ich auch nicht. Aber mein Vater ist reich, und das ist für manch einen vorteilhaft – wenn auch nur für Glücksritter.« Unbewußt verkrampfte sie die

Hände in den Falten ihres Rockes. Es waren schöne, grazile Hände. »Ich will mehr als das wert sein.«

»Sie wollen geliebt werden.«

Sie sah auf, und ihr Mienenspiel verriet ihre Bestürzung. Wie konnte er das wissen? Denn daß er es wußte, sah sie ihm an. »Die Liebe ist eine seltsame und meist sehr gefährliche Angelegenheit«, fuhr Eduardo gleichmütig fort. »Man tut gut daran, ihr aus dem Weg zu gehen.«

»Ich bin ihr mein Leben lang erfolgreich aus dem Weg gegangen«, entgegnete Bernadette mit einer Spur von Galgenhumor.

Er zog die Augen zusammen. Ohne den Blick von Bernadette abzuwenden, zog er ein goldenes Etui aus seiner Jackentasche und nahm eine dünne schwarze Zigarre heraus. Er steckte das Etui zurück, entzündete ein Streichholz, steckte sich die Zigarre an und schnippte das abgebrannte Hölzchen mit einer lässigen Geste in den Staub. »Ihr ganzes Leben«, wiederholte er leise. »Zwanzig Jahre. Sie müssen ungefähr zehn gewesen sein, als Ihre Familie hierhergezogen ist«, fügte er nachdenklich hinzu. »Ich kann mich noch an Ihren ersten Ausritt erinnern. «

Auch Bernadette erinnerte sich daran. Das Pferd hatte sie abgeworfen, und sie war kopfüber in einem Schlammloch gelandet und benommen liegengeblieben. Eduardo hatte sie dort aufgelesen, sie vor sich in den Sattel gehoben – wobei er großzügig ignoriert hatte, daß sie von den Haar – bis zu den Fußspitzen vor Dreck starrte – und hatte sie bei ihrem Vater abgeliefert.

Sie nickte unbehaglich. »Sie haben mich immer in sehr peinlichen Situationen angetroffen.« An die letzte wollte sie am besten gar nicht mehr denken …

»Sein Name war Charles, nicht wahr?« fragte Eduardo, als hätte er ihre Gedanken gelesen. Er grinste anzüglich.

Bernadette starrte ihn entrüstet an. »Das hätte jedem passieren können! Ein Pferd geht schon mal durch, das wissen Sie doch.«

»Richtig. Aber dieses Pferd hatte noch den Abdruck der Peitschenhiebe auf seiner Flanke. Und der ›Gentleman‹, über den wir hier sprechen, war dabei, über Sie herzufallen. Sie lagen auf dem Rücken und haben wie ein Fisch auf dem Trockenen gezappelt, und Ihr Kleid war –«

»Bitte, nicht!« Zutiefst verlegen preßte sie die Hand an die Kehle.

Sein Blick wanderte zu ihrem Mieder, und sein wissendes Lächeln ließ ihre Haut prickeln. Er hatte mehr als ihre Korsage gesehen. Charles hatte ihr das Unterkleid aus feinem Musselin grob heruntergerissen, so daß Eduardo ungehindert ihre kleinen festen Brüste hatte sehen können, ehe es ihr gelungen war, ihre Blöße zu bedecken. Charles hatte nicht einmal mehr die Zeit gehabt, etwas zu sagen, da hatte Eduardo ihn auch schon gepackt.

In einem seiner seltenen offenen Wutausbrüche hatte der sonst so kalt und abschätzend handelnde Eduardo dem jungen Mann, Sohn eines bekannten Schiffsmagnaten, eine Tracht Prügel verabreicht. Er tat das in totaler Mißachtung des Reichtums und des Einflusses der Familie des Jungen. Charles hatte schließlich auf den Knien gelegen und um Gnade gebettelt. Im Dauerlauf war er in Richtung Stadt verschwunden und hatte sich nie wieder blicken lassen. Natürlich war Bernadettes Vater eine sehr geschönte Erklärung für Charles' Abwesenheit und Bernadettes derangiertes Aussehen gegeben worden. Er hatte sich damit zufriedengegeben, auch wenn er sie ihnen vielleicht nicht ganz geglaubt hatte. Aber auch dieser Zwischenfall hatte ihn nicht davon abbringen können, weiterhin willige Heiratskandidaten auf seine Tochter loszulassen.

»Ihr Vater hat sich in diese Idee verrannt«, stellte Eduardo fest. Er rauchte einen Zug und stieß den Rauch ärgerlich wieder aus. »Und er setzt Sie dabei Gefahren aus.«

»Hätte ich meinen Revolver dabeigehabt, würde Mr. Charles Ramsey jetzt mit einer Kugel im Leib am Boden liegen!«

Eduardo sagte nichts und grinste statt dessen. Soweit er wußte, konnte Bernadette eine Waffe nicht einmal laden, geschweige denn damit schießen. Er rauchte seine Zigarre und betrachtete Bernadette schweigend. »Haben Sie mal wieder von dem unglücklichen Charles gehört?« fragte er nach einer Weile.

»Kein Wort.« Sie sah in sein markantes, schmales Gesicht und erinnerte sich sehr genau an den Ausdruck, den es gezeigt hatte, als er Charles verprügelt hatte. »Sie waren furchterregend.«

»Aber doch sicher nicht für Sie.«

»Sie sind *meistens* sehr beherrscht«, sagte sie, und betonte dabei das Wort »meistens«.

In seinem Gesicht zuckte es. Ein unbestimmter Ausdruck lag darauf. »Jeder Mann ist zu starker Leidenschaft fähig. Sogar ich.«

Die Art, wie er sie ansah, ließ ihr Herz schneller schlagen. Ungewollte Phantasien kamen ihr in den Sinn, doch sie verbannte sie sofort wieder. Sie hätten sie daran gehindert, sich mit ihm zu unterhalten. Sie wandte den Blick ab und fragte: »Kommen Sie auch zum Ball?«

»Wenn ich eingeladen werde«, erwiderte er leichthin.

Sie zog die Augenbrauen hoch. »Warum sollten Sie nicht eingeladen werden? Sie gehören immerhin zu den oberen Zehntausend, die mein Vater so glühend beneidet.«

Sein Lachen klang kalt. »Ich? Ich bin nur zur Hälfte blaublütig, haben Sie das vergessen?« Er richtete sich im

Sattel auf. »Meine Großmutter konnte bislang in Spanien keine passende Partie für mich finden, weil meine Frau unter mysteriösen Umständen gestorben ist und ich vor dem finanziellen Ruin stehe. Was mich betrifft, so habe ich auf eine passende Heirat ebenso wenige Aussichten wie Sie.«

Aus dieser Sicht hatte sie es noch nicht betrachtet. »Aber Sie tragen einen Titel.«

»Natürlich«, räumte er ein. »Aber nur in Spanien, und ich habe nicht vor, dort zu leben.« Obwohl er Bernadette ansah, beschäftigten seine Gedanken sich jetzt mit dem Bankrott, der ihm drohte. Sein verstorbener Vater hatte es zu Wohlstand und Reichtum gebracht, aber seine verschwendungssüchtige Mutter hatte das Vermögen zum Fenster hinausgeworfen. Sie hatte die finanziellen Möglichkeiten der Ranch bis auf den letzten Cent ausgepreßt, und seit Eduardo volljährig war, wurde sein Leben von dem harten Kampf bestimmt, die Ranch vor dem endgültigen Aus zu bewahren und sie weiter zu betreiben. Nur die Heirat seiner Mutter mit einem Millionär aus New York hatte sie davon abgehalten, die Ranch total zu ruinieren. Sie hatte ihren Anspruch auf das Erbe an dem Tag verloren, an dem sie sich wieder verheiratet hatte. Doch die Katastrophe war bereits angerichtet.

Eduardo starrte auf Bernadette hinunter, und in seinem Kopf drehten sich die Gedanken wie Räder. Ihr Vater war reich. Er wollte einen Adligen zum Schwiegersohn. Eduardo gehörte zur oberen Gesellschaftsschicht, trotz seiner nicht immer ganz blaublütigen Vorfahren. Vielleicht ...

Bernadette seufzte schwer und unterdrückte einen weiteren Hustenanfall. »Wenigstens müssen Sie sich keine Gedanken darüber machen, nur wegen des Geldes Ihres Vaters geheiratet zu werden.«

»Und die Vorstellung, durch eine Heirat zu einem angesehenen Namen und einem Adelstitel zu kommen, reizt Sie überhaupt nicht?« fragte er langsam.

»Nein«, antwortete Bernadette ehrlich. Sie verzog das Gesicht. »Ich bin es so leid, zur Schau gestellt zu werden. Wie ein Gegenstand, den mein Vater günstig zum Kauf anbietet!« rief sie und holte plötzlich tief und mühsam Luft. Sie spürte die bekannte beklemmende Enge in ihrer Brust und mußte wieder husten. Ihr war nicht bewußt geworden, wie lange sie hier schon zwischen den Blumen gestanden, wie viel von den so lästigen Blütenpollen sie schon eingeatmet hatte. »Ich muß ins Haus zurück«, stieß sie hervor, bevor ein weiterer Hustenanfall sie packte. »Die Blumen duften wunderbar, aber wenn ich mich zu lange hier aufhalte, sind sie Gift für meine Lungen.«

Eduardo runzelte die Stirn. »Warum sind Sie dann hier draußen?«

Sie hustete wieder. »Das Haus … mein Vater läßt den Ballsaal neu streichen. Der Farbgeruch ist nicht gut für mich.«

»Aber vor das Haus zu gehen, ist wohl kaum die richtige Lösung, nicht wahr?«

Sie versuchte, sich zu räuspern, um ihm antworten zu können, aber der zähe Schleim in ihren Lungen erstickte sie fast.

Eduardo warf seine Zigarre weg und ließ sich schnell aus dem Sattel gleiten. Sekunden später hatte er Bernadette hochgehoben und trug sie ins Haus.

»Eduardo!« rief sie, durch die ungewohnte Nähe zu ihm verunsichert. Sie spürte die Kraft und die Wärme seiner Arme, die sie fest umschlungen hielten. Viel zu nah waren seine Augen, sein warmer Atem, den sie an den Schläfen spürte. Wenn sie wollte, könnte sie sie fortstreicheln … diese harte, grausame Linie um seinen schönen Mund …

»*Calmatey* – beruhige dich«, sagte er leise und blickte in ihr verzerrtes Gesicht. »Ich trage Sie in den Wintergarten. Dort gibt es keine blühenden Pflanzen, die Ihnen Unbehagen machen können. Wir werden durch die Küche gehen.« Er drückte sie sanft an sich. »Kommen Sie, Bernadette, legen Sie die Arme um meinen Hals. Machen Sie sich nicht so schwer wie ein Holzklotz.«

Zitternd gehorchte sie ihm. Insgeheim fühlte sie sich einer Ohnmacht nahe, so groß war ihre Freude darüber, ihm so nah zu sein. Er roch nach Leder und einem herbem Rasierwasser, es war ein geheimnisvoller, verzaubernder Duft, der aus der Entfernung nicht wahrzunehmen war. Seltsam war, daß dieser Duft ihr beim Atmen keine Beschwerden machte, denn bei manch anderen Düften war das der Fall.

Zögernd lehnte sie die Wange gegen seine Schulter und schloß mit einem leisen Seufzer die Augen. Sie hoffte, daß er ihn nicht gehört hatte. Es war berauschend schön, von ihm getragen zu werden. Nicht einmal im Traum hatte Bernadette erwartet, daß ihr aus heiterem Himmel eine solch prickelnde Wonne zuteil werden könnte.

Seine starken, muskulösen Arme schienen sich für einen Moment anzuspannen. Dann, für Bernadettes Empfinden viel zu schnell, erreichten sie die Küche. Eduardo setzte Bernadette ab, öffnete die Tür und führte sie hinein. Maria bereitete in der Küche ein Huhn für das Mittagessen vor. Sie schaute von ihrer Arbeit auf und geriet in helle Aufregung, als ihr Nachbar so unerwartet in ihre Küche geschneit kam, seinen Hut höflich in der Hand haltend.

»Señor Conde! Welche Ehre!« rief Maria atemlos.

»Ich bin einfach nur Mr. Ramirez, Maria«, meinte er mit einem freundlichen Lächeln.

Sie machte eine abwehrende Geste. »Für mich sind Sie *el conde*. Ich hoffe, mein Sohn arbeitet immer fleißig und macht mir keine Schande?«

»Ihr Sohn ist ein Meister im Umgang mit den Mustangs«, versicherte er ihr; es war ein seltenes Lob, das er damit aussprach. »Ich schätze mich glücklich, ihn auf meiner Ranch zu haben.«

»Und er schätzt sich genauso glücklich, für Sie arbeiten zu dürfen, Señor Conde.«

Offensichtlich hatte Eduardo eingesehen, daß er nicht viel Glück dabei haben würde, Maria davon abzubringen, ihn mit seinem Titel anzureden.

Bernadette versuchte zu lächeln, aber der Husten kam zurück, dieses Mal noch schlimmer als vorher.

»Ach je, ach je«, rief Maria. »Schon wieder! Es liegt an den Blumen, aber ich kann reden und reden, sie hört ja nicht auf mich!«

»Kochen Sie Kaffee, Maria, stark und schwarz«, wies Eduardo sie an. »Sie bringen ihn uns in den Wintergarten, ja? Und sagen Sie dann Señor Barron Bescheid, daß ich hier bin?«

»Aber selbstverständlich! Er ist im Stall und sieht sich ein neues Fohlen an, aber er wird gleich wieder zurück sein.«

»Dann werde ich selbst zu ihm gehen, sobald ich mich um Bernadette gekümmert habe. Ich bin etwas in Eile.« Er nahm Bernadette am Arm und führte sie durch die große Küche in den sonnenhellen Wintergarten, in dem mit verschwenderischer Üppigkeit Grünpflanzen wuchsen. In einem verspiegelten Becken war ein Wassergarten angelegt, in dem ein kleiner Springbrunnen plätscherte.

Bernadette setzte sich und verbarg das Gesicht in den Händen, sie kämpfte um jeden Atemzug.

Eduardo fluchte unterdrückt und kniete sich vor sie hin. Er nahm ihre Hände und drückte sie beruhigend. »Atmen Sie langsam, Bernadette. Ganz langsam. Versuchen Sie, nicht in Panik zu geraten. Der Anfall wird vorübergehen; es geht immer vorüber.«

Sie versuchte es, aber es kostete sie all ihre Kraft. Die Erschöpfung spiegelte sich in ihren Augen wider. Als sie Eduardo ansah, überraschte sie das Mitgefühl, das in seinem Blick lag.

Wie seltsam, daß ihr Feind manchmal ihr bester Freund zu sein schien. Und wieviel seltsamer noch, daß er ganz genau zu wissen schien, was er gegen ihr Asthma tun mußte. Ohne nachzudenken, sprach sie diesen Gedanken laut aus.

»Ja, manchmal bekämpfen wir einander, nicht wahr?« murmelte er und suchte ihren Blick. »Aber danach heilen die Wunden jedes Mal wieder.«

»Nicht alle.«

Er zog die Augenbrauen hoch.

»Sie sagen verletzende Dinge, wenn Sie zornig sind«, erinnerte sie ihn, wobei sie den Blick abwandte.

»Wann habe ich denn das letzte Mal etwas gesagt, das Sie verletzt hat?«

Bernadette bewegte sich unbehaglich, denn sie dachte höchst ungern an die vernichtende Standpauke zurück, die Eduardo ihr nach dem katastrophalen Ausritt mit Charles gehalten hatte.

Er berührte ihr Kinn und zwang sie sanft dazu, ihn anzusehen. »Sagen Sie es mir.«

»Wissen Sie das etwa nicht mehr?« fragte sie trotzig zurück.

»Ich habe gesagt, daß Sie keine Ahnung von Männern haben«, beantwortete er ihre Frage. »Und daß es nur gut ist, daß Sie –« Abrupt verstummte er.

»Also wissen Sie es doch noch!« stellte sie gereizt fest und vermied es dabei nach wie vor, seinem eindringlichen Blick zu begegnen.

»Bernadette«, setzte er behutsam an und drückte sanft ihre Hände. Er wog jetzt jedes seiner Worte sorgfältig ab. »Ist Ihnen denn nicht klar gewesen, daß ich damals meinem Ärger einfach Luft machen mußte und es wirklich nicht meine Absicht war, Ihnen Vorwürfe zu machen? Immerhin bin ich gerade noch rechtzeitig gekommen, um Sie davor zu bewahren, daß dieser Flegel Ihnen etwas antut. Ich war wütend.«

»Was Sie gesagt haben, war grausam.«

»Und außerdem auch unwahr«, fügte er hinzu. »Kommen Sie, sehen Sie mich an.«

Sie gehorchte, noch immer aufgebracht und voller Gegenwehr.

Eduardo beugte sich vor, sein warmer Atem streifte Bernadettes Lippen, als er sprach. »Ich habe gesagt, daß es nur gut ist, daß Sie Geld haben, denn Sie hätten so gut wie keine körperlichen Reize, mit denen Sie einen Mann verführen könnten.«

Sie wollte etwas sagen, doch Eduardo legte ihr den Finger auf den Mund und hinderte sie daran. »Als ich Sie dort gesehen habe, so schutzlos, hat mich das sehr angerührt«, sagte er ruhig. »Das ist etwas, was ein Mann nicht unbedingt gern zugibt, und es hat mich all meine Beherrschung gekostet, meine Gefühle zu verbergen. Was ich damals gesagt habe, entsprang meiner Frustration darüber. Ich wollte Sie nicht verletzen.«

Bernadette empfand tiefste Verlegenheit. »Als ob Ihre

Meinung über meinen … über meinen Körper mich interessieren würde!«

»Sie haben nur wenig Selbstvertrauen«, sprach Eduardo weiter, als hätte er ihre Bemerkung überhört. »Und es war sehr unhöflich von mir, Ihr Selbstbewußtsein noch weiter zu untergraben.« Er hob ihre Hand an seinen Mund und küßte diese zart. »Vergeben Sie mir.«

Sie versuchte, ihm die Hand zu entziehen. »Bitte … tun Sie das nicht«, bat sie atemlos.

Er sah ihr in die Augen und hielt diese mit einem durchdringenden Blick gefangen. Ein verstehendes, mutwilliges Funkeln lag plötzlich in seinen Augen. »Beunruhigt es Sie, meinen Mund auf Ihrer Haut zu fühlen, Bernadette?« neckte er sie.

Ihr war schrecklich hilflos zumute, und es gelang ihr nicht, es zu verbergen. Daß sie mühsam um Atem ringen mußte, rührte jetzt in gleichem Maße von ihrem Asthma wie von ihrer Aufregung her, und Eduardos Gesichtsausdruck verriet ihr, daß er sich dessen bewußt war.

Mit einer sinnlich-aufreizenden Geste strich er mit dem Daumen über ihren Handrücken, was Bernadettes Atemnot noch schlimmer machte. »Sie sind viel zu unschuldig«, sagte er rauh. »Sie sind wie eine spanische Jungfrau, die unter den wachsamen Augen ihrer *duenna* ein klösterliches Leben führt. Sie verstehen Ihre eigenen Gefühle noch weniger als meine.«

»Ich verstehe überhaupt nichts mehr«, rief Bernadette aus.

»Das sehe ich.« Er legte die Fingerspitzen auf ihren Mund und zeichnete zärtlich dessen feine Form nach. Er tat dies wortlos, und das Schweigen zwischen ihnen schien erfüllt von vibrierender Erregung und erwartungsvoller Verheißung.

Es war das erste Mal, daß Bernadette von einem Mann so intim berührt wurde, und es machte sie schwach. »Eduardo«, wisperte sie hilflos.

Sanft teilte er ihre Lippen mit den Fingern. Irgend etwas blitzte in seinen Augen auf, als er spürte, wie Bernadettes Mund unter der fordernden Berührung reagierte. Sein Daumen glitt über die Innenseiten ihrer Lippen.

Bernadette stöhnte leise auf, und Eduardo entrang sich ein heiserer, sinnlicher Laut.

Die feine Ader an ihrem Hals pochte heftig, und die zarten Spitzenränder an ihrem Halsausschnitt hoben und senkten sich. Bernadette sah, wie Eduardos Blick daran hängenblieb und dann heruntergleitt zu ihrem Mieder. Plötzlich zog er scharf den Atem ein. Sie sah an sich herunter, trotz ihrer Aufregung war sie neugierig, was diese Reaktion bei ihm hervorgerufen hatte.

Sie sah, daß sich ihre Brustspitzen unter dem Stoff des Kleides abzeichneten. Nur das. Aber wieso sollte ihn das durcheinanderbringen?

Er schaute ihr in die Augen, als er die Hand unter ihr Kinn legte und ihr Gesicht sanft anhob. Sein Blick fiel auf ihren weichen Mund. Er beugte sich vor, gerade so nah, daß Bernadette den leichten Duft nach Zigarren auf seinen Lippen wahrnahm.

Sie hielt sich an ihm fest. Erst als sie den kühlen Stoff seiner Jacke in ihren Händen spürte, wurde ihr bewußt, wie fest sie sich an ihn geklammert hatte.

»Bernadette«, flüsterte er heiser. Noch nie hatte seine Stimme so geklungen. Bernadette fühlte sich wie in Zeit und Raum gefangen. Sie sehnte sich danach, seinen Mund auf ihrem zu spüren. Sie wollte endlich von seinen Lippen kosten; so oft schon hatte sie das in den letzten beiden Jahren gewünscht! Sie wollte es, auch wenn sie sich vor der

Veränderung fürchtete, die das für ihre komplizierte Beziehung bedeutete. Doch jetzt pochte das Blut in ihren Adern, und sie hungerte nach etwas, für das es keinen Namen gab. Ihr Mangel an Erfahrung machte sie leichtsinnig.

Ohne nachzudenken schmiegte sich Bernadette enger an Eduardo und bot ihm ihre Lippen dar. Im Sog erwachenden Verlangens vergaß sie all ihre Zurückhaltung.

Wie seit vielen Jahren nicht mehr fühlte sich Eduardo in Versuchung geführt. In eine bedrängende, unwiderstehliche Versuchung. Auf Spanisch stieß er plötzlich einen deftigen Fluch aus. Hätte er geahnt, daß Bernadette ihn verstand, hätte er diese derben Worte niemals laut ausgesprochen. Dessen war Bernadette sicher. Sie hatte ihm nie verraten, daß sie fließend Spanisch sprach. Aus Furcht, er könnte den Grund für ihren Wunsch, diese Sprache zu beherrschen, herausfinden – sie hatte Spanisch gelernt, weil es seine Muttersprache war.

Eduardo löste sich von ihr, sein Gesichtsausdruck wirkte angespannt und fast schon abweisend. Aus schmalen Augen starrte er Bernadette an, und sie errötete, als sie daran dachte, wie zügellos sie sich eben benommen hatte. Voller Scham senkte sie den Blick.

Zwischen ihnen herrschte eine fast greifbare Spannung, die erst durchbrochen wurde, als sich Schritte dem Wintergarten näherten. Auf dem gefliesten Boden hallten sie in der Stille so laut wie Pistolenschüsse wider. Eduardo zog sich von Bernadette zurück und trat ans Fenster. Maria kam durch die offene Tür herein. Sie trug ein Silbertablett.

Sie hielt den Blick auf das Tablett gerichtet und achtete dabei nicht auf die beiden Anwesenden, so daß Bernadette einige kostbare Sekunden Zeit gewann, um sich zu fassen. Ihre Hände zitterten noch immer unbeherrscht, aber sie schaffte es, sie zu falten und ruhig in den Schoß zu legen, während Maria die Tassen und Teller zusammen mit einem Krug Sahne und einem Zuckertopf auf den Tisch stellte. Sie goß den Kaffee in die Tassen und legte dann Servietten und Löffel daneben. Als sie Bernadette eine Tasse brachte, war die junge Frau zwar blaß im Gesicht, aber sie lächelte. »Vielen Dank, Maria«, sagte sie heiser und nippte an dem heißen schwarzen Kaffee, wobei sie sich fast den Mund verbrannte.

»Auf diese Sache mit Ihren Lungen müssen Sie achtgeben, *niña*«, sagte Maria ernst. »Und Sie müssen besser auf sich aufpassen. Habe ich recht, Señor Conde?«

Eduardo wandte sich vom Fenster ab und sah die beiden Frauen mit der gewohnten Gelassenheit an. »Ja, Sie haben recht«, stimmte er zu. Seine Stimme klang rauher als üblich. »Bleiben Sie jetzt bei ihr, Maria«, fügte er fast schroff hinzu. »Ich werde mich auf die Suche nach Señor Barron machen. Ich muß etwas mit ihm besprechen.«

»Wollen Sie denn keinen Kaffee trinken?« fragte Maria überrascht.

»Im Augenblick nicht, *grácias*.« Er würdigte Bernadette kaum eines Blickes, als er mit einem Kopfnicken den Wintergarten verließ.

»Was für ein seltsames Benehmen«, murmelte Maria.

Bernadette sagte kein Wort. Sie schämte sich zutiefst und fragte sich, ob sie Eduardo jemals wieder in die Augen sehen könnte. Warum hatte sie ihr wildes Herzklopfen nicht unter Kontrolle halten können, als er ihr so nah gewesen war? Wie hatte sie sich so eng an ihn lehnen können, als würde sie darum betteln, daß er sie küßte?

Sie stöhnte laut auf, und Maria beugte sich besorgt zu ihr herunter. »Mir geht es gut«, beruhigte Bernadette die Haushälterin. »Es ist nur ... es ist nur, weil der Kaffee so heiß ist«, behauptete sie schließlich.

»Das mag schon sein, aber er ist gut für Ihre Lungen«, erwiderte Maria.

Ja, es würde ihren Lungen helfen. Starker schwarzer Kaffee hatte ihr schon oft gegen die Asthmaanfälle geholfen.

Aber gegen ihr Herzklopfen würde er nicht helfen. Wie eine Trommel schlug ihr abtrünniges Herz in ihrer Brust. Und auch gegen die Schande würde er nichts ausrichten, die sie in einem Augenblick ungezügelter Leidenschaft über sich gebracht hatte. Warum konnte Eduardo solche Gefühle bei ihr wecken? Er begehrte sie doch nicht einmal! Doch wenn er sie nicht begehrte, warum war er ihr dann so nah gekommen, hatte sinnliche, verwirrende Dinge zu ihr gesagt? Seit sie ihn kannte, war es das erste Mal gewesen, daß er sich ihr gegenüber so verhalten hatte. Sie fochten ständig Wortgefechte miteinander aus. Aber es hatte auch Momente gegeben, in denen er nett zu ihr gewesen war, sich in einer Weise um sie gekümmert hatte, wie nicht einmal ihr eigener Vater es getan hatte. Aber das heute, das war anders gewesen. Zum ersten Mal hatte Eduardo sie wie eine Frau behandelt, die er begehrte. Und das gab ihr das ungewohnte Gefühl von Macht, von Reife.

Für einige Augenblicke gab sie sich ihrem Traum hin, daß er sich ebenso unwiderstehlich zu ihr hingezogen fühlte wie sie zu ihm. Es war nur ein Traum, aber ein sehr schöner!

2

Eduardo ging auf das Stallgebäude zu, in dem er Colston Barron finden würde. Er fühlte ein leichtes Unwohlsein im Magen, wenn er daran dachte, wie er mit Bernadettes Gefühlen gespielt und ihre Unerfahrenheit und Weltfremdheit ausgenutzt hatte. Für einen erfahrenen Mann war sie eine leichte Beute. Ohne besondere Mühe hatte er sie verwirrt und durcheinander gebracht. Und das nur aus einer Laune heraus. Er hatte einfach ausprobieren wollen, ob ihm das bei ihr gelingen würde. Das Ergebnis allerdings hatte ihn verblüfft, und jetzt war es an ihm, verwirrt und durcheinander zu sein. Bernadette begehrte ihn. Er verstand es nicht. So lange er zurückdenken konnte, hatte er kaum mehr als offene Ablehnung von ihr erfahren, und das ganz besonders in den vergangenen zwei Jahren. Zu wissen, wie groß ihre Verletzlichkeit in bezug auf ihn war, überwältigte ihn.

Während Eduardo auf den Stall zuging, formte sich in seinem Kopf ein Gedanke, der ihn nicht mehr losließ. Colston Barron wollte einen adligen Schwiegersohn, einen Platz in der besseren Gesellschaft, den er sich durch seinen Reichtum nicht erkaufen konnte. Bernadette war reif für einen Liebhaber. Und er, Eduardo, brauchte nichts dringender als Geld, wenn er seine Ranch retten wollte. Seine einzige Alternative hatte bislang darin bestanden, vor seiner Großmutter auf die Knie zu fallen und sie um Hilfe zu bitten. Eine Bitte, die die stolze Frau ihm vermutlich nicht gewähren würde – zumindest nicht ohne Bedingungen zu stellen. Ihr erklärter Liebling war Eduardos Cousin Luis, ein gewiefter Bursche von einschmeichelndem Wesen und mit hochtrabenden Plänen. Eduardo hätte ihn liebend gern zu Kreuze kriechen sehen.

Eduardo preßte die Lippen zu einer schmalen Linie zusammen. Er brauchte eine reiche Frau. Und Bernadette brauchte einen adligen Ehemann. Außerdem war er sich ziemlich sicher, daß Colston Barron ihn mochte. Wenn er seine Karten geschickt ausspielte, könnte er seinen Stolz und seine Ranch retten. Was Bernadette anging, so würde er sich bestimmt dazu überwinden können, ihr jenes geringe Maß an Aufmerksamkeit zukommen zu lassen, das sie von ihm erwartete. Sie war zu jung und unerfahren, um den Unterschied zwischen körperlicher Lust und leidenschaftlicher Liebe zu kennen. Er konnte sie glücklich machen. Ihre angegriffene Gesundheit war natürlich ein Nachteil, aber schließlich war keine Ehe vollkommen. Und vorausgesetzt, das gesundheitliche Risiko wäre für sie nicht zu groß, würde sie ihm nach einer angemessenen Zeit ein Kind gebären. Er würde nur dieses eine von ihr verlangen und darum beten, daß es ein Sohn sein würde. Damit er einen männlichen Erben für die Ranch hätte.

Eduardo traf Bernadettes Vater im Gespräch mit einem der Stallburschen an. Colston Barron war klein und stämmig von Wuchs und hatte die für Iren typischen feuerroten Haare, die ihm zerzaust vom Kopf abstanden. Sein Gesicht schimmerte hochrot. Es wurde von einer ungewöhnlich großen Nase geziert und von Ohren eingerahmt, die nicht wußten, daß sie auch flach am Schädel anliegen konnten. Colston Barron war kaum als gutaussehend zu bezeichnen. Was seine Erziehung anging, so hatte er so gut wie keine genossen. Seine Sprache war durchsetzt von Kraftausdrücken, und er war sehr ungeduldig. Doch er war ein gerechter und ehrlicher Mann, Charaktereigenschaften, die Eduardo an seinem Nachbarn stets geschätzt hatte.

Der Ire drehte sich um, als er jemanden kommen hörte. Auf seinen kurzen krummen Beinen ging er auf den Besucher zu, streckte ihm die Hand hin und begrüßte ihn mit einem gutgelauntem Grinsen.

»Na, Eduardo, das ist aber eine verdammt merkwürdige Tageszeit, um einen armen, schwer arbeitenden Mann zu besuchen! Wie geht's Ihnen, Jungchen?«

»Sehr gut, danke«, erwiderte Eduardo. Seine Augen verengten sich, als er sein Gegenüber nachdenklich ansah. »Bernadette hat mir erzählt, daß Sie einen Ball geben wollen?«

»Stimmt.« Barron schaute hinüber zum Haus. »Ein letzter verzweifelter Versuch, sie unter die Haube zu bringen und die Verantwortung für sie loszuwerden. Wissen Sie, Eduardo, sie ist jetzt schon zwanzig. Die eine Hälfte der Zeit war sie krank und die andere nur eine Last. Ich hab zwei Männer für sie ausgesucht: einen deutschen Herzog und einen italienischen Grafen.« Er bemühte sich, ein wenig leiser zu sprechen, als er hinzufügte: »Natürlich beide völlig pleite und ohne eine Cent auf der Naht. Dafür aber aus alter Familie und mit einem guten Namen. Sie könnte es verdammt viel schlechter treffen, das sag' ich Ihnen! Und auf der ganzen Welt gibt es nicht einen Grund, warum ich von ihrer Heirat nicht ein bißchen profitieren sollte. Ich will einen adligen Schwiegersohn, schließlich habe ich ein Vermögen dafür ausgegeben, sie all die Jahre durchzuschleppen!«

Die unverhohlene Geringschätzung, mit der Colston

Barron über seine Tochter sprach, störte Eduardo. »Sie hat mir gesagt, daß sie gar keinen Wert darauf legt, einen Adligen zu heiraten«, erwiderte er und bemerkte, daß Barron sich ärgerte.

»Sie wird verdammt noch mal den Mann heiraten, den ich ihr aussuche«, brach es aus ihm heraus, und sein Gesicht lief krebsrot an. »Diese undankbare Tochter! Sie braucht nicht damit zu rechnen, daß ich sie auch noch für den Rest ihres armseligen Lebens durchfüttern werde!«

Für den Bruchteil einer Sekunde bekam Eduardo eine Vorstellung davon, wie Bernadettes Leben aussehen mußte: aufgrund der Krankheit abhängig von der Gnade des Vaters und ohne einen Ort, an den sie flüchten konnte. Er liebte sie zwar nicht, aber sollte er Bernadette heiraten, würde sie wenigstens ihren Frieden und ein gewisses Maß an Unabhängigkeit haben.

»Aber wie auch immer«, fuhr Colston fort, als er sich ein wenig beruhigt hatte, »sie wird den Mann heiraten, den ich für sie aussuche. Ihr bleibt gar keine andere Wahl. Wenn ich sie auf die Straße setze, wohin sollte sie denn in ihrer Verfassung gehen, frage ich Sie? Ihr Bruder hat seine eigene Familie, zu ihm kann sie nicht gehen. Schon allein deshalb nicht, weil sie ja auch nicht arbeiten kann.«

Eduardo verschränkte die Arme auf dem Rücken, während er neben Colston Barron herging. »Diese beiden Männer, von denen Sie gesprochen haben – wollen sie Bernadette heiraten?«

»Na ja … nein«, kam die widerstrebende Antwort. »Ich habe versprochen, die Renovierungskosten für ihre Landhäuser zu übernehmen und ihre Schulden zu begleichen. Aber sie sind trotzdem nicht gerade wild darauf, eine Amerikanerin zu heiraten – und noch dazu eine, die ein halber Krüppel ist.«

Eduardo blieb stehen und sah den kleineren Mann an. »Sie ist kein Krüppel.«

»Na ja, meistens nicht, ist schon richtig«, wiegelte er seine harschen Worte hastig ab, denn er wußte um Eduardos manchmal recht heftig aufbrausendes Temperament. Ein- oder zweimal hatte er einen solchen Wutausbruch selbst miterlebt. »Aber es gibt so einige Zeiten im Jahr, da kann sie nicht den Kopf heben, immer im Frühling und im Herbst. Und jeden Winter bekommt sie eine Lungenentzündung.« Er zuckte mit den Schultern. »Eine verdammte Last, das ist sie. Ich muß eine Krankenschwester bezahlen, die Tag und Nacht auf sie aufpaßt, wenn sie ihre Anfälle hat.«

Eduardo kam aus einer Familie, die nachsichtig mit ihren Kranken umging. Colstons Einstellung kam ihm daher unglaublich gefühllos vor, aber er verlor darüber keine Silbe.

»Ich möchte Ihnen einen Vorschlag machen.«

Colston machte eine aufmunternde Handbewegung. »Nur raus mit der Sprache! Ich bin ganz Ohr.«

»Ich trage einen Titel und einen sehr alten Familiennamen. Meine Großmutter ist eine direkte Nachfahrin der Familie Isabellas, der spanischen Königin, und wir sind mit fast allen europäischen Königshäusern verwandt.«

»Klar, mein Lieber, das weiß ich. Hier gibt's weit und breit niemanden, der nicht über Ihre Abstammung Bescheid wüßte – auch wenn Sie selbst nie darüber sprechen.«

»Dafür gab es keinen Grund – bis jetzt jedenfalls nicht.« Er verzichtete darauf, Colston zu erklären, daß es für ihn von schlechten Manieren zeugte, sich mit solchen Verbindungen zu brüsten. Im Valladolid County wußte so gut wie jeder, daß in Eduardo nur zur Hälfte spanisches

Blut floß, daß seine Frau unter mysteriösen Umständen gestorben und daß er ein Graf war. Trotz seines Titels hätten ihn die meisten Väter nicht als Schwiegersohn ausgesucht. Aber Colston Barron wollte die Verbindung zu den höchsten Adelskreisen, und auch wenn Eduardos Familienbande zu diesen recht weitläufig waren – letztendlich gab es sie. Er starrte in die Ferne, wobei ihm durchaus bewußt war, daß Colston ihn unverwandt ansah. »Falls ich Bernadette heirate, hätten Sie den adligen Schwiegersohn und die gesellschaftliche Stellung, die Sie wollen. Und ich bekäme auf diese Weise die Mittel, die ich dringend brauche, um meine Ranch vor dem Bankrott zu bewahren.«

Colston war wie vor den Kopf geschlagen. Fassungslos starrte er den hochgewachsenen Mann neben sich einfach nur an. Dann stieß er hörbar den Atem aus, den er angehalten hatte. »*Sie* wollen sie heiraten? Ausgerechnet Bernadette?«

Die Muskeln in Eduardos Körper zogen sich zusammen, als er den Mann so über seine Tochter reden hörte, doch er blieb ruhig und nickte nur.

»Ich will verdammt sein!«

Eduardo schwieg. Er schaute auf Bernadettes nicht gerade liebevoll zu nennenden Vater herunter und wartete ab.

Colston atmete jetzt tief durch und fuhr sich mit der Hand über die Stirn. »Also, ich muß schon sagen, das ist ein Schock für mich. Ich will sagen, Sie und das Mädchen mögen sich doch nicht einmal besonders. Sie streiten sich doch immer nur.«

»Es wäre natürlich keine Liebesheirat«, erklärte er. »Wir schließen einen Vertrag. Aber für Bernadette wird gesorgt sein.«

»Aber, Mann! Sie wollen doch einen Erben haben! Sie kann Ihnen kein Kind gebären!«

Eduardo zog die Augenbrauen zusammen. »Warum nicht?«

»Ihre Mutter und ihre Schwester sind beide im Kindbett gestorben«, erklärte Colston. »Das Mädchen hat eine elende Angst davor, ein Kind austragen zu müssen. Das ist auch der Grund, warum sie sich so hartnäckig gegen die Heiratspläne wehrt, die ich für sie habe. Wußten Sie das denn nicht?«

Eduardo schüttelte den Kopf. Er sah verärgert aus, und er war es auch. »Ich dachte, sie will nur nicht dazu gezwungen werden, einen Mann ausschließlich deshalb heiraten zu müssen, weil er einen Adelstitel trägt.«

»Es ist ein wenig komplizierter als das, fürchte ich.« Colston seufzte schwer. »Sie ist nicht so zart wie ihre Mutter und ihre Schwester es waren, trotz ihrer angegriffenen Gesundheit. Aber sie hat eine unnatürliche Angst vor dem Kinderkriegen, und wenn man's bedenkt, ja auch mit gutem Grund. Sie würden nie mit ihr –« Der ältere Mann verstummte und hüstelte verlegen. »Nun, Sie verstehen schon, was ich sagen will.«

Sie schwiegen eine Weile. Diese Neuigkeit war zwar eine Enttäuschung für Eduardo, aber das änderte nichts an den Tatsachen. Wenn er nicht bald etwas unternahm, würde er die Rancho Escondido für immer verlieren. Er konnte erst einmal auch ohne einen Sohn leben, und später dann, wenn er sein kostbares Erbe vor dem Zugriff der Banken und der Gläubiger bewahrt hatte, konnte er sich immer noch mit Bernadettes Abneigung gegen eine Schwangerschaft befassen.

»Ich würde sie trotzdem gern heiraten«, erwiderte er.

Colston war gleichermaßen fassungslos wie begeistert.

»Mein lieber Junge!« rief er und griff nach Eduardos Hand und schüttelte sie vehement. »Mein lieber Junge! Ich kann Ihnen gar nicht sagen, wie glücklich Sie mich damit machen!«

»Bernadette wird es nicht glücklich machen«, bemerkte Eduardo ernst. »Und ich halte es für das beste, ihr gegenüber nichts von dem zu erwähnen, was wir besprochen haben.«

»Ich verstehe. Sie wollen sie erobern.«

Eduardo zuckte mit den Achseln. »Ich will ihr den Hof machen«, korrigierte er. »Formell und ganz wie es sich gehört. Es besteht kein Grund, daß sie sich wie eine verkaufte Braut fühlt.«

»Das wird nicht leicht sein«, warnte Colston. »Einen Heiratskandidaten hat sie schon in die Wüste geschickt«, erinnerte er sich verdrossen. »Sie ist ein verdammter Quälgeist, und es macht ihr Spaß, mir zu widersprechen! Sie ist so stachelig wie ein Kaktus!«

Eduardo konnte selbst ein Lied davon singen, aber er dachte daran, was vorhin im Wintergarten geschehen war. Was den körperlichen Aspekt betraf, reagierte sie sensibel auf ihn. Er konnte diese Anziehungskraft dazu nutzen, Bernadette für sich zu gewinnen. Und das würde nicht besonders schwer sein.

Er kam sich wie ein Schuft vor, weil er den Lauf der Dinge auf diese Art und Weise manipulierte, aber ihm blieb keine andere Wahl. Für ihn war es unvorstellbar, sich irgendwo als Cowboy verdingen zu müssen, um seinen Lebensunterhalt zu verdienen. Und ebensowenig behagte ihm der Gedanke, seine Großmutter um Geld anzubetteln. Wenn er die Ranch verlor, wären das seine einzigen Möglichkeiten. Doch eher würde er sich selbst die Kehle durchschneiden.

»Kann ich etwas dabei tun?« fragte Colston plötzlich.

»Natürlich – mich zum Ball einladen«, kam die trockene Antwort. »Um den Rest werde ich mich kümmern.«

»Abgemacht!«

Bernadette, vollkommen ahnungslos, welch ein Komplott gegen sie geschmiedet worden war, hatte ihren Asthmaanfall überstanden und half Maria in der Küche.

»Ah, was ist *el conde* doch für ein attraktiver Mann«, schwärmte Maria, während sie in einer Holzschüssel einen Brotteig knetete. »Was für ein Mann. Und er hat dich auf seinen Armen ins Haus getragen.«

Bernadette war es peinlich, daran zu denken und errötete. »Ich war fast ohnmächtig«, erklärte sie schroff. »Ich bin zu lange im Garten geblieben, und der Blütenstaub hat diesen schlimmen Hustenanfall verursacht, den ich dann nicht mehr kontrollieren konnte.« Sie hatte Teller aufeinandergestapelt und richtete sich jetzt auf. »Und außerdem weißt du ganz genau, daß zwischen Eduardo und mir nichts ist. Er mag mich nicht einmal.«

»Es ist nicht unbedingt nötig, jemanden zu mögen, Señorita. Manchmal ist das eher ein Hindernis.« Sie sah Bernadette herausfordernd an. »Er sieht sehr gut aus, nicht wahr?«

»Im Vergleich zu was?«

»Señorita!« Maria war schockiert. »Sicherlich entspricht er doch viel eher Ihrem Geschmack als einer von diesen *pendejos,* die Ihr Vater hierher einlädt, weil er hofft, Sie an einen davon zu verheiraten.«

Bernadette spielte mit einer Gabel. Ihre Augen schauten traurig, als sie daran dachte. »Herzöge und Grafen und Earls«, murmelte sie. »Selbst wenn man sie alle zusammen in einen Topf werfen würde, käme doch kein richtiger Mann dabei heraus.« Sie schüttelte den Kopf. »Ich will nicht für einen Adelstitel an irgendeinen Mann verkauft werden, nur damit mein Vater mit Leuten wie den Rockefellers oder den Astors verkehren kann.« Sie sah Maria an. »Er begreift es einfach nicht. In diese Kreise muß man hineingeboren werden. Du gehörst nicht dazu, nur weil du ein bißchen Geld hast. Mein Vater ist kein kultivierter Mann. Er ist das, was sie einen Emporkömmling nennen. Er wird sich nie in deren Kreisen bewegen, ganz egal, wie standesgemäß ich mich verheirate. Warum kann er nicht unter seinesgleichen glücklich sein?«

»Ein Mann ist immer auf der Jagd nach dem, was er nicht haben kann«, meinte Maria philosophisch. »Ich glaube, wir alle brauchen unsere Träume.«

»Ja. Sogar die Frauen.« Bernadette lächelte nachdenklich. »Weißt du, ich wünschte, ich könnte ohne Begleitung ins Theater gehen oder allein in einem Restaurant sitzen, auf einen Berg klettern. Ich würde gern Hosen tragen und mein Haar abschneiden und mir eine Arbeit suchen.« Sie sah Marias schockierte Miene und lachte. »Du hältst mich für verrückt, stimmt's?«

»All diese Dinge sind den Männern vorbehalten«, erwiderte Maria unbehaglich.

»Aber sie sollten für alle möglich sein. Warum sollen die Männer alle Rechte haben? Warum soll es ihnen erlaubt sein, Frauen zu Sklavinnen zu machen? Warum sollen sie das Recht haben, uns das Wahlrecht vorzuenthalten? Warum sollen sie uns verbieten dürfen, über Gesetze mit zu entscheiden, nach denen wir leben müssen? Ich führe die Bücher für meinen Vater, ich sage ihm, wann er kaufen und wann er verkaufen soll, ich verwalte sogar das Geld. Er gibt zu, daß ich als Buchhalterin eine exzellente Arbeit leiste, aber bezahlt er mich für meine Arbeit? Nein. In der Familie, sagt er, bezahlt man sich nicht dafür, daß man sich untereinander hilft.« Sie zeigte mit dem Finger auf Maria. »Denk an meine Worte, eines Tages wird es einen gewaltigen Aufstand gegen all diese Ungerechtigkeit geben.« Sie hatte sich zu sehr aufgeregt. Der Druck in ihrer Brust verstärkte sich wieder, und sie begann zu husten.

Maria goß rasch etwas Kaffee in eine zierliche Tasse aus Porzellan und hielt diese Bernadette hin. »Hier. Trinken Sie das. *Rapidamente … rapidamente.* Schnell.«

Bernadette gehorchte, aber jeder Schluck schmerzte in ihrer vom Husten gequälten Kehle. Sie setzte sich und beugte sich vor. Sie haßte diese Hustenanfälle, die sie daran hinderten, eine ganz normale junge Frau zu sein.

»Geht's wieder? Ist es besser?« fragte Maria einige Momente später.

»Ja.« Bernadette atmete einmal langsam und vorsichtig durch. Sie schaute Maria kläglich an. »Vielleicht sollte ich meine Ideen etwas weniger heftig vertreten.«

»Das könnte helfen.«

Bernadette legte die Hand auf ihre Brust. »Ich frage mich, wieso Eduardo so genau weiß, was bei einem Asthmaanfall zu tun ist«, sagte sie, denn es hatte sie verwirrt und überrascht, wie behutsam er mit ihr umgegangen war.

»Einfach daher, weil er mich gefragt hat und ich es ihm gesagt habe«, erklärte Maria. »Es hat ihm keine Ruhe gelassen, seit er Sie einmal in dieser Verfassung angetroffen hatte und erst zu Ihrem Vater gehen mußte, damit der sich um Sie kümmert. Sie wissen es doch noch«, fuhr sie fort, »Ihr Vater unterhielt sich gerade mit einem Bekannten, und er war sehr ärgerlich, daß er gestört wurde. Er und der Conde hatten deswegen später einen Wortwechsel, auch wenn man Ihnen nichts davon gesagt hat.« Sie zuckte mit den Achseln. »Danach kam *el conde* zu mir und wollte wissen, was man in einem Notfall für Sie tun kann. Er war sehr wütend auf Ihren Vater und dessen Gefühllosigkeit.«

Bernadettes Herz machte einen Sprung. »Wie seltsam. Ich dachte, er mag mich nicht.«

»Das stimmt nicht«, sagte Maria mit einem freundlichen Lächeln. »Er ist sehr besorgt um Sie. Das merkt man, denn mit den meisten Menschen ist er sehr ungeduldig. Mein Juan sagt, daß die anderen Vaqueros sehr genau aufpassen, daß sie *el conde* nicht verärgern. Sein Zorn ist nämlich legendär. Bei Ihnen hingegen scheint er seine Geduld nie zu verlieren.«

»Das hält ihn aber nicht davon ab, sich über mich lustig zu machen, oder davon, sarkastisch zu sein. Wir streiten uns die ganze Zeit.«

»Vielleicht tut er das, weil Sie ihn auf dieselbe Art behandeln. Und er will vielleicht nicht, daß Sie merken, daß er Sie gut leiden kann.«

»Ha!«

Maria schnitt eine Grimasse. »Wie auch immer, er ist freundlich zu Ihnen.«

»Ja, aber nur, wenn es ihm gerade in den Kram paßt.« Bernadette wollte nicht daran denken, wie sie sich Eduardo gegenüber benommen hatte. Es war ihr peinlich, sich daran zu erinnern, daß sie drauf und dran gewesen war, ihn um einen Kuß anzuflehen. Sie mußte dafür sorgen, daß sie nicht wieder allein zusammen waren. Es wäre nicht gut, sich von ihm bemitleiden zu lassen. Besser, sie sorgte dafür, daß er niemals herausfand, wie stark ihre Gefühle für ihn waren.

Erst lange, nachdem Eduardo gegangen war, kehrte Colston Barron ins Haus zurück. Er hatte überprüft, welche Fortschritte die Renovierung des Ballsaales machte, ehe er zu seiner Tochter ins Wohnzimmer ging.

Er warf ihr einen strengen Blick zu, nachdem er sich einen Brandy eingeschenkt hatte. »Eduardo sagte, es ginge dir nicht gut«, begann er steif und gezwungen. Er war mit seiner Tochter nie richtig warm geworden, zwischen ihnen herrschte immer eine gewisse Distanz.

»Ja, das stimmt«, entgegnete sie ruhig. »Aber wie du siehst, geht es mir jetzt wieder besser. Es waren nur die Blumen im Garten. Sie rufen diese Anfälle manchmal hervor.«

»Ebenso wie Staub, Parfüm, kalte Luft und zehntausend anderer Dinge«, zählte er mit kalter Stimme auf. Über den Rand seines Glases starrte er seine Tochter aus schmalen Augen abschätzend an. »Ich erwarte von dir, daß du dich für den Ball passend kleidest. Du kannst die Kutsche nehmen und dich in die Stadt fahren lassen. Ich habe Rudolfo angewiesen, dich zu begleiten. Kauf was Teures, etwas, worin du wie die Tochter eines reichen Mannes aussiehst.« Er deutete auf das schlichte blaue Baumwollkleid, das sie trug, und machte eine abwertende Handbewegung. »Etwas, das nicht wie selbstgenäht aussieht«, fügte er hinzu.

Bernadette versteifte sich und wünschte sich von ganzem Herzen den Mut, ihm zu sagen, was sie wirklich über die Art und Weise dachte, mit der er sie behandelte. Aber im Augenblick hatte sie keine Wahl. Doch sie versprach sich selbst, daß sie diesem verbohrten kleinen Mann die Meinung sagen würde, daß ihm die Ohren klangen, falls sich je ihre Situation ändern sollte.

»Du warst es doch, der mir aufgetragen hat, meine Kleider selbst zu nähen, damit ich keine finanzielle Last für dich bin, Vater«, hielt sie ihm vor.

Sein Gesicht lief puterrot an. »Der einzige Grund für diesen Ball ist, einen Ehemann für dich zu finden!«

»Und für dich einen adligen Schwiegersohn!« gab sie mit aufkeimendem Zorn zurück und stand auf. »Nur damit du dich unter ›die richtige Sorte Leute‹ mischen kannst.«

»Rede nicht in diesem Ton mit mir!« rief er wütend.

»Dann behandle mich nicht wie eine ansteckende Krankheit, die du dir einfangen könntest!« erwiderte sie, und ihre grünen Augen funkelten zornig. »Ich kann nichts dafür, daß ich schwache Lungen habe, und ich habe nicht darum gebeten, geboren zu werden! Du mußt es mir nicht immer wieder unter die Nase reiben – ich weiß inzwischen, daß du mir die Schuld an Mutters Tod gibst!«

Er atmete scharf ein und schien um zwei Zentimeter zu wachsen. »Richtig, das trifft es genau! Du hast sie getötet! Du hast sie auf dem Gewissen!« stieß er zwischen zusammengebissenen Zähnen hervor.

»Es war nicht meine Schuld«, widersprach Bernadette. Ihr Herz klopfte so hart und schnell, daß sie am ganzen Körper bebte. Sie bekam kaum noch Luft. Sie haßte diese Streitereien, denn sie endeten fast immer in quälenden Hustenattacken. Aber sie hatte nicht vor, klein beizugeben. »Du wirst sie nicht dadurch zurückbekommen, daß du mich wie deinen ärgsten Feind behandelst.«

Colston trank einen großen Schluck von seinem Brandy und stieß einen heiseren Laut aus. »Ich habe sie mehr geliebt als mein Leben«, sagte er mehr zu sich selbst. »Sie war die schönste Frau, die ich je gesehen habe. Ich habe nie verstanden, was sie an mir gefunden hat. Sie war mein ein und alles. Bis du gekommen bist«, fügte er böse hinzu und sah Bernadette an. So zärtlich der Ausdruck in seinen Augen gewesen war, als er von seiner verstorbenen Frau gesprochen hatte, so kalt war dieser jetzt. »Und meine Eloise ist für immer von mir gegangen.«

»Es war nicht meine Schuld«, beharrte sie.

Er starrte seine Tochter an. »Niemand sonst hat die Schuld«, erwiderte er scharf. Er leerte sein Glas mit einem Zug und stellte es ab. »Nun, ich mag meinen Schatz verloren haben, aber ich werde einen gewissen Ausgleich dadurch erlangen, daß ich dich angemessen verheirate.« Er bedachte Bernadette mit einem langen, abwägenden Blick. »Ich habe zwei Adlige aus Europa zum Ball eingeladen.«

»Und beide zweifellos arm wie die Kirchenmäuse«, bemerkte sie spöttisch.

In Colstons Blick spiegelte sich sein Zorn wider. »Sie kommen beide aus alten Familien, und beide brauchen sie eine Ehefrau. Und eins schwöre ich dir: Solltest du es wagen, mich noch einmal so zu blamieren wie das letzte Mal – mit geschwärzten Zähnen und in langen Hosen, beim Allmächtigen! – dann werde ich dich –«

»Daran warst du selbst schuld«, unterbrach sie ihren Vater mit mehr Mut, als sie im Grunde hatte, denn es war nicht gut, diesem Mann gegenüber Schwäche zu zeigen. »Du kannst deinen neuen Heiratskandidaten ausrichten, daß sie hier gar nicht erst damit anzufangen brauchen, nach einer Frau Ausschau zu halten«, erklärte sie starrsinnig.

»Sie können und sie werden das tun. Und du wirst den Mann heiraten, den ich für dich aussuche«, beharrte er unnachgiebig. »Du kannst schreien und murren, soviel du willst, aber du wirst gehorchen! Ansonsten«, fügte er barsch hinzu, »werfe ich dich aus dem Haus, das schwöre ich dir bei Gott!«

Bernadette konnte nicht glauben, was sie da hörte. Ihr Gesicht wurde schneeweiß, als sie ihren Vater aus riesengroßen Augen fassungslos ansah. »Das würdest du also tun?« fragte sie. »Und wer wird dir die Bücher führen und sich darum kümmern, daß deine Rechnungen bezahlt werden? Und wer wird dafür sorgen, daß diese Ranch finanziell auf gesunden Beinen steht?«

Colston Barron ballte die Fäuste und stemmte sie in die Hüften. »Ich habe gegen Indianer und Nordstaatler gekämpft und gegen Leute, die mich nur deshalb gehaßt haben, weil ich Ire bin! Und trotzdem war all das nichts gegen das, was du mir an jedem Tag meines Lebens antust! Du hast mir Eloise genommen! Denkst du, dein bißchen Buchhalterei wiegt das auf?«

Bernadette ließ sich auf einen Stuhl sinken und starrte ihren Vater sprachlos an. Im stillen betete sie, daß sie nicht wieder einen Asthmaanfall bekommen würde – nicht jetzt. Im Angesicht seines Feindes durfte man keine Schwäche zeigen!

Colston stieß heftig den Atem aus, der ihn fast erstickte. Erst dann schien ihm bewußt zu werden, was er zu seiner Tochter gesagt hatte. Er ging ans Fenster und schaute hinaus. Stocksteif stand er da, als hätte er einen Ladestock verschluckt. »Das war wohl ein wenig zu hart«, versuchte er seine Worte zu beschönigen. »Ich würde dich nicht wirklich vor die Tür setzen. Du bist meine einzige Tochter, trotz allem. Aber lehn dich nicht gegen mich auf, Mädchen«, warnte er. »Ich habe Respekt verdient, und es gibt nichts, was ich nicht tun würde, damit man mir den auch erweist. Du wirst heiraten!«

»Einen Mann, den ich überhaupt nicht kenne.« Bernadette kämpfte mit den Tränen der Wut und der Ohnmacht. »Einen Fremden, der mich in irgendein fremdes, kaltes Land bringen wird, damit ich dort sterbe.«

Er fuhr herum. »Du wirst daran nicht sterben, du kleine Närrin!« rief er erbost. »Du wirst Kammerzofen haben und andere Dienstboten, die sich um dich kümmern. Jemanden, der für dich kocht und für dich saubermacht. Du wirst wie eine Königin behandelt werden!«

»Ich werde ein Eindringling sein«, entgegnete sie. »Unerwünscht und gehaßt, weil ich nur wegen deines Geldes geheiratet worden bin!«

Ihr Vater hob abwehrend die Hände. »Ich biete dir die Welt, und du hast nichts Besseres zu tun, als alles gleich schlecht zu machen!«

Bernadette glaubte, vor Kummer zu vergehen. Ihr Vater war dabei, sie zu verkaufen, und sie würde Eduardo nie wieder sehen. Niemals mehr, niemals ...

»Eine Möglichkeit gäbe es allerdings noch ...«, sagte Colston Barron nach einer Minute des Schweigens.

Sie schaute auf.

Er senkte den Blick und betrachtete eingehend seine schlammbespritzten Stiefelspitzen. »Du könntest in Erwägung ziehen, Eduardo zu heiraten.«

Bernadettes Herz schlug ihr vor ungläubiger Freude bis zum Hals. Sie preßte die Hand an die Kehle, um es davor zu bewahren, herauszuspringen. »W ... Was?«

»Eduardo!« Die Arme auf dem Rücken verschränkt, stand Colston Barron breitbeinig vor seiner Tochter und starrte sie an. »Er ist Witwer und das, was man in der feinen Gesellschaft ein Halbblut nennt. Aber er trägt einen Adelstitel, und seine Familie ist mit den Königshäusern in Europa verwandt.«

Bernadette lachte und wäre an diesem Lachen fast

erstickt. »Eduardo würde mich nicht wollen«, sagte sie bitter. »Er haßt mich.«

»Möglicherweise wäre er ja doch bereit, dich zu heiraten«, fuhr er fort und achtete sorgsam darauf, seine Unterhaltung mit Eduardo nicht zu erwähnen. »Vielleicht wenn du versuchen würdest, ein wenig mehr aus dir zu machen. Wenn du dir was Hübsches anziehen würdest, hin und wieder ein Lächeln für ihn übrig hättest. Auf dem Ball wird er Konkurrenz haben. Zwei andere Männer, beide adlig. Das könnte ihn aufhorchen lassen.« Er wandte den Blick ab, damit Bernadette die Schadenfreude in seinen Augen nicht sah. Er hatte ihr jetzt genug Angst eingejagt, und eine Heirat mit Eduardo dürfte ihr jetzt wie eine Erlösung vorkommen. Er gratulierte sich im stillen zu seiner Gerissenheit. Mit den richtigen Worten und der richtigen Taktik ließ sich eben jeder überlisten.

»Er hat gesagt, daß er nicht wieder heiraten will«, wandte Bernadette ein.

»Er hat aber auch gesagt, daß er sein Erbe nicht verlieren möchte«, erinnerte Colston sie. »Wäre seine Vergangenheit nicht so unerfreulich, könnte seine alte Großmutter ihm dabei helfen, in Spanien eine passende Partie für ihn zu finden, so wie sie ihm auch seine erste Frau ausgesucht hat. Aber seine Frau ist unter ungeklärten Umständen ums Leben gekommen, und seine Mutter ist wieder mal in irgendeinen Skandal an der Ostküste verwickelt. Sie ist keine Spanierin – sie ist eine texanische Erbin, deren Familie ihre Wurzeln in Deutschland hat und irischer Herkunft ist.«

»Das weiß ich. Sie lebt mit ihrem zweiten Mann in New York. Eduardo haßt sie.«

Colston Barron fragte sich, woher sie das wußte, aber er wollte jetzt nicht nachfragen, um sein Glück nicht aufs

Spiel zu setzen. Er verschränkte die Arme vor der Brust. »Eduardos Großmutter hat sich über das Verhalten seiner Mutter so geärgert, daß sie ihr Vermögen einem Cousin Eduardos hinterlassen will. Zumal der auch durch und durch Spanier ist und es keine Skandalgeschichten über ihn gibt.«

»Eduardo hat dir das erzählt?«

Colston Barron nickte. »Ja, aber das ist schon eine Zeit her«, erwiderte er. »Man erzählt sich, daß die alte Dame hierherkommen wird, um den Sommer mit ihm zu verbringen.«

»Er wird sich darüber freuen, nehme ich an. Er liebt seine Großmutter.«

»Schade, daß das nicht auf Gegenseitigkeit beruht.« Er sah Bernadette jetzt direkt an. »Also – was hältst du davon, Eduardo zu heiraten?«

Sie schluckte. »Ich würde ... es tun, denke ich«, sagte sie mit dem genau richtigen Maß an Widerstreben, »wenn mich das davor bewahrt, an irgendeinem fremden Ort leben zu müssen.«

Colston Barron hätte am liebsten einen Freudentanz aufgeführt, hielt es dann aber für klüger, seine dickköpfige Tochter nicht merken zu lassen, wie sehr ihre Zustimmung ihn begeisterte. Manchmal konnte er sie ja doch ein wenig leiden, wegen ihrer Schlagfertigkeit und ihres Verstandes. Aber nur, so lange er nicht daran dachte, was ihre Geburt ihn gekostet hatte. Und wenn er vor Gott ehrlich war, so hatte Bernadette das gleiche Temperament wie er. »Dann wirst du also in die Stadt fahren, wie ich es vorgeschlagen habe, und dir ein hübsches Ballkleid aussuchen?«

Bernadette atmete tief durch. »Ja, ich denke, das werde ich tun.«

»Geh zu Meriwether's, da habe ich ein Konto. Kauf dir, was immer du brauchst.«

Sie stand auf. »Eduardos Titel zählt nur etwas in Europa«, begann sie.

Er hob die Hand. »Er zählt überall etwas«, widersprach er überzeugt. »Auch in Texas. Er ist nur zur Hälfte spanisch, aber die meisten Leute werden wegen seiner Verbindungen in Europa darüber hinwegsehen.« Colston Barron warf seiner Tochter einen unfreundlichen Blick zu. »In Anbetracht der Tatsache, daß du nicht gerade eine Schönheit bist und dein Gesundheitszustand nicht eben der beste, halte ich es wirklich für übertrieben optimistisch, daß ein Europäer dich nehmen würde. Wir werden uns glücklich schätzen können, wenn Eduardo sich bereit erklärt, dich zu heiraten.«

»Ich bin keine solche Last, wie du es gern zu denken scheinst, Vater. Ich verdiene mir meine Unterkunft und meine Verpflegung. Ich kann gut mit Zahlen umgehen, und ich kann eine Ranch verwalten. Vielleicht würde Eduardo mich sogar als eine Art Aktivposten ansehen, im Vergleich zu den Verhältnissen, in denen er zur Zeit lebt.«

Ihr Vater zuckte die Schultern. »Du bist schon nützlich, wenn du gesund bist. Aber du bist sehr oft krank, Bernadette.« Bedrückt wandte er sich ab. »Du bringst mir die Erinnerungen zurück«, gestand er in einem seltenen Moment von Offenheit. »Ich sah ihr Gesicht, als sie starb, hörte sie schreien, und ich hab gefühlt, wie mir dabei das Herz brach.« Unbewußt legte er die Hand auf sein Herz. »Ich habe sie so sehr geliebt!«

Bernadette spürte den Schmerz in diesen Worten. Doch ehe sie etwas sagen konnte, wandte ihr Vater sich ab und verließ das Zimmer. Seine Schritte klangen laut und zornig, so wie immer, wenn er sich mit einem unangenehmen oder aufwühlenden Ereignis konfrontiert sah.

Voller Schmerz blickte Bernadette ihrem Vater nach. Hätte er sich ihr jetzt zugewandt statt sich abzuwenden, wie anders könnte ihr Leben sein. Er gab ihr die Schuld am Tod seiner Frau, er würde ihr immer die Schuld geben. Sie konnte niemals auf eine engere Beziehung zu ihm hoffen, weil er es nicht wollte. Alles, was er von seiner Tochter erwartete, war, daß sie sich seinen Vorstellungen entsprechend verheiratete und dann für immer aus seinem Leben verschwand. Er sprach das nicht aus, aber er dachte es.

Bernadette fühlte sich uralt, als sie ging, um ihren Hut und ihre Handschuhe zu holen. Ihr blieben jetzt nur noch wenige Alternativen, aber immerhin war es jetzt absehbar, daß sie im Leben ihres Vaters bald keine Rolle mehr spielen würde. Sie konnte sich nicht überwinden, einen Europäer zu heiraten. Aber sie würde liebend gern Eduardos Frau werden. Doch das war, trotz des auffallenden Interesses ihres Vaters an diesem potentiellen Schwiegersohn, höchst unwahrscheinlich. Eduardos Abneigung gegen eine zweite Ehe war allgemein bekannt. Ihr Vater würde ihn niemals überreden können, sich auf ein solches Unternehmen einzulassen. Und ganz bestimmt würde es ihr nicht gelingen, diesen Mann mit ihren nicht gerade üppigen Reizen in eine Ehe zu locken.

Doch wenn sie ihren Vater in seinen Hoffnungen bestärkte, so hielt ihn das eventuell davon ab, sie an einen anderen seiner Ehekandidaten zu verkuppeln.

Einen Moment lang gestattete Bernadette es sich, davon zu träumen, wie es wäre, mit Eduardo verheiratet zu sein und ihm ganz ohne Scheu ihre Liebe zeigen zu können. Und wie es wäre, von ihm wiedergeliebt zu werden. Körperlich fühlte sie sich von ihm angezogen. Es war eine

Anziehungskraft, die durch die tiefe Liebe, die sie für Eduardo empfand, nur noch stärker wurde. Er hatte dieses Interesse an ihr nicht, obwohl es schien, als fände er sie körperlich recht attraktiv.

Sie fragte sich, ob sie dieses Interesse vielleicht vertiefen könnte. Sie wußte nur sehr wenig über Männer, doch sie war eine begeisterte Leserin »verbotener« Bücher, und sie wußte, wie man sich in der Öffentlichkeit kleidete und sich benahm. Einige der Mädchen in dem exklusiven Pensionat, das sie in New York besucht hatte, waren recht freimütig in den Schilderungen über ihre Beziehungen zu Männern gewesen. Aber Bernadette war eine Novizin auf diesem Gebiet. Eduardo könnte alles mit ihr machen, aber sie traute sich nicht, ihn in eine Situation zu locken, in der sie sündigen könnte.

Doch der bloße Gedanke, daß er einwilligen könnte, sie zu heiraten, war so faszinierend, daß Bernadettes Herz Purzelbäume zu schlagen schien. Zum ersten Mal war es ihr möglich, eine Ehe als reale Möglichkeit zu sehen und sie nicht von vornherein für sich auszuschließen. Trotz der Manipulationen ihres Vaters wäre auch sie zum ersten Mal davon überzeugt, daß sie diesen Schritt machen wollte. Falls Eduardo überhaupt an einer Ehe mit ihr interessiert war, wäre sie genau die Richtige für ihn, die ihm helfen könnte, seine Ranch neu zu organisieren und gewinnbringend zu betreiben. Ihr Vater wurde nicht gern daran erinnert, daß sie ihn einmal vor einem drastischen finanziellen Verlust bewahrt hatte. Das war von einigen Jahren gewesen, nachdem der bisherige Buchhalter resigniert aufgegeben, und Bernadette zum ersten Mal die gewaltige Aufgabe übernommen hatte, die Konten zu überprüfen und die Geschäftsbücher zu führen. Ihrem Vater hatte die Idee gefallen, keinen Angestellten mehr dafür bezahlen und somit einem Außenstehenden Einblick in seine Vermögensverhältnisse gewähren zu müssen. Aber ob Eduardo sie heiraten wollte, selbst wegen des Geldes ihres Vaters, blieb erst einmal abzuwarten. Bis dahin würde sie hoffen, daß ihr süßester Traum wahr wurde – falls sie den Mut aufbrachte, ihn wahrwerden zu lassen.

3

Ohne eine genaue Vorstellung zu haben, was für ein Kleid sie kaufen sollte, fuhr Bernadette zu Meriwether's, dem führenden Mode- und Textiliengeschäft im Ort.

Mr. Clem Meriwether, der Bruder des Besitzers und Geschäftsführer, empfing sie mit einem freundlichen Lächeln an der Tür.

»Es ist eine Freude, Sie wiederzusehen, Miss Barron«, begrüßte er sie höflich. »Womit kann ich Ihnen heute dienen?«

»Mein Vater möchte, daß ich mir ein Ballkleid kaufe, Mr. Meriwether«, erwiderte sie. »Aber ich weiß noch gar nicht, was ich –«

»Oh, ich habe genau das richtige Kleid für Sie!« Er lächelte verschwörerisch, während er sie in den Laden führte. »Und was für ein Zufall, daß ich es heute morgen bekommen habe! Es ist ein Originalentwurf aus Paris. Eines der Carson-Mädchen aus Fort Worth hatte es bestellt, es aber dann doch nicht mehr haben wollen. Und jetzt haben wir den Auftrag, es in Kommission zu verkaufen. Ich hätte nicht gedacht, daß irgend jemand hier dafür Interesse hätte. Wir sind ja so meilenweit entfernt von der wirklich feinen Gesellschaft … oh!« Er wandte sich verlegen ab, und seine Ohren liefen rot an. »Ich bitte um Verzeihung, Miß Barron, ich wollte damit nicht sagen, daß Ihr Herr Vater kein Gentleman wäre oder etwas ähnliches!«

»Ist schon gut, Mr. Meriwether«, beruhigte sie ihn mit einem freundlichen Lächeln. »Sie haben mich nicht beleidigt.« Allerdings hielt Bernadette es für klüger, nicht hinzuzufügen, daß ihr Vater vor Wut in die Luft gegangen wäre und sein Konto aufgelöst hätte, wären ihm die Worte des freundlichen Mr. Meriwether zu Ohren gekommen.

»Wir haben schon von dem Ball gehört, den er im nächsten Monat geben will. Stimmt es, daß die Culhanes extra die weite Reise von El Paso hierher machen?«

»Nun, auf jeden Fall die beiden Eltern«, sagte sie. »Zwei der drei Söhne befinden sich auf einer Seereise, und der dritte Sohn muß zu Hause bleiben und sich um die Ranch kümmern. Dafür haben wir natürlich großes Verständnis.«

»Es ist eine sehr große Ehre für jeden Gastgeber, wenn die Culhanes von so weit her zu seinem Fest anreisen, nicht wahr?«

»Ja, das ist es«, stimmte Bernadette ihm zu. »Sie werden eine Woche auf unserer Ranch bleiben, zusammen mit den anderen Gästen.«

»Stehen denn noch weitere Texaner auf der Gästeliste?«, bohrte Mr. Meriwether beharrlich-sanft nach, während er einen exklusiv wirkenden Karton aus einem Regal nahm.

»Ich weiß es nicht genau«, erwiderte sie. »Vater macht aus der Gästeliste ein ziemliches Geheimnis. Ich glaube, er will mich überraschen«, fügte sie dann mit genau dem richtigen Maß an Heiterkeit hinzu.

»Das ist ja verständlich. Haben Sie Geburtstag?«

Sie schüttelte den Kopf. »Es gibt keinen konkreten Anlaß«, schwindelte Bernadette. Es wäre ihr zu peinlich gewesen, zuzugeben, daß ihr Vater den Ball in erster Linie deshalb gab, um seine Tochter an den Mann mit dem beeindruckendsten Adelstitel zu verschachern. »Vater sagt zwar, er will seine neueste Eisenbahnerwerbung feiern, aber ich denke eher, daß es ihm einfach Freude macht, ein Sommerfest zu geben.«

»Eine gute Idee.« Mr. Meriwether stellte den Karton auf die Ladentheke, öffnete ihn und nahm schwungvoll das schönste Ballkleid heraus, das Bernadette je im Leben gesehen hatte. Bei diesem Anblick hielt sie den Atem an.

Mr. Meriwether schmunzelte. »Ob es Ihnen gefällt, brauche ich wohl gar nicht erst zu fragen. Wenn Sie einen Moment Geduld haben, Miß Barron – ich werde meine Frau rufen, damit Sie Ihnen bei der Anprobe behilflich sein kann.«

Er verschwand im Hinterzimmer des Geschäftes und rief nach Maribeth. Sie kam sofort gelaufen, während sie sich die Hände mit einem Tuch abtrocknete. Sie war klein von Gestalt und hatte ein ausgesprochen fröhliches und freundliches Wesen.

»Ich koche gerade Gurken ein, Miß Barron. Ich werde für Sie zwei oder drei Gläser zurückstellen, bis Sie das nächste Mal kommen.«

»Oh, das ist sehr nett von Ihnen!« bedankte sich Bernadette für dieses überraschende Angebot.

»Das tue ich doch gern. Und jetzt lassen Sie mich Ihnen bei der Anprobe helfen. Ist das Kleid nicht traumhaft schön? Clem war sehr skeptisch, ob sich hier jemand für solch eine prachtvolle Abendrobe interessieren würde! Wissen Sie, es kommt tatsächlich aus Paris, aus Frankreich!«

Die zierliche Frau plapperte munter weiter, während sie Bernadette in den hinteren Bereich des Ladens und zu einem provisorisch hergerichteten Ankleideraum führte, um ihr beim Anlegen des Kleides zur Hand zu gehen. Es war ein langwieriges Unternehmen, denn es schien hunderte winziger Knöpfe zu geben, die geschlossen werden mußten. Aber als Bernadette das Kleid dann trug, wußte sie, daß sie alles, was sie besaß, dafür hergeben würde, um dieses Kleid zu kaufen.

Es war aus weißem, weichfließendem Georgette und reichte ihr bis an die Knöchel. Ein kostbarer Spitzenüberwurf bedeckte den Rock. Dieser wurde von Girlanden aus Seidenstickereien geschmückt, die aus hellrosa Blumen und schmalen hellblauen Bögen, die an einen Sichelmond erinnerten, bestanden. Das Mieder war aus dem gleichen zarten Georgette gefertigt und hatte zierliche Puffärmel, auf denen sich das Motiv der Stickerei wiederholte. Das Kleid ließ die Schultern frei, und der Ansatz von Bernadettes hübschem Busen war gerade eben sichtbar. Das Kleid wirkte überaus verführerisch, ohne dabei jedoch unschicklich zu sein. Ungläubig und fast scheu betrachtete sich Bernadette im Spiegel.

»Bin das wirklich ich?« fragte sie, und ihr Herz klopfte laut vor Aufregung.

»Aber ja, meine Liebe«, sagte Mrs. Meriwether und seufzte. »Es sitzt einfach perfekt! Und wie gut es Ihnen steht! Sie müssen Ihr Haar dazu offen tragen und es mit einem rosafarbenen Seidenband zurückbinden. Warten Sie, meine Liebe, ich zeige Ihnen, was ich meine.«

»Ich habe mein Haar noch nie offen getragen«, meldete Bernadette ihre Bedenken an.

»Zu diesem Kleid wird es perfekt aussehen. Schauen Sie – ich dachte es mir so …«

Mrs. Meriwether löste Bernadettes sorgfältig festgestecktes Haar und machte sich daran, die Haarflut mit einem rosafarbenen Satinband zu bändigen, das sie hineinflocht. »Hier«, sagte sie, als sie ihr Werk beendet hatte. »Sehen Sie, was ich meine? Es paßt perfekt zum Kleid.«

»Ja, das tut es«, mußte Bernadette zugeben. Sie wirkte

jung und elegant, aber auch verletzlich. Sie sah fast hübsch aus. Sie lächelte ihrem Spiegelbild zu und war überrascht, welche Veränderung dabei mit ihren eher durchschnittlichen Gesichtszügen vor sich ging.

»Und einen Fächer müssen Sie dazu noch haben«, murmelte die Meriwether. »Wohin habe ich denn nur den seidenen hingelegt ... ah!«

Sie brachte einen Fächer zum Vorschein, der so bezaubernd aussah, daß sich Bernadette auf den ersten Blick in ihn verliebte. Er war aus blaßfarbener Seide, auf die ein elegantes Blumenmuster gestickt war, und aus geschnitztem Elfenbein. Bernadette hatte noch nie einen so schönen Fächer gesehen.

»Und dazu dann diese Handschuhe hier und die kleine Handtasche dort drüben. Sie brauchen auch noch Schuhe. Lassen Sie mich nachsehen, was wir haben ...«

Bernadette verlebte die aufregendste Stunde ihres Lebens. Als dann alles beisammen und eingepackt war und es Zeit war zu gehen, hatte sie das Gefühl, sich aus ihrem bisherigen Dasein wie aus einem Gefängnis befreit zu haben. Der Ball würde das krönende Glanzlicht ihres Lebens sein, trotz der Heiratspläne, die ihr Vater für sie hatte. Sie konnte es kaum erwarten, den Ausdruck auf Eduardos Gesicht zu sehen, wenn er sie in diesem Kleid erblickte!

Colston Barron hatte seiner Tochter nicht zugetraut, die Vorbereitungen für diesen Ball zu treffen. Deshalb hatte er Mrs. Maud Carlisle mit dieser Aufgabe betraut, die in San Antonio lebte und mit einem pensionierten Armeeoffizier verheiratet war. Vor ihrer Eheschließung war sie die Privatsekretärin eines Mitgliedes der Astor-Familie gewesen.

Mrs. Carlisle war für einige Wochen zu Besuch bei Freunden in Valladolid, und sie war hocherfreut, daß Colston Barron sie gebeten hatte, die Planung seines Festes in die Hand zu nehmen.

Sie hatte eine sehr genaue Vorstellung davon, wie man es anfing, ein großes gesellschaftliches Ereignis zu planen. Sie hatte sich sofort in die Arbeit gestürzt, und binnen zweier Wochen war es ihr gelungen, die Hälfte der Angestellten auf der Barron-Ranch vor den Kopf zu stoßen und gegen sich aufzubringen. Colston Baron interessierte das nicht im geringsten. Bernadette hingegen mußte sich die Klagen der Angestellten anhören. Alle – einschließlich Maria – weinten sich an ihrer Schulter aus, während die umfassenden Vorbereitungen weitergingen. Welcher Bäcker lieferte die besten Backwaren und Torten? Welcher Koch lieferte die besten Hors d'oeuvres für die Tafel? Welche Gärtnerei arrangierte den schönsten Blumenschmuck? Kein Detail wurde übersehen, keine Angelegenheit blieb unerledigt. Bernadette tat ihr Bestes, dem herrschenden Durcheinander aus dem Weg zu gehen.

Sie zog ihren Reitrock an und wies den Stallburschen an, ihre rotbraune Stute für sie zu satteln. Sie war gerade aufgesessen, als ihr Vater in den Stall kam.

»Wohin willst du?« rief er. »Mrs. Carlisle braucht dich, um mit Maria das Essen zu besprechen.«

»Warum denn das?« fragte Bernadette überrascht.

»Weil Maria plötzlich nicht mehr weiß, wie man Englisch spricht, darum!«

Im stillen applaudierte Bernadette der Entschlossenheit der Haushälterin. Das war auch eine Möglichkeit, mit Mrs. Carlisle umzugehen. »Du weißt, ich kann kein Spanisch«, schwindelte sie, ohne ihrem Vater in die Augen zu sehen. Sie hatte ihm ebenso wie Eduardo verschwiegen, daß sie diese Sprache beherrschte. Im Umgang mit ihrem Vater verschaffte ihr das einen entscheidenden Vorteil: Sie konnte mit den Angestellten in deren Muttersprache reden, wann immer es ihr gefiel. Er hingegen konnte das nicht. Er sprach nur Gälisch und Englisch.

»Du könntest Maria wenigstens dazu überreden, mit der armen Frau zu sprechen!«

»Ich bin im Begriff auszureiten, Vater«, entgegnete sie. »Ich brauche unbedingt etwas frische Luft.«

Er sah sie mißtrauisch an. »Du willst auskneifen. Aber das wird dir nichts nützen. Klaus Branner und Carlo Maretti kommen mit dem Zug aus Houston und werden morgen hier eintreffen.«

Bernadettes Herz machte einen Sprung, und sie fühlte sich plötzlich elend. »Ich habe dir gesagt, wie ich darüber denke«, sagte sie voller Abwehr.

»Und ich habe dir gesagt, wie *ich* denke«, erwiderte ihr Vater knapp. »Eduardo hat sich hier seit zwei Wochen nicht mehr blicken lassen«, fügte er dann hinzu und vermied es, sich seine Verwirrung darüber anmerken zu lassen. Trotz seiner Pläne bezweifelte er, daß das, was Bernadette zu bieten hatte, ausreichte, um das ernsthafte Interesse eines Europäers an ihr zu wecken. Eduardo hingegen hatte Bernadette manchmal so seltsam angesehen … Er mochte Eduardo und respektierte ihn. Es wäre eine ideale Verbindung. Colston zerbrach sich den Kopf darüber, wieso Eduardo nach ihrem Gespräch seine Meinung offensichtlich geändert hatte. »Also, Mädchen, es sieht ganz so aus, als wäre er aus der Sache ausgestiegen. Und deshalb wird einer von den beiden anderen das Rennen machen – oder sonst irgend jemand.«

Was er sagte, entsprach der Wahrheit. Eduardo war nicht einmal mehr zu einer Stippvisite vorbeigekommen.

Das war für ihn sehr ungewöhnlich, und Bernadette hatte sich den Kopf zermartert, welche Gründe er dafür haben könnte. Es verbot sich von selbst, einfach zu seiner Ranch hinüberzureiten und sich dort quasi selbst einzuladen. Und so wartete sie weiterhin vergeblich auf ihn und mußte erleben, wie ihre Träume sich nach und nach in nichts auflösten. Ohne die Aussicht auf Eduardo als Ehekandidat, dessen war Bernadette sich bewußt, würde ihr Vater sich sehr schnell wieder den beiden anderen Eisen zuwenden, die er noch im Feuer hatte. Und genau das hatte er jetzt ja auch getan.

Auf Bernadettes Gesicht lag ein angespannter Zug, als sie auf ihren Vater hinunterstarrte. »Vielleicht will mich ja gar keiner von den beiden«, sagte sie herausfordernd.

»Sie werden dich wollen«, entgegnete ihr Vater kurz. »Weil sie mein Geld wollen!«

Bernadette unternahm einen letzten Versuch, ihren Vater zur Vernunft zu bringen. »Interessiert es dich denn überhaupt nicht, ob ich glücklich bin oder nicht, Vater?« fragte sie traurig. »Kümmert dich das denn kein bißchen?«

Sein Gesicht verschloß sich, wurde hart und unnachgiebig. »Ich bin auch nicht glücklich«, hielt er ihr vor. »Ich bin seit zwanzig Jahren einsam und allein – und daran bist nur du schuld.«

Ihre Gesichtszüge verzerrten sich. »Du bist auch nicht ohne Fehler!«

Colston Barron schien vor Zorn zu explodieren. »Wie kannst du es wagen, in einem solchen Ton mit mir zu sprechen!« schrie er. »Wie kannst du es wagen!«

Bernadettes Unterlippe zittert. Sie umklammerte ihre Reitpeitsche so fest, daß ihre Knöchel weiß schimmerten. »Ich hoffe, daß ich nicht so lange leben werde, daß ich mein Kind jemals so behandeln werde, wie du mich behandelst«, stieß sie heiser hervor. »Und ich hoffe, daß du lange genug lebst, um dein Verhalten eines Tages zu bedauern.«

Colston Barron richtete sich zu seiner vollen Größe auf und sah seiner Tochter kalt in die Augen. »Dieser Tag wird niemals kommen.«

Bernadette wendete ihr Pferd und ritt davon, ließ ihn einfach stehen.

Sie konnte sich nicht erinnern, sich jemals so verletzt und verzweifelt gefühlt zu haben. Eduardo war unerreichbar für sie, und die beiden Ehekandidaten ihres Vaters würden morgen eintreffen. Bernadette fragte sich, ob es ihr möglich wäre, davonzulaufen, ohne daß man sie aufspüren und zurückholen könnte. Es war ein armseliger Ausweg aus dieser Situation, aber sie hatte davon gehört, daß andere junge Frauen unter ähnlichen Bedingungen zu diesem Mittel gegriffen hatten. Wenn absolut keine andere Möglichkeit mehr blieb, dann wäre die Flucht eine praktikable Lösung, selbst wenn ihr angegriffener Gesundheitszustand dies als höchst unklug erscheinen ließ.

Tief in Gedanken versunken und ohne Ziel überließ Bernadette ihrer Stute die Führung. Die Vegetation in diesem Teil von Südtexas bestand zum größten Teil aus verdorrtem Buschwerk und Kakteen, und selbst im Frühling herrschten hier Sand, Staub und Hitze vor. Trotzdem liebte Bernadette dieses Land, denn dessen weiter Horizont gab ihr das Gefühl von Freiheit. Es war, wie des Nachts die Sterne zu betrachten – all ihre Probleme wirkten gegen die Endlosigkeit des Firmaments klein und unbedeutend. Gerade jetzt brauchte sie diesen Trost am allermeisten. Bei dem Gedanken an die bevorstehende Ankunft der beiden Europäer bekam sie Magenschmerzen. Vielleicht gefiel sie ihnen ja gar nicht. Aber wenn sie das Geld ihres Vater dringend genug brauchten, wären sie wahrscheinlich auch damit einverstanden, eine Vogelscheuche zu heiraten. Oder eine Kuh. Oder sogar sie.

Bernadette lenkte ihr Pferd jetzt auf den Fluß zu, der das Land ihres Vaters durchfloß. Am Ufer standen neben einigen Weiden auch Mesquitbäume und Pappeln. Deren Blätter leuchteten in einem zarten, frischen Hellgrün. Ein lauer Wind strich durch das Laub. Zu dieser Tageszeit war es angenehm warm, noch herrschte nicht die sonst übliche glühende Hitze. Unter einem weitausladenden Mesquitbaum stieg Bernadette vom Pferd und nahm den flachen, breitkrempigen Hut ab, den sie getragen hatte. Dann kniete sie sich hin, um ihr Taschentuch im Wasser des Flusses anzufeuchten.

Über ihr in der hohen Baumkrone brach ein lautstarkes Vogelkonzert aus, und gerade als Bernadette sich fragte, was dieser plötzliche Lärm wohl zu bedeuten hatte, hörte sie Hufschläge näher kommen.

Sie schaute sich um, und ging dann zu ihrem Pferd. Die Gegend hier war einsam, und manchmal trieb sich hier lichtscheues Gesindel herum. Doch als der Reiter in Blicknähe kam, erkannte Bernadette ihn sofort und atmete erleichtert auf. Wie immer, wenn sie ihn sah, durchfuhr prickelnde Freude sie wie ein Blitzstrahl. Der Reiter saß wie ein Soldat zu Pferde, sehr gerade und sehr stolz, und sie liebte es, ihn einfach nur anzusehen.

»Was suchen Sie ganz allein hier draußen?« rief Eduardo schroff, als er herangeritten war.

Seine Worte zerstörten den Zauber, der sie gefangenzuhalten schien, und sie lächelte reumütig. »Ich bin auf der Flucht vor Mrs. Carlisle.«

Unter dem breiten Rand seines Hutes zog Eduardo die Augenbrauen hoch und lächelte. »Mrs. Carlisle?«

»Sie organisiert das große Ballereignis«, erklärte Bernadette ihm. »Ich versuche, ihr aus dem Weg zu gehen. Wie alle anderen auch. Fast die gesamte Belegschaft der Ranch droht damit zu kündigen.«

»Treffen Ihre auswärtigen Gäste jetzt nicht bald ein?«

»Die handverlesenen Ehe-Aspiranten meines Vater kommen morgen«, erklärte sie mit deutlich hörbarem Widerwillen. »Der eine kommt aus Deutschland, der andere ist Italiener.«

»Er hat sie also doch eingeladen«, murmelte Eduardo. Das überraschte ihn. Colston Barron schien nicht mehr daran interessiert gewesen zu sein, Bernadette die beiden Heiratskandidaten als Morgengabe zu präsentieren, seitdem er das letzte Mal mit ihm gesprochen hatte. Natürlich hatte er die Barron-Ranch seit diesem Gespräch wie die Pest gemieden. Seine Schuldgefühle hatten ihn von Besuchen dort abgehalten. Eduardo mochte nicht einmal mehr daran denken, daß er in Erwägung gezogen hatte, Bernadette für seine Zwecke benutzen zu wollen. Er schämte sich wegen dieses alles andere als edlen Motivs vor sich selbst. Es war unehrenhaft, einer Frau, die man nicht liebte, einzig und allein aus finanziellen Erwägungen den Hof zu machen. Es war bestenfalls unaufrichtig, und er war zu ehrlich, deswegen nicht von seinem schlechten Gewissen geplagt zu werden.

»Natürlich hat er sie eingeladen«, griff Bernadette seine Worte auf. Sie sah Eduardo traurig an, eine kaum wahrnehmbare Anklage lag in ihrem Blick. »Sie gehören übrigens nicht zu Vaters aussichtsreichen Hoffnungsträgern, falls Sie sich wundern sollten, daß er Sie nicht eingeladen hat. Aber eigentlich kann das so eine Art Beruhigung für Sie sein.«

Eduardo zog ein Zigarrenetui aus seiner Hemdtasche und nahm eine der kubanischen Zigarren heraus, die er am liebsten rauchte. Dann brachte er eine kleine Schachtel mit Zündhölzern zum Vorschein und strich eines davon an, ehe er etwas erwiderte. »Ich verstehe.«

Sie wunderte sich, warum er plötzlich so nachdenklich aussah, so angespannt. Als Eduardo sich abwandte, betrachtete sie sein Profil. War er verärgert, weil er als Heiratskandidat für sie nicht in Frage kam? Sie wagte nicht, das zu hoffen. Aber was, wenn es sich so verhielt?

Er spürte ihren prüfenden Blick und wandte sich zu ihr um, um ihn zu erwidern. Bernadette errötete heftig. »Wie geht es Ihnen bei dem Gedanken, im Ausland zu leben?« fragte er.

»Ich muß entweder das in Kauf nehmen oder selbst für meinen Lebensunterhalt sorgen«, sagte sie niedergeschlagen. »Mein Vater hat mich sozusagen vorgewarnt – wenn ich nicht heirate, muß ich das Haus verlassen.«

»Das kann doch nicht sein!« rief er wütend.

»Nun, er hat damit gedroht, mich vor die Tür zu setzen«, entgegnete sie. Geistesabwesend kraulte sie die weichen Nüstern ihrer Stute. »Er ist entschlossen, seinen Willen durchzusetzen.«

»Und werden Sie tun, was er Ihnen befiehlt, Bernadette?« fragte er ruhig.

Sie sah zu ihm auf, hektische rote Flecken zeichneten sich auf ihren Wangen ab. »Nein, das werde ich nicht! Und wenn ich irgendwo als Ladenmädchen oder in einer Fabrik arbeiten müßte!«

»Mit Ihren angegriffenen Lungen würden Sie die Arbeit in einer Baumwollspinnerei niemals durchstehen«, stellte er sachlich fest.

»Die Alternative ist, für jemanden nichts anderes als eine Dienstmagd zu sein«, entgegnete sie mutlos. »Das könnte ich auch nicht durchstehen. Jedenfalls nicht lange.«

Mit einem Seufzer lehnte sie die Stirn gegen den Kopf der Stute. »Warum kann die Zeit nicht einfach stillstehen – oder rückwärts gehen?« fragte sie ihn gequält. »Warum kann ich nicht gesund und stark sein anstatt krank und hilflos?«

»Ich kann nicht glauben, daß ein Vater seine Tochter nur deshalb auf die Straße setzen würde, weil sie sich weigert, den Mann zu heiraten, den er für sie ausgesucht hat«, sagte er gereizt.

»Wird das in spanischen Familien nicht immer so gehandhabt?«

Eduardo stieg vom Pferd, ging auf Bernadette zu und blieb neben ihr stehen. Er war so viel größer als sie, daß sie den Kopf in den Nacken legen mußte, um ihm in das hagere, dunkle Gesicht sehen zu können, wenn er so nahe bei ihr stand.

»Ja, das ist richtig«, erwiderte er. »Genaugenommen war auch meine Ehe das Ergebnis eines solchen Arrangements. Aber in amerikanischen Familien ist diese Art der Ehestiftung eher ungewöhnlich.«

»Das glauben Sie«, entgegnete Bernadette. »In reichen Familien wird das des öfteren so gemacht. Ich hatte im Pensionat eine Freundin, die man gezwungen hat, einen reichen französischen Weinhändler zu heiraten. Dabei hat sie ihn auf den ersten Blick verabscheut. Sie ist weggelaufen, aber ihre Familie hat sie zurückgeholt und dafür gesorgt, daß sie gehorcht und die Hochzeit stattfindet.«

»Die Familie hat dafür gesorgt?«

Bernadette zögerte, ihm zu sagen, wie das Ganze abgelaufen war. Es war ziemlich skandalös, und man sprach in der Öffentlichkeit nicht über solche Dinge, schon gar nicht zu Männern.

»Nun sagen Sie es mir schon«, drängte Eduardo.

»Nun, der Ehemann in spe hat meine Freundin eine ganze Nacht in seinem Haus behalten und sie nicht heimgehen lassen«, antwortete sie widerstrebend. »Sie hat Stein und Bein geschworen, daß nichts passiert wäre, aber ihre Familie sagte, ihr Ruf wäre durch diesen Fehltritt ruiniert und sie müßte ihn nun heiraten. Nach dieser … Sache hätte kein ehrenhafter Mann sie noch geheiratet, verstehen Sie?«

Eduardo ließ einen unergründlichen Blick über Bernadettes schlanke Gestalt gleiten. Dabei lächelte er auf eine Art, wie er es noch nie zuvor getan hatte. »Wie erfindungsreich …«, murmelte er.

»Ich war auf der Hochzeit«, erzählte Bernadette weiter. »Ach, die Arme … sie hat mir so unendlich leid getan. Auf ihrer eigenen Hochzeit war sie in Tränen aufgelöst, während ihr Vater wie ein stolzer Pfau herumspaziert ist. Sein frischgebackener Schwiegersohn gehörte nämlich einem alten französischen Adelsgeschlecht an. Einer Familie, deren Mitglieder nicht alle während der Revolution umgebracht worden sind und die später wieder in ihre alten Rechte und ihren alten Glanz eingesetzt worden waren.«

»Hat Ihre Freundin diese Ehe mit der Zeit akzeptiert?« wollte er wissen.

Ihre Augen verdunkelten sich. »Sie ist während der Überfahrt nach Frankreich über Bord gesprungen«, sagte Bernadette mit bebender Stimme. »Ihre Leiche wurde einige Tage später an der Küste angespült. Man sagt, ihr Vater habe danach den Verstand verloren. Sie war sein einziges Kind, und seine Frau war seit langem tot. Niemand hatte Mitgefühl mit ihm, aber mir hat er leid getan.«

Eduardo rauchte seine Zigarre und starrte in das trübe Wasser des Flusses. Am Vortag hatte es heftig geregnet, und der Boden war feucht und schwer. Seltsamerweise fühlte er sich betrogen von dem, was er gehört hatte. Er fragte sich, warum Bernadettes Vater seine Meinung so schnell geändert hatte. Vielleicht war ihm klargeworden, daß Eduardo in geschäftlichen Dingen nicht leicht zu beeinflussen sein würde, oder vielleicht glaubte er, daß ein Mann, der zur Hälfte Spanier war, doch kein wünschenswerter Schwiegersohn war. Es kränkte Eduardo, annehmen zu müssen, daß Colston Barron ihn nicht für wert befand, seine Tochter zu heiraten.

»Es tut mir leid, wenn ich Sie in Verlegenheit gebracht habe«, sagte Bernadette, nachdem sie beide lange geschwiegen hatten.

Er sah sie offen an. »Das haben Sie nicht«, erwiderte er. »Warum ist Ihrem Vater Ihr Glück so unwichtig, Bernadette?«

Sie wandte den Blick ab und richtete den Blick auf den Fluß. »Ich dachte, Sie wüßten davon. Meine Mutter ist bei meiner Geburt gestorben, und er hat von jeher mir die Schuld an ihrem Tod gegeben.«

Eduardo stieß einen entrüsteten Laut aus. »Was für ein Unsinn! Nur Gott entscheidet über Leben und Tod.«

Sie sah ihn an. »Mein Vater glaubt nicht an Gott«, sagte sie resigniert. »Er hat seinen Glauben beim Tode meiner Mutter verloren. Alles, woran er jetzt noch glaubt, ist Geld zu verdienen und einen Adelstitel in die Familie zu holen.«

»Was für ein einsames und bitteres Leben er führen muß.«

Sie nickte.

Eduardo dachte, daß Bernadette in ihrem Reitkostüm sehr hübsch aussah. Ihr Haar war sorgfältig festgesteckt, so daß der Wind es kaum zerzaust hatte. Auch hatte ihm schon immer die Art gefallen, wie sie zu Pferde saß. Seine verstorbene Frau hatte zwar im Damensattel reiten, aber sich nicht richtig darin halten können. Bernadette ritt wie ein Cowboy.

»Was tun Sie hier draußen?« fragte sie plötzlich.

Sein Mundwinkel zuckte ein wenig. »Ich suche nach verirrten Tieren. In meiner derzeitigen finanziellen Situation kann ich es mir nicht leisten, auch nur ein Kalb zu verlieren.«

Sie zog die Stirn kraus. »Ihre Mutter hat doch einen Millionär geheiratet, oder?«

Seine Augen flackerten, und sein Gesicht spannte sich an. »Ich spreche nicht über meine Mutter.«

Besänftigend hob sie die Hand. »Das weiß ich. Entschuldigen Sie bitte. Es ist auch nur, weil ich dachte, daß sie vielleicht bereit ist, den Schaden wiedergutzumachen, den sie angerichtet hat. Schließlich ist die Ranch ja durch ihren sehr aufwendigen Lebensstil in Schwierigkeiten geraten.«

Trotz dieser Worte entspannte Eduardo sich nicht. »Sie würde nicht einmal den kleinen Finger dafür krumm machen, der Ranch oder mir zu helfen«, sagte er kühl. »Sie hat meinen Vater verachtet, weil er es abgelehnt hat, ständig rauschende Feste zu feiern und das Haus voller Gäste zu haben. Sie hat ihn derart zur Verzweiflung getrieben, daß er daran starb ... an gebrochenem Herzen, sagt man wohl dazu, aber ich war damals noch zu jung, erst acht«, sagte er grübelnd. Ein schmerzlicher Ausdruck lag in seinen Augen, als er sich an die Geschehnisse erinnerte. »Meine Mutter war zu jener Zeit mit ihrem neuesten Liebhaber beschäftigt, deshalb wurde ich nach Spanien geschickt, um bei meiner Großmutter in Granada zu leben. Als ich alt genug war, bin ich zurückgekommen, um das Erbe meines Vaters einzufordern.« Er schüttelte den Kopf. »Ich hatte keine Ahnung, was für ein Kampf das werden würde. Nicht, daß es mich davon abgehalten hätte, wenn ich es gewußt hätte«, fügte er hinzu.

Bernadette lauschte fasziniert seinen Worten, die ihr einen sehr persönlichen Einblick in sein Leben gewährten. »Die Leute sagen, daß der spanische König Ihrem Urgroßvater das Land geschenkt hat, auf dem dieser dann die Ranch aufgebaut hat.«

»Ja, das ist richtig«, bestätigte Eduardo.

»Hat Ihre Mutter Ihren Vater geliebt?«

Er zuckte die Schultern. »Sie hat Juwelen und große Feste und Skandale geliebt«, stieß er hervor, und seine Lippen wurden schmal wie ein Strich. »Ihr größtes Vergnügen bestand darin, meinen Vater in Verlegenheit zu bringen und ihm das Leben zur Hölle zu machen. Sie hatte ein Faible für alles Anrüchige und für Anzüglichkeiten.« Er sah Bernadette offen an, als er plötzlich das Thema wechselte. »Ihr Vater hat erzählt, daß Ihre Schwester genau wie Ihre Mutter im Kindbett gestorben ist.«

Unbehaglich wandte sie den Blick ab. Ihre Hände krampften sich um das Zaumzeug der Stute. »Ja, das stimmt.«

Er kam näher. »Er hat auch gesagt, daß Sie Angst haben, Ihnen könnte das gleiche widerfahren.«

Bernadette schloß die Augen. Sie lachte unfroh. »Angst? Ich habe Panik. Das ist ja auch der Grund, warum ich nicht heiraten will. Ich will nicht sterben.« Und das war die Wahrheit. Sogar ihre Tagträume über Eduardo und sie gingen nie weiter als bis zu einem keuschen Kuß, nie reichten sie auch nur einen Schritt darüber hinaus. Seltsamerweise kam es Bernadette überhaupt nicht in den Sinn, sich zu fragen, aus welchem Grund ihr Vater Eduardo derart intime Dinge über die Familie anvertraut hatte.

Eduardo sah Bernadette nachdenklich an. Sie ist sehr

schmal gebaut, dachte er, aber sie hat frauliche Hüften, und sie ist von robuster Natur. Bei einer Entbindung wäre ihr Asthma für sie wohl weitaus risikoreicher als ihre Anatomie.

»Nicht jede Frau hat bei einer Geburt Probleme«, sagte er. »Meine verstorbene Frau war viel dünner als sie, Bernadette, und sie hatte eine leichte Entbindung.«

Es behagte Bernadette nicht, über seine Frau zu sprechen. Sie ließ das Zaumzeug los. »Aber ich wette, sie hatte keine Mutter und keine Schwester, die beide auf diese Art gestorben sind.«

»Sie war das einzige Kind. Ihre Mutter lebt noch.«

Sie wandte sich um, sah ihn an. »Besuchen Sie sie jemals?«

Er verneinte mit einem energischen Kopfschütteln.

»Aber warum denn nicht?«

Er hatte nie mehr darüber sprechen wollen, aber jetzt schien es unvermeidbar. Bernadette entlockte ihm Geheimnisse, die für niemandes Ohren bestimmt waren. »Sie ist … weggebracht worden.«

Ihre Augen weiteten sich. »Weggebracht worden?«

»Ja.« Ein gequälter Ausdruck trat in seine Augen. »Sie ist … verrückt … geisteskrank.«

Bernadette schnappte nach Luft. »Du lieber Himmel!«

Eduardo sah auf sie herunter. »Nur zu … fragen Sie weiter«, forderte er sie auf, als er ihr Zögern bemerkte. »Wollen Sie mit der Fragerei etwa jetzt schon aufhören? Bevor Sie herausgefunden haben, ob meine Frau auch nicht ganz bei Verstand war?«

Vor dem Zorn in seinen Augen senkte Bernadette den Blick. »Es tut mir leid. Ich habe nicht das Recht, Sie solche Dinge zu fragen.«

»Wann hat Sie das jemals gehindert?«

Sie wurde rot. »Es tut mir leid«, murmelte sie noch einmal und wandte sich ab, um auf ihr Pferd zu steigen.

In dem Moment, als sie den Fuß in den Steigbügel schob, packte Eduardo sie mit fester Hand und zwang sie, sich zu ihm umzudrehen. Dann ließ er die Hand sinken. Er suchte ihren Blick. Seine Augen suchten ihre. »Consuela war sehr still und in sich gekehrt und sehr würdevoll«, sagte er. »Sollte sie verrückt gewesen sein, dann hat sich das nur einmal gezeigt. Und darüber spreche ich nicht«, fügte er knapp hinzu.

»Haben Sie sie geliebt?« fragte Bernadette mit großen, neugierigen Augen.

»Ich habe sie geheiratet, weil meine Großmutter sie für mich ausgesucht hatte, Bernadette«, erwiderte er. Er hob das Kinn. »Es war die Verbindung zweier einst sehr einflußreicher Familien, eine Allianz zum gegenseitigen Nutzen. Unglücklicherweise ist mir vom Vermögen meines Vaters so gut wie nichts geblieben und von dem meiner Mutter kein Cent. Und Consuelas Familie mußte schlimme Verluste in ihren Weinbergen hinnehmen. Durch eine schreckliche Dürre und eine Feuersbrunst wurden alle Weinstöcke vernichtet. Beide Familien sahen in dieser Ehe die Chance, das verlorene Vermögen wiederzuerlangen. Aber zu viele Umstände waren gegen mich.«

Bernadette fühlte den Wunsch, ihn zu trösten, aber die richtigen Worte dafür wollten ihr nicht einfallen. »Wie ... wie schrecklich«, sagte sie statt dessen. »Ich denke, die Ranch bedeutet Ihnen sehr viel.«

»Sie ist das einzige, was mir geblieben ist.«

»Sie würden alles tun, um sie zu erhalten, nicht wahr?« fragte Bernadette zurückhaltend.

»Nicht alles«, entgegnete er und wußte in diesem Augenblick, daß das die reine Wahrheit war. Er würde nicht vorgeben, in Bernadette verliebt zu sein, nur um sie dazu zu bewegen, ihn zu heiraten. »Obwohl eine reiche Heirat mich wahrscheinlich vor dem Bankrott bewahren würde«, fügte er hinzu. Die leichte Andeutung war unüberhörbar.

Bernadette war plötzlich nervös und legte die Hand auf den Sattel. »Und? Haben Sie die passende Kandidatin schon im Auge?«

»O ja«, erwiderte er. Das wenigstens entsprach der Wahrheit. »Warten Sie, ich helfe Ihnen in den Sattel.«

Er half ihr aufzusteigen und ließ dann seine Hand neben Bernadettes Oberschenkel liegen, während er sie ernst anschaute.

»Kommen Sie nicht wieder allein hierher«, warnte er sie. »Auf dieser Welt gibt es viele böse Männer, und Sie sind nicht gerade die Stärkste.«

Bernadette nahm die Zügel in die Hand. »Teddy Roosevelt hatte als Kind Asthma«, sagte sie. »Trotzdem führte er später sein eigenes Regiment nach Kuba und kämpfte dort tapfer, und jetzt ist er Gouverneur des Staates New York.«

»Sie haben vor, in seine Fußstapfen zu treten?«

Sie sah zu ihm herunter und lachte leise. »Nein, das habe ich nicht vor. Ich wollte damit nur sagen, daß er diese Krankheit überwunden hat und daß mir das vielleicht auch gelingt.«

»Schwache Lungen lassen sich nicht einfach so reparieren«, wandte er ein. »Sie müssen gut auf sich aufpassen.«

»Das wird nicht nötig sein. Mein Vater hat zwei verarmte Adlige ausgesucht, die das für mich übernehmen werden.«

Eduardo betrachtete sie nachdenklich. »Lassen Sie sich von ihm zu nichts drängen, was Sie nicht wollen«, sagte er unerwartet eindringlich. »Das Leben ist viel zu kurz, um sich an einen Partner zu binden, mit dem man nichts gemein hat.«

»Schöne Worte, die da aus Ihrem Munde kommen«, gab Bernadette zurück. »Sie haben sich doch selbst in eine Ehe drängen lassen.«

Seine Augen wurden schmal. »Ich habe es bisher nicht auf diese Weise gesehen. Ich sollte beim Tode meiner Großmutter ein Vermögen erben, den gesamten Grundbesitz der Familie, die Weingüter in Andalusien und das persönliche Erbe meiner Großmutter. Man dachte, daß eine Verbindung mit Consuelas Familie dieses Erbe für unsere Kinder noch vergrößern würde und daß man dadurch den künftigen Wohlstand beider Familien sichern könnte. Aber jetzt hat mein Cousin Luis bei meiner Großmutter den größeren Stein im Brett. Luis hat meiner Großmutter zuliebe geheiratet und inzwischen auch einen Stammhalter bekommen.«

Bernadette musterte ihn ausdruckslos. »Würde es Sie verletzen, auf ihr Geld verzichten zu müssen?«

Als Eduardo antwortete, wirkte er so unnahbar und kalt, wie Bernadette ihn noch nie gesehen hatte.

»Nicht im geringsten, wenn ich meine Ranch auf andere Weise retten könnte. Kann ich das nicht, ende ich irgendwo als Vaquero oder Lohnarbeiter.« Er sah starr vor sich hin. »Ich würde eher etwas zu essen stehlen als darum zu betteln. Eine reiche Heirat würde mir wenigstens das ersparen.«

Bernadette war leicht schockiert. »Ich hätte nie gedacht, daß Sie ein Opportunist sind.«

Er lachte kalt. »Im Normalfall bin ich das auch nicht. Aber seit mir die Augen aufgegangen sind, bin ich Realist.«

»Wenn Sie jemanden lieben würden …«

»Die Liebe ist ein Mythos«, unterbrach er sie grob, »ein Märchen, das Mütter ihren Kindern erzählen. Meine Großmutter hat mir gesagt, daß meine Eltern sich nicht geliebt haben, während sie zusammenlebten. Ich war stolz auf meine Frau, aber ich hatte nicht mehr Liebe für sie als sie für mich. Wenn Sie wissen möchten, wie ich über die Liebe denke, Bernadette, dann sage ich Ihnen, daß das Schlafzimmer dabei eine weitaus wichtigere Rolle spielt als der Ring am Finger.«

Bernadette schnappte nach Luft und preßte die Hand an die Kehle. »Eduardo!«

Er zog die Augenbrauen hoch. »Wissen Sie, wovon ich spreche, oder sind Sie tatsächlich so unschuldig, wie Sie aussehen?«

»Sie sollten nicht über solche Dinge mit mir sprechen!«

»Warum denn nicht? Sie sind zwanzig Jahre alt.« Er kniff die Augen zusammen. »Haben Sie denn noch nie das Verlangen in sich brennen gefühlt, wenn Sie mit einem Mann zusammen waren? Haben Sie denn noch nie wissen wollen, was im Dunkeln zwischen Mann und Frau passiert?«

»Nein!«

Er lächelte spöttisch. »Dann hofft Ihr Vater allerdings auf ein Wunder, wenn er glaubt, er könnte Sie an den europäischen Adel verheiraten. Natürlich wird man von Ihnen erwarten, daß Sie Ihre Pflicht tun. Ein Mann braucht einen Sohn, um den Titel zu vererben. Oder ist dieser Gedanke bei Ihnen noch nicht aufgetaucht?«

»Ich kann nicht ... ich will nicht ... ich will kein Kind!« sagte sie zitternd.

»Welchen Nutzen haben Sie dann für einen Adligen, der seinen Titel weitergeben will?«

»Soviel Nutzen, wie ich für meinen Vater habe«,

stimmte sie zu. »Absolut keinen. Aber er wird seine Heiratspläne nicht aufgeben.«

»Wird er das nicht?« Eduardo richtete den Blick auf den Horizont. Er wirkte nachdenklich. »Vielleicht wird er das letztlich doch tun.«

»Sagen Sie jetzt nicht, daß Sie ... Sie haben einen Weg gefunden, mich zu retten!«

Er grinste. »Es könnte sein, daß ich eine Lösung gefunden habe.« Er sah Bernadette neugierig an. »Aber Sie könnten glauben, dabei vom Regen in die Traufe gekommen zu sein.«

»Wieso?«

Er legte die Hand auf ihren Oberschenkel und sah zu, wie Bernadette sich unter dieser Berührung wand und sich ihm zu entziehen versuchte.

»Ich will dich«, sagte er rauh. »Eine Verbindung zwischen uns beiden könnte meine und deine Probleme lösen.«

Sie wurde rot. »Du ... willst ... *mich*?«

»Ja.« Er nahm ihre Hand und hielt sie fest. »Du wußtest es an jenem Tag im Wintergarten, als wir uns angesehen haben. Und du weißt es jetzt. Vielleicht ist es nicht gerade ein ehrenhafter Grund für zwei Menschen, um zu heiraten – daß du vor einer ungewollten Ehe fliehen willst und ich vor dem Bankrott bewahrt werden möchte. Aber in meinem Haus, Bernadette, als meine Frau, wirst du zumindest unabhängig sein.«

»Und du würdest dein Erbe retten.« Sie sah ihn neugierig an. »Du weißt sicher, daß ich die Buchhaltung für unsere Ranch mache und eine ziemliche gute Verwalterin bin?«

Er lächelte. »Maria singt dein Lob ständig in den höchsten Tönen. Und sogar dein Vater muß wohl oder übel zugeben, daß du seine Angelegenheiten bewundernswert verwaltest.« Aus schmalen dunklen Augen sah er sie an. »Dein Geschick im Umgang mit Zahlen kann auch für mich von großem Nutzen sein, Bernadette. Und die Tatsache, daß ich dich begehrenswert finde, ist der Bonus, der dabei für mich herausspringt.«

Sie sah ihn neugierig an. »Du hättest nicht auf diese Weise um meine Hand anhalten müssen«, sagte sie und sprach ihre Gedanken damit laut aus. »Du hättest mir den Hof machen und so tun können, als liebtest du mich, um mich so dazu zu kriegen, ja zu sagen. Ich hätte niemals den Unterschied gemerkt.«

»Ja, da hätte ich tun können«, gab Eduardo ihr ohne Zögern recht. »Aber *ich* hätte den Unterschied gemerkt. Das wäre für jeden Mann ein ziemlich schäbiges Verhalten, auch wenn er es nur täte, um seine Existenz zu retten.« Er ließ ihre Hand los. »Ich biete dir einen Bund zwischen Freunden und das Stillen aller Leidenschaften«, sagte er. Und mit leichtem Spott fügte er hinzu: »Letzteres natürlich nur, wenn du die Courage hast, mich in dein Bett einzuladen. Dieser Bund hätte Vorteile und Nachteile. Wäge sie sorgsam ab und laß mich dann wissen, wie du dich entschieden hast. Aber entscheide dich schnell«, fügte er eindringlich hinzu. »Viel Zeit ist nicht mehr.«

»Ich verspreche dir, daß ich darüber nachdenken werde«, sagte sie und gab sich alle Mühe, ihr Entzücken zu verbergen.

Eduardo nickte und lächelte sie an. »Allzu schlimm wird es nicht werden«, bemerkte er nachdenklich. »Ich kann sehr gut mit Frauen umgehen, und du brauchst jemanden, der für dich sorgt und dir die Unabhängigkeit von deinem Vater garantiert. Es könnte eine nutzbringende Heirat für uns beide sein.«

»Wie eine gekaufte Frau würde ich mir aber trotzdem vorkommen.« Eduardos Direktheit machte Bernadette verlegen, und es fiel ihr schwer, so offen zu reden.

»Eine gekaufte Frau, die einem spanischen Herrn und Meister gehört«, murmelte er und grinste dabei. »Aber ich verspreche dir, Geduld zu haben.«

Sie errötete erneut. »Du schlimmer Mann!«

Eduardo lachte und stieg auf sein Pferd. »Eines Tages«, sagte er, »wirst du darüber vielleicht sehr froh sein. *Adiós*, Bernadette.«

4

Bernadette war von Eduardos unglaublichem Vorschlag so hingerissen, daß sie die ganze Welt hätte umarmen können. Aber jetzt galt es, einen Weg zu finden, ihr Vorhaben in die Tat umzusetzen. Ihr Vater hatte Eduardo schon längst wieder von der Liste der Heiratskandidaten gestrichen.

Er wollte noch immer einen europäischen Adligen für Bernadette, und davon würde er erst ablassen, wenn er den Richtigen gefunden hatte. Sie gab es auf, sich darüber zu ärgern, und konzentrierte sich statt dessen darauf, Mittel und Wege zu finden, um den Mann zu heiraten, den sie liebte – auch wenn dieser eingeräumt hatte, daß er keine Liebe für sie empfand. Sie liebte Eduardo von ganzem Herzen, und diese Liebe würde für sie beide reichen.

Mittlerweile waren auch die beiden Herren aus Europa auf der Ranch eingetroffen, zusammen mit Sack und Pack und zahlreichen anderen Gästen. Die Culhanes hatten ihr Erscheinen in letzter Minute schriftlich abgesagt und ihr Fernbleiben mit Problemen entschuldigt, die ihre Anwesenheit zu Hause erforderten. Alle anderen Gäste von Rang und Namen waren der Einladung Colston Barrons gefolgt.

Bernadette hatte unterdessen alle Hände voll zu tun, sich der Zudringlichkeiten des Gastes aus Deutschland zu erwehren. Klaus Branner hatte einen Narren an Bernadette gefressen, und er folgte ihr wie ein Schatten. Er war Ende vierzig, blond und dickbäuchig und gut einen Kopf kleiner als sie. Sein italienischer Mitbewerber war ein sehr launenhafter Mensch und befand Bernadette sofort als ganz und gar nicht nach seinem Geschmack. Er verbrachte deshalb die meiste Zeit mit ihrem Vater und unterhielt sich mit ihm über die Jagd und über Schußwaffen.

Bernadette ärgerte sich, daß sie auf Schritt und Tritt den Attacken des Deutschen ausgesetzt war, doch ihr Vater hatte ihr klipp und klar erklärt, daß er nicht vorhatte, einzugreifen.

»Eduardo will dich nicht, das hat er durch seine Abwesenheit mehr als deutlich gemacht«, sagte ihr Vater schroff, als Bernadette sich bei ihm über den liebestollen Herzog beklagen wollte. Er machte eine abwehrende Handbewegung und hatte keinen Blick für ihren traurigen Gesichtsausdruck. »Also ... du wirst dich schon daran gewöhnen«, sagte er kühl und ging davon, um sich mit seinem italienischen Gast zu treffen.

Aber Bernadette gewöhnte sich nicht daran. Im Gegenteil, es kam noch schlimmer. Eines Tages, genauer gesagt am Tag vor dem Ball, drängte der Herzog Bernadette hinter den Wandschirm im Salon und preßte seine kleinen dicken Hände auf Bernadettes Busen.

Der kräftige Tritt gegen das Schienbein, den sie ihm dafür verpaßte, ließ den Übeltäter vor Schmerz aufschreien. Bernadette rettete sich in die Sicherheit ihres abgesperrten Schlafzimmers, wo sie in Tränen ausbrach und vor Wut und unbeschreiblichem Ekel bitterlich weinte.

Diese widerlichen Avancen ihres zukünftigen Bräutigams würde sie keine Sekunde länger ertragen. Und wenn ihr eigener Vater ihr nicht beistehen wollte, dann blieb ihr keine andere Wahl, als davonzulaufen.

Sie schlüpfte in ihr Reitkostüm, zog sich die Stiefel an, nahm eine Wolldecke aus der Kommodenschublade und kletterte aus dem Fenster ihres Zimmers. Nachdem sie sich immer wieder vorsichtig umgeschaut hatte – für den Fall, daß ihr Verfolger irgendwo in der Nähe lauerte – huschte sie in die Küche, wo Maria mit den Vorbereitungen für das Mittagessen beschäftigt war.

»*Niña!*« rief Maria erschrocken, als sie Bernadette vor sich stehen sah, einen bunten Umhang über den Schultern und fix und fertig angezogen für einen Ausritt. »Was haben Sie vor?«

»Pack mir bitte etwas zu essen ein, so schnell wie du kannst. Ich laufe weg«, erklärte sie ruhig und entschlossen.

Marias Augenbrauen gingen in die Höhe. »Aber das können Sie doch nicht machen! Nicht allein! Bitte, sprechen Sie mit Ihrem Vater!«

»Das habe ich bereits getan«, brachte sie mit bebenden Lippen hervor. »Er hat gesagt, ich würde mich schon noch daran gewöhnen, daß dieser widerwärtige Mr. Branner mich betatscht! Aber ich werde mich niemals daran gewöhnen, das schwöre ich dir! Er hat mich zum letzten Mal mit seinen Wurstfingern angefaßt! Ich gehe!«

»Aber das ist doch viel zu gefährlich!«

»Hierzubleiben ist noch weitaus gefährlicher«, erwiderte Bernadette trocken. »Ich will von diesem schrecklichen Mann nicht ständig wie ein Straßenmädchen behandelt und belästigt werden, während mein Vater danebensteht und nichts dagegen unternimmt! Wenn ich nicht gehe, werde ich ihn erschießen! Bitte, Maria, pack mir etwas zu essen ein und beeil dich, ehe sie merken, was ich vorhabe!«

Maria murmelte einen ärgerlichen Fluch auf Spanisch, aber sie tat, worum Bernadette sie gebeten hatte. Sie wickelte die Reste vom letzten Essen, kaltes Brathuhn und ein Stück Brot, in ein Tuch und stopfte es zusammen mit einem Glas eingemachter Pfirsiche in eine der Satteltaschen. »Mehr hab ich jetzt nicht. Du wirst verhungert sein, noch bevor es Abend wird.«

»Mach dir keine Sorgen, ich werde zwischen Schlangen und Kakteen sicherer sein als in der Nähe dieser deutschen Krake!« Bernadette umarmte Maria stürmisch und lief dann, sich immer wieder umsehend, zu den Ställen hinüber. Sie trug dem verwirrten Stalljungen auf, ihr Pferd zu satteln, und schaute sich auch jetzt immer wieder wachsam um, ob vielleicht jemand kam, um sie aufzuhalten.

Kaum daß sie im Sattel saß, ritt sie rasch in Richtung der nahe gelegenen Berge davon, denn dort in dem unübersichtlichen Gelände würde sie sich gut verstecken können. Sie hatte kein Gewehr mitgenommen und konnte nur hoffen, daß sie keines brauchen würde. Wenn es ihr gelang, sich dort draußen für zwei oder drei Tage zu verbergen, gerade lange genug, um ihrem Vater einen Schrecken einzujagen, könnte sie vielleicht auf diese Weise ihrem Standpunkt zu diesem Thema Nachdruck verleihen. Die öffentliche Meinung würde nicht zimperlich mit einem Mann umspringen, der seine unglückliche Tochter dazu getrieben hatte, sich in die unwegsame texanische Wildnis zu flüchten, um einem aufgezwungenen Bräutigam zu entkommen!

Bernadette ritt immer weiter, bis der Himmel sich am späten Nachmittag purpurfarben zu verfärben begann. Sie hielt auf einen schmalen Flußlauf zu, und machte unter den Bäumen an dessen Ufer halt. Hier würde sie die Nacht verbringen. Sie nahm dem Pferd das Sattelzeug ab und band es dann sorgsam fest, damit es nicht auf Wanderschaft ging, während sie schlief.

Bernadette wußte, wie man ein Lagerfeuer entfachte. Es war ein Wissen, das in dieser Wüstenlandschaft von allergrößtem Nutzen war, denn in den Nächten konnte es empfindlich kalt werden. Sie benutzte den Sattel als Kopfkissen und die Satteldecke als Matratze, ihr Umhang diente als Decke. Es würde eine sehr unbequeme Nacht werden, aber das würde sie aushalten. Alles war besser, als von diesem widerlichen Kerl betatscht zu werden!

Doch es war eine Sache, eine Nacht in der Wüste rein theoretisch in Erwägung zu ziehen; es dann aber auch durchzustehen, war eine ganz andere. Bernadette hatte des öfteren davon gehört, daß Banditen einsame Lagerstätten überfielen. Sie hatte kein Geld bei sich, aber für die Leute in dieser Gegend war sie leicht als die Tochter des reichsten Ranchers weit und breit zu erkennen. Sie könnte entführt und bis zur Zahlung eines Lösegeldes festgehalten werden – oder Schlimmeres. Ihr wurde mulmig bei dem Gedanken an schmutzige, schmierige Hände auf ihrem Körper.

Zitternd hockte sie da, schaute in die Flammen und fragte sich, wo sie ihren Verstand gehabt hatte, als sie dieses leichtsinnige Unternehmen beschlossen hatte. Bei jedem Geräusch, das sie hörte, zuckte sie erschreckt zusammen. Zum ersten Mal in ihrem Leben war sie ganz auf sich allein gestellt. Sie malte sich all die schlimmen Dinge aus, die ihr durch ihre eigene Dummheit widerfahren konnten, und diese Gedanken zerrten an ihren Nerven. Das allerschlimmste war, sich vorzustellen, was mit ihr geschehen würde, wenn sie hier draußen, mitten im Nirgendwo, einen Asthmaanfall bekam. Sie hatte nichts dabei, womit sie einen Anfall stoppen konnte, nicht einmal Kaffee.

Sie dachte an Eduardo und an das, was er zu ihr gesagt

hatte, daß sie sich verschwören und in aller Heimlichkeit ihre Hochzeit arrangieren müßten. Für Bernadette war es die beste Möglichkeit, sich den Plänen ihres Vaters zu widersetzen. Doch es ängstigte sie ein wenig, in sexueller Hinsicht an Eduardo zu denken. Er würde einen Sohn haben wollen. Das schien bei allen Männern so etwas wie eine fixe Idee zu sein. Was, wenn sie sich niemals dazu überwinden könnte, mit ihm zu schlafen? Was, wenn er von diesem Damoklesschwert wüßte, das über ihnen schwebte? Würde er sie auch dann noch heiraten wollen?

Während Bernadette mutterseelenallein und unter der dünnen Decke vor Kälte bibbernd am Lagerfeuer kauerte und über ihre mißliche Lage nachsann, wurde ihr Verschwinden auf der Barron-Ranch bemerkt.

Eduardo war mit der Absicht zu Colston Barron geritten, ihm den Vorschlag, Bernadette zu heiraten, noch einmal zu unterbreiten. Sollte Barron das ablehnen, würde Eduardo mit seiner Braut in spe kurzerhand durchbrennen. Und Colston Barron dadurch vor vollendete Tatsachen stellen. Bernadette wäre damit sicherlich einverstanden.

Eduardo wurde von Maria in den Salon geführt, wo Colston Barron sich mit zwei Männern unterhielt. Der Jüngere der beiden war sehr dünn und hatte dunkles Haar, der andere war etwas älter und um ein beträchtliches Maß korpulenter. Alle drei betrachteten eine Vogelflinte.

»Nanu, Eduardo!« begrüßte Colston den Neuankömmling überrascht. »Ich habe Sie gar nicht erwartet. Sie sind schon so lange Zeit nicht mehr hier gewesen, daß ich der Meinung war, Sie hätten uns aus Ihrem Leben gestrichen, alter Junge!«

Eduardo musterte erst den schmächtigen jüngeren Mann und dann den Deutschen mit kaum verhohlener Geringschätzung. Aus einem kurzen Gespräch mit Maria wußte Eduardo, daß Bernadette fortgeritten war, und Colstons Desinteresse am Wohlergehen seiner Tochter empörte ihn. »Ich wollte etwas mit Ihnen besprechen, aber das kann warten. Wissen Sie eigentlich«, fragte Eduardo in kaltem, ruhigen Ton, »daß Bernadette ausgerissen ist?«

Dem kleinen, stämmigen Iren fielen fast die Augen aus dem Kopf. »Sie ist ... was ... sie ist was?«

»Ausgerissen«, wiederholte Eduardo. »Maria sagt, daß sie seit gut einer Stunde weg ist. Wußten Sie das denn nicht?«

Colstons Gesicht lief rot an. »Nun ... nein.«

»Und vermutlich kennen Sie den Grund ebensowenig, wie Sie von ihrer Abwesenheit gewußt haben, habe ich recht?« Bei diesen Worten warf er dem Deutschen einen finsteren Blick zu. Der Mann wurde vor Verlegenheit rot.

Colston räusperte sich. »Lassen Sie es gut sein, Eduardo. Wohin glauben Sie, ist sie geritten?«

»Vermutlich in die Berge«, entgegnete Eduardo und preßte die Lippen zusammen. »Einem der Farmer ganz in der Nähe ist gerade von irgendwelchen Banditen das Vieh gestohlen worden. Für Bernadette ist es der denkbar schlechteste Zeitpunkt, um dort draußen ganz allein und schutzlos zu sein. Besonders im Hinblick auf ihre körperliche Verfassung!«

Colston wäre am liebsten im Erdboden versunken. Seine Unzulänglichkeiten wurden seinen beiden Ehrengästen wie Paradepferde vorgeführt. Er ballte die Fäuste. »Ich werde einem meiner Männer befehlen, sofort nach ihr zu suchen«, sagte er.

»Sie werden überhaupt nichts befehlen!« erwiderte

Eduardo voller Schärfe, sein Zorn war unübersehbar. »Wenn Sie sich nicht einmal die Mühe machen wollen, selbst loszureiten, um nach ihr zu suchen, dann lassen Sie es gleich ganz bleiben! Ich werde Bernadette finden und zurückbringen!«

Colston schwankte zwischen Erleichterung und Empörung. »Ich bin Ihnen für Ihre Hilfe dankbar, alter Junge, aber was meine Tochter macht, hat Sie nicht zu interessieren und –«

»Und Sie interessiert es offensichtlich gar nicht.« Eduardos schwarze Augen blitzten vor Zorn. »Was für eine verdammte Schande, daß eine junge Frau nicht einmal in ihrem eigenen Heim vor Belästigungen sicher sein kann!«

»Was soll denn das heißen!« rief Colston.

»Wer ist dieser ungehobelte Mensch?« fragte der Deutsche in seinem breiten, mit starkem Akzent gesprochenen Englisch.

Eduardo wandte sich blitzschnell um und machte einen Schritt auf den Mann zu, der ängstlich ein Stück zurückwich. »Ich will Ihnen sagen, wer ich bin«, erwiderte Eduardo, und seine Stimme klirrte wie Eis. »Ich bin ein Freund der Familie. Und wenn Sie noch immer hier sein sollten, wenn ich Bernadette nach Hause bringe, dann werden Sie sich wünschen, Sie wären es nicht mehr.«

Mit einem letzten Blick auf Colston wandte er sich ab und verließ wütend das Zimmer.

Colston mußte einige Male schlucke, bis er sich gefaßt hatte. Der Italiener, der bislang kein Wort gesagt hatte, lächelte kläglich.

»Ich glaube, daß Ihre Tochter keinen von uns beiden heiraten wird, Signore«, sagte er nachdenklich, »nicht, solange dieser Mann seinen Willen durchsetzt.«

»Ich für meinen Teil habe nicht mehr den Wunsch, sie zu

heiraten«, warf Herr Branner mürrisch ein, dessen Eitelkeit zutiefst beleidigt worden war. »Sie ist kalt. Und sie hat keinen Funken Esprit. Solch eine Frau treibt einen Mann in den Wahnsinn.« Er verbeugte sich förmlich vor seinem Gastgeber »Wenn Sie mir eine Kutsche und einen Ihrer Männer zur Verfügung stellen, der mich zur Bahnstation fährt, Herr Barron, dann werde ich noch heute abreisen. Zu meinem Bedauern werde ich nicht bis zum Ball bleiben können.«

Er schlug die Hacken zusammen und war gegangen, noch ehe Colston Anstalten machen konnte, ihn aufzuhalten.

»Da auch ich nicht mehr die Absicht habe, Ihre Tochter zu heiraten, kann ich mich den Worten dieses Herrn nur anschließen«, sagte Maretti mit einem amüsierten Lächeln. »Ich hätte gern am Ball teilgenommen, aber unter diesen Umständen … Gestatten Sie mir, Ihnen zur bevorstehenden Heirat Ihres Fräulein Tochter meine Glückwünsche und meine Beileidswünsche auszusprechen. Ich bin überzeugt, daß Sie Ihren zukünftigen Schwiegersohn noch des öfteren als etwas lästig empfinden werden.«

Colstons einziger Trost war es, daß Eduardos Familie mit den Königshäusern Europas verwandt war, und immerhin war dieser ja auch seine erste Wahl gewesen. Es verwunderte ihn allerdings, daß Eduardo sich wochenlang nicht hatte sehen lassen, um dann plötzlich zum ungeeignetsten aller Zeitpunkte wieder aufzutauchen. Andererseits war seine heftige Reaktion auf Bernadettes Verschwinden ein äußerst ermutigendes Zeichen. Vielleicht war ja doch noch nicht alles verloren.

Eduardo würde Bernadette finden; daran zweifelte Colston keinen Augenblick. Allerdings sah er der Rückkehr der beiden mit recht gemischten Gefühlen entgegen.

Noch immer voller Groll über das gefühllose Verhalten Colston Barrons seiner Tochter gegenüber, ritt Eduardo auf die Berge zu. Was für ein Vater mußte das sein, der seine Tochter sehenden Auges den unerwünschten Annäherungsversuchen eines Gastes aussetzte! Ganz egal, aus welchen Gründen auch immer! Allein bei dem Gedanken daran, daß ein anderer Mann Bernadette anfaßte, packte ihn blanke Rachsucht.

Er folgte Bernadette bis zum Rand der Berge, ab dort mußte er langsamer reiten, denn es wurde immer schwieriger, ihre Spur nicht zu verlieren. Eduardo hörte einen Laut, der ihm das Blut in den Adern gerinnen ließ – das Brüllen eines Pumas. Die wilden Tiere waren eine weitere Gefahr, die Bernadette vermutlich nicht bedacht hatte. Eduardo war überzeugt, daß sie keine Waffe mitgenommen hatte. Er trug immer einen Revolver und hatte jetzt auch sein Gewehr dabei. Er hoffte, daß er beides nicht brauchen würde. Als die Dunkelheit hereinbrach, packte ihn die Sorge, daß er Bernadette nicht mehr rechtzeitig finden würde. Er hätte es ihr gern erspart, die Nacht allein in der Wüste verbringen zu müssen. Sie würde schreckliche Angst haben. Und die eisige Nachtluft konnte ihren angegriffenen Lungen schaden. Den wenigsten Leuten war bewußt, wie kalt es nach Sonnenuntergang hier draußen werden konnte. Eduardo hatte immer zwei Decken in seinen Satteltaschen dabei, für alle Fälle.

Er war so frustriert, daß im benahe der feine Rauchgeruch entgangen wäre. Dann, als er sicher war, den Rauch von brennendem Holz zu riechen, machte sein Herz einen Satz. Er stieg vom Pferd und kletterte auf einen Felsbrocken, um von dort Ausschau zu halten, woher der Rauch kam. Weit unterhalb seines Standortes entdeckte er den Widerschein eines Lagerfeuers.

Es war nicht ungefährlich, den Abhang im Dunkeln hinunterzureiten, aber Eduardo nahm sich Zeit, und sein Wallach war trittsicher und vorsichtig.

Als Eduardo in den engen Lichtkreis ritt, den das Lagerfeuer warf, sprang Bernadette erschreckt auf. Fest in ihre Decke gewickelt, stand sie zitternd da und wartete. Noch konnte sie den Reiter nicht erkennen, der da herankam.

Sie reckte das Kinn. »Sie kommen besser nicht näher«, rief sie heiser. »Mein Vater und meine Brüder sind ganz in der Nähe des Lagers. Sie werden mich hören, wenn ich schreie.«

Eduardo mußte wider Willen über ihre Nervosität lächeln. Bernadette wirkte sehr verletzlich und sehr zerbrechlich, aber was für eine Haltung bewahrte sie angesichts der vermeintlichen Gefahr, die ihr drohte.

»Du überraschst mich doch immer wieder aufs neue«, begrüßte er sie, während er näher heranritt, damit sie ihn erkannte.

»Eduardo!« Bernadette stürzte auf ihn zu, als er vom Pferd stieg. Erleichtert und voller Vertrauen sah sie ihn an.

Er lächelte und zog sich die Handschuhe aus, bevor er ihre Hände in seine nahm. »Du frierst. Hast du denn keine zweite Decke mit?«

»Nein, nur diese eine.« Sie klapperte mit den Zähnen. »Ich hab' nicht daran gedacht, daß es *so* kalt wird. Warum bist du hier?« fragte sie dann neugierig. »Hat mein Vater dich geschickt?«

Seine Miene verhärtete sich. »Maria hat mir gesagt, was passiert ist. Also bin ich losgeritten, um dich zu suchen.«

»Du und nicht mein Vater«, flüsterte sie niedergeschlagen.

»Er wollte einen der Rancharbeiter losschicken. Ich hab' ihm gesagt, daß er sich die Mühe sparen kann.«

»Er hätte statt dessen einen dieser beiden Heiratskandidaten schicken sollen«, sagte sie bitter.

»Ich glaube, der Deutsche wird den ersten Zug in Richtung Norden nehmen«, bemerkte Eduardo trocken. »Und der andere Gentleman wird ihm wohl auf dem Fuße folgen.«

»Gott sei Dank!«

Er holte die Decken aus seiner Satteltasche und legte eine um Bernadettes Schultern. Nachdem er die Satteltaschen zur Seite gelegt hatte, begann er damit, in einem kleinen Topf Kaffee zu kochen.

»Was hat dieser deutsche Gentleman denn mit dir angestellt, Bernadette?« fragte er, als er den Kaffeetopf auf dem Feuer stehen hatte und sie beide dicht am Lagerfeuer saßen.

Peinlich berührt schaute Bernadette in die hellen Flammen. »Das ist doch egal. Es ist nicht mehr wichtig, wenn er jetzt weg ist.«

»Es ist wichtig! Ich hätte ihn erschießen sollen, diesen –«

»Es ist schon in Ordnung«, unterbrach sie ihn, ehe er zu Ende fluchen konnte. »Ich bin schließlich nicht die erste Frau auf dieser Welt, die gegen ihren Willen angefaßt worden ist.«

Eduardo sah wütend aus. Er ließ Bernadette nicht aus den Augen, als sie aufstand, zu ihrem behelfsmäßigen Nachtlager ging und sich darauf niederließ. »Hast du vor, die Nacht hier zu verbringen?«

Sie nickte. »Wenn ich meinem Vater einen Schrecken einjage, der groß genug ist, wird er vielleicht seine Pläne fallenlassen. Hoffe ich jedenfalls.«

»Er wird sie jetzt ganz sicher fallenlassen«, versicherte Eduardo ihr, während er die Hände gegen das Feuer hielt, um sie zu wärmen. »Ich verspreche dir, daß er das tun wird.«

Bernadette stieß einen langen Seufzer aus. »Danke, daß du losgeritten bist und mich gesucht hast.«

Er sah sie mutwillig an. »Wenn ich dir verrate, was ich vorhabe, würdest du dich nicht in Sicherheit wähnen.«

Sie zog die Augenbrauen hoch. »Wie bitte?«

»Ich habe vor, die ganze Nacht zusammen mit dir zu verbringen.«

Er hatte mit Abwehr und Erschrecken gerechnet. Statt dessen lachte sie nach einem kurzen Zögern amüsiert auf. »Was für eine wundervolle Idee! Wenn die beiden heiratswilligen Herren bis jetzt noch nicht abgereist sind, werden sie das schnellstens nachholen, sobald sie das erfahren!«

»Ich habe vor, an deren Stelle zu treten«, erklärte Eduardo entschlossen. »Wenn dein Vater unbedingt einen Adligen zum Schwiegersohn haben will, dann kann er mich nehmen. Ich werde mich verdammt viel besser um dich kümmern, als er es je getan hat. Und ich werde dich nicht nach Europa verschleppen, damit du dort vor Heimweh stirbst.«

Fasziniert und entzückt starrte Bernadette ihn an. »Du willst mich wirklich heiraten?«

Er nickte. »Es wird keine Liebesheirat sein«, sagte er, und seine Stimme klang ruhig und gelassen, »aber du wirst deine Freiheit und deine Unabhängigkeit haben, und ich werde für dich da sein.«

»Und ich werde immer für dich da sein«, versprach Bernadette.

Eduardo war schockiert, wie sehr ihm die Vorstellung gefiel, daß jemand für ihn da sein und für ihn sorgen wollte. Aber das zuzugeben war selbstverständlich inakzeptabel, und er hatte deshalb auch nicht vor, es auszusprechen. Aber wie nur wenige Dinge in letzter Zeit berührten ihn diese Worte.

»Hast du irgend etwas gegessen?« fragte er.

Sie lachte, und zog die Decke enger um sich. »Ich hatte ein Stück Brot und etwas kaltes Huhn, das Maria für mich eingepackt hatte, aber trotzdem bin ich hungrig«, gab sie ohne Umschweife zu.

»Das bin ich auch.«

»Du hast nicht zufällig etwas zu essen mitgebracht?«

Er lachte leise. »Ich bin in ziemlicher Eile aufgebrochen«, sagte er. »Aber ich habe auf dem Weg hierher in Mrs. Browns Café haltgemacht und sie gebeten, mir etwas kalten Braten, Brot und Käse einzupacken.« Er schüttelte den Kopf, als er die Köstlichkeiten aus seiner Satteltasche nahm. »Ich muß da wohl eine Vorahnung gehabt haben.«

»Was für einen fürsorglichen Ehemann du abgeben wirst!« neckte Bernadette ihn.

Eduardo belegte eine dicke Scheibe Brot mit kaltem Roastbeef und Käse und reichte sie Bernadette. Mit Heißhunger machte sie sich darüber her, nicht ohne verwundert festzustellen, daß ihre mißliche Lage sich in eine äußerst angenehme verwandelt hatte. Eduardo liebte sie zwar nicht, doch er bot ihr einen Neubeginn, eine Zukunft, die sie von ihrem Vater und dessen Versuchen, sie zu dominieren und zu manipulieren, befreien würde. Verschwunden war das Schreckgespenst einer aufgezwungenen Heirat, das drohende Schicksal, in einem fremden Land leben zu müssen.

»Worüber grübelst du nach? Bedauerst du deinen Entschluß schon?« fragte er eine Weile später, als ihm auffiel, wie schweigsam Bernadette geworden war.

Sie schaute rasch auf und schüttelte heftig den Kopf. »O nein«, sagte sie ohne zu zögern. »Ich habe gerade daran gedacht, was für ein Glück ich doch habe! Es wird sehr schön sein, nicht mehr von meinem Vater abhängig zu sein.«

Eduardo runzelte kaum merklich die Stirn. »Es wird kein Leben in Luxus und Nichtstun sein«, warnte er sie.

»Ich kann kochen«, erwiderte sie unerschütterlich. »Und nähen und saubermachen, und natürlich kann ich die Bücher führen und das Geld verwalten! Ich bin kein Invalide, der geschont werden muß. Ich denke sogar, daß es mir gesundheitlich sehr viel besser gehen wird, wenn ich glücklicher sein werde.«

»Das mag schon sein.« Eduardo nahm zwei Zinnbecher aus seiner Satteltasche und schenkte den Kaffee ein. »Hier, trink das«, sagte er. »Es wird dich aufwärmen. Sonst erkältest du dich noch, so verfroren, wie du immer noch aussiehst. Wobei ein Schnupfen allerdings noch das kleinste Übel wäre.«

Bernadette verzog das Gesicht, als sie an dem heißen Kaffee nippte. »Es tut mir leid«, sagte sie. »Ich hatte nicht vor auszureißen, bis Herr Branner hinter dem chinesischen Wandschirm handgreiflich geworden ist.« Sie schaute auf. »Bei dir zu Hause gibt es hoffentlich keinen chinesischen Wandschirm, oder?«

Er grinste mutwillig. »Nein. Aber wenn wir unsere Finanzen saniert haben, werde ich dir einen kaufen. Das heißt, wenn du einen haben möchtest.«

Sie schüttelte sich demonstrativ. »Nein, vielen Dank.«

»Bei mir wirst du zumindest vor ausländischen Verehrern sicher sein «, stellte er sachlich fest. »Und ich werde dir nicht die Schuld an Dingen geben, für die du nichts kannst.«

»Du sprichst von meiner Mutter, nicht wahr?« fragte sie. Er nickte. »Es tut mir leid, daß mein Vater die Erinnerung an sie nicht ruhen lassen kann. Er hätte wieder heiraten und glücklich werden können, aber davon wollte er nie etwas hören. Er trauert um sie, als wäre sie gestern gestorben, und er gibt mir die Schuld an ihrem Tod.«

»Vielleicht gibt er sich selbst die Schuld, Bernadette«, sagte er nachdenklich, »und läßt es an dir aus.«

Sie wickelte sich noch fester in ihre Decke. Ihr Frösteln war noch schlimmer geworden, und sie zitterte am ganzen Leib. »Es ist so k-kalt!«

Eduardo setzte seinen Becher ab und deutete auf das Bett aus Satteldecken. »Du mußt nicht frieren. Verzeih mir, Bernadette, ich will dir nicht zu nahetreten, aber anders können wir uns nicht warmhalten.«

Er zog Bernadette auf die ausgebreiteten Decken herunter und nahm sie in seine Arme. Als Bernadette sich daraufhin stocksteif machte, mußte Eduardo lächeln. »Ja, ich weiß, das wird eine ziemlich intime Angelegenheit«, sagte er, während er die Decke enger um ihre Schultern wickelte und sich ein Stück nach oben schob, damit sie beide sich gegen den Sattel lehnen konnten, der ihnen als Kopfkissen diente. »Aber du wirst dich daran gewöhnen.«

Sie lachte nervös. »Genau das hat mein Vater auch gesagt – über diesen dicken kleinen Mann, der mich angefaßt hat.«

Eduardo spannte sich bei diesen Worten an, in seinen Augen glitzerte der Zorn. »Keine Frau sollte sich je an etwas gewöhnen müssen, das ihr zuwider ist.«

Mit einem leisen Seufzer schmiegte Bernadette die Wange gegen seine breite Brust und schloß die Augen. Nach und nach ließ ihre Anspannung nach. Sie spürte Eduardos Wärme, die sie einhüllte.

»Oh, das ist viel besser«, flüsterte sie. »Danke!«

Er lachte leise und zog sie enger an sich. »Schamloses Weib«, murmelte er. »Du solltest besser um Hilfe rufen.«

»Ich brauche keine Hilfe. Du wirst mich heiraten.«

»Ja, das werde ich.« Eduardo reckte seine angespannten Muskeln und lehnte sich bequemer gegen den Sattel. »Es soll ein großes Ereignis werden«, sagte er. »Wir können nicht einfach ausreißen und heiraten, so wie es Königin Isabella und König Ferdinand getan haben – ohne das Wissen und das Einverständnis ihrer Eltern.«

»Was?« Sie schlug die Augen auf und schaute zu ihm hoch. »Der König und die Königin von Spanien sind durchgebrannt?«

Er lächelte. »Ja, in der Tat, das sind sie. Soweit man weiß, war es Isabellas Idee. Sie war kaum aus dem Backfischalter heraus. Sie und Ferdinand mußten sich heimlich treffen, und sie machte ihm den Vorschlag zu heiraten. Auf diese Weise könnten sie sein Königreich Aragon mit Kastilien, ihrem Königreich, vereinen. Durch eine solche Verbindung würden sie ganz Spanien regieren und beherrschen.«

»Und er war damit einverstanden?«

»Ja. Sie haben heimlich geheiratet, und danach ist jeder in seine Heimat zurückgekehrt. Nach dem Tod seines Vaters wurde Ferdinand König von Aragonien. Und jetzt verkündeten die beiden der Welt ihre Heirat und schlossen ihre Heere zusammen, um gemeinsam die Mauren aus Spanien zu vertreiben. Denk nur daran, wieviel die beiden zustande gebracht haben – und das alles nur, weil eine kluge junge Frau den Mut hatte, in den Lauf der Geschichte einzugreifen.« Fast zärtlich schaute er Bernadette an. »Sie muß so wie du gewesen sein, Bernadette. Auch du bist keine Frau, die demütig dasteht und andere über ihr Leben entscheiden läßt. Kein albernes Gänschen würde allein mit einem Mann im Dunkeln zusammenliegen, um ihrem Vater und dem Rest der Welt die Stirn zu bieten.«

»Oh, so mutig bin ich nicht«, widersprach sie. »Es ist purer Eigennutz. Ich will nicht wie ein Menschenopfer dargebracht werden.«

Sein Arm spannte sich an. »Das wirst du auch nie sein. Aber was die Heirat angeht – es wird einen Skandal geben, das muß dir klar sein.«

»Das ist es mir auch. Und was meinen Ruf anbelangt, bin ich ohnehin ruiniert«, sagte sie leichthin.

Er sah sie an. »Ruiniert?«

Sie spähte zu ihm, ein verschmitztes kleines Lächeln auf den Lippen. »Oder soll ich besser sagen kompromittiert? Oder entehrt? Verführt?«

Eduardo erwiderte ihr Lächeln nicht. Er spürte, wie weich sie in seinen Armen lag, er spürte die Freude, die es ihm machte, sie so zu halten. »Verführt?« fragte er leise und zog Bernadette eng an sich. »Was für eine hinreißende Idee?«

5

Bernadette war sehr mutig, bis Eduardo sie behutsam auf ihr Lager zurückdrückte und sich über sie beugte.

Ihr Herz pochte wie verrückt, und sie atmete heftig. Eduardo hörte, wie angestrengt Bernadette Luft holte.

Sofort hielt er in seiner Bewegung inne. Er hob die Hand und strich Bernadette die Haarsträhnen aus dem Gesicht, die sich aus dem Knoten gelöst hatten.

»Vergib mir«, bat er leise. »Ich wollte dir keine Angst machen, ich wollte dich nur ein wenig necken. Atme langsam, Bernadette, ganz langsam. Da ist nichts, wovor du Angst haben müßtest.«

Mit großer Willenskraft gelang es Bernadette, sich zu entspannen und ihr wild klopfendes Herz zu besänftigen. Sie legte die Hand an die Kehle, als sie Eduardo mit großen Augen ansah.

»Soll ich aufstehen und noch mehr Kaffee kochen?«, fragte er. »Würde dir das helfen, wieder leichter Luft zu bekommen?«

Sie schüttelte den Kopf. »Es ist nicht das Asthma«, flüsterte sie.

Er stutzte. »Was ist es denn?«

Bernadette biß sich auf die Lippen. Sie suchte seinen Blick. »Es kommt daher, daß ich dir so nah bin«, gestand sie scheu ein und sah auf seinen Mund.

»Aha.«

Nur dieses eine kleine Wort, aber es setzte ihre Sinne in Brand. Bernadette konnte ihre Ungeduld nicht länger zügeln. Sie ließ die Finger zu seiner Hemdbrust gleiten und preßte sie dagegen. Doch als sie ihren Mut am meisten brauchte, schien er sie wieder zu verlassen.

»Es regt auch mich auf, *amada*«, flüsterte Eduardo dicht an ihren Lippen und sah, wie diese sich für ihn öffneten. Er neigte den Kopf. Die dunkle Nacht hüllte sie ein wie eine Decke, und das ersterbende Feuer machte ihr Beisammensein noch intimer. »Küß mich«, bat er leise.

Sie spürte, wie seine Lippen die ihren berührten, sie streichelten. Es war eine federleichte, flüchtige Berührung, doch durchströmte dabei eine prickelnde Erregung ihren Körper. Bernadette keuchte kaum hörbar, und sie griff fest nach dem Revers von Eduardos Jacke und zog ihn zu sich herunter. Unentwegt streichelten seine Lippen ihren Mund, erkundeten seine Hände ihren Körper. Als seine Finger ihren Busen berührten, spürte er Bernadette zusammenzucken.

Mit den Daumen strich er sanft und fordernd zugleich über ihre Brüste. »Magst du es, so gestreichelt zu werden?«, flüsterte er. »Oder ist es unangenehm, wenn ich dich berühre?«

Der Aufruhr ihrer Gefühle war so groß, daß Bernadette nicht sprechen konnte. Sie zitterte, und ihr Körper bog sich Eduardo leicht entgegen. Er verstand diese stumme Botschaft.

Sie seufzte, als Eduardo ihre Brüste liebkoste, diese intime Stelle ihres Körpers, die nur zweimal von einem Mann berührt worden war. Und beide Male war es abstoßend und widerwärtig gewesen. Dieses Mal jedoch war es himmlisch. Bernadette entspannte sich und sah mit weichen, verschleierten Augen zu Eduardo auf, als er sie streichelte. Er spürte, wie ihre Brustwarzen sich unter seinen Händen hart aufrichteten, und lächelte zärtlich. »Du hast keine Angst vor mir?«

»Nein«, wisperte Bernadette atemlos. Sie berührte sein Gesicht, seinen festen Mund und ließ ihn ihre Erregung spüren. Sie stöhnte auf, als er den Druck seiner Finger verstärkte, als sein Streicheln fordernder wurde. Er streichelte die harten Brustspitzen. Auf seinem dunklen, hageren Gesicht lag ein Ausdruck, den Bernadette noch nie zuvor gesehen hatte. Es war ein leidenschaftlicher, sinnlicher, hingebender Ausdruck.

»Ist es das, was Männer und Frauen zusammen im Dunklen machen?« flüsterte sie neugierig.

»Ja«, erwiderte er sanft. »Aber sie sind dabei nackt, *amada.*«

Bernadette war die Kühnheit ihrer Frage weitaus peinlicher als Eduardos offene Antwort. Aber sie würden heiraten. Sie mußte sich mit ihren namenloses Ängsten auseinandersetzen, mußte sie in den Griff bekommen.

»Und was geschieht dann?« wollte sie wissen.

Seine Hände strichen über ihr Kleid, und das leise Rascheln des Stoffes schien unnatürlich laut in der samtenen Dunkelheit, die sie umgab. Nur noch das leise Knistern des Feuers und hin und wieder der weit entfernte Ruf eines Tieres waren zu hören.

»Weißt du irgend etwas über die körperliche Liebe? Darüber, wie Mann und Frau zusammen sind?« fragte er ruhig.

»Nur, daß Männer anders gebaut sind als Frauen«, erwiderte sie. »Eines der Mädchen im Pensionat ist mit einem Mann zusammen gewesen, obwohl …« Scheu fügte sie dann hinzu: »Sie hat uns erzählt, daß es sehr schockierend war, aber auch viel Spaß gemacht hat, und daß ihre

Körper Teil des anderen geworden sind. Aber was sie damit gemeint hat, haben wir nicht so richtig verstanden.« Bernadette war bei diesen Worten rot geworden.

Eduardo sah sie an. »Möchtest du, daß ich es dir sage? Daß ich dir erkläre, was geschieht?«

»Ich denke, das solltest du«, sagte sie. »Weil wir doch heiraten wollen. «

»Daran gibt es keinen Zweifel«, bestätigte er ernst. »Ich hätte dich nie auf diese Weise berührt, wenn meine Absichten nicht ehrenvoll wären. Du bist sehr unschuldig, Bernadette«, fügte er hinzu, als ob es ihn störte.

»Und sehr nervös!« Sie lachte unsicher. »Aber mir gefällt, wie es sich anfühlt, wenn du mich berührst.«

»Mir gefällt es auch.«

Eduardo nahm ihre kleinen Hände, legte sie auf seinen Bauch und führte sie langsam herunter, bis Bernadette unerwartet etwas ziemlich Erschreckendes ertastete. Er bemerkte ihr instinktives Zurückzucken und hielt ihre Hand dort fest.

»Hier ist es, wo wir uns unterscheiden«, sagte er leise. »Dieser Teil meines Körpers wird in deinen eindringen. Dort, wo du am meisten Frau bist. Wir werden miteinander verschmelzen, eins werden. Und dabei werden wir unbeschreiblich Schönes empfinden.«

Bernadettes leisem Aufschrei hörte man an, wie schockiert sie war.

»Was für einen schlechten Dienst erweisen unsere Eltern uns doch, indem sie diese Dinge mit einem Geheimnis umgeben«, sagte Eduardo, und seine Stimme klang tief und ernst. »Indem sie sie mit einem Mythos umgeben und mit Romantik verbrämen. Die körperliche Liebe ist ein Geschenk Gottes, Bernadette, sie ist nichts, dessen man sich schämen muß. Es ist etwas Wunderbares, was zwischen Mann und Frau geschieht. Es schenkt uns nicht nur die schönsten Empfindungen, die uns das Leben geben kann, sondern wir zeugen so auch unsere Kinder.«

Sie räusperte sich verlegen, weil er so offen mit einem Thema umging, das bislang für sie unklar und verschwommen gewesen war. »Darüber hat noch nie jemand mit mir gesprochen«, sagte sie.

»Die Leute sind der Meinung, daß solche Dinge ungehörig und unschicklich seien und daß man deshalb nicht darüber reden dürfe.« Er lachte leise. »Aber ich bin ein ruchloser, schlimmer Mann, Bernadette, und du bist keine schreckhafte Mimose, trotz deiner angegriffenen Lungen.«

Ihre Hand lag noch immer dort, wohin Eduardo sie geführt hatte, aber jetzt war es für Bernadette weniger schockierend, es begann sogar, sich vertrauter anzufühlen. Sie wollte ihm das sagen und bewegte leicht die Hand. Da spürte sie eine unerklärliche Reaktion.

Sie hörte, daß Eduardo einen tiefen kehligen Laut ausstieß; dabei zuckte er unkontrolliert zusammen.

Fasziniert spürte Bernadette, daß sich unter ihrer bebenden Hand etwas tat, und als sie Eduardo in die Augen schaute, sah sie seine Erregung sich darin widerspiegeln.

»Damit wäre wohl ein weiterer Aspekt des Geheimnisses enthüllt«, sagte er leichthin, doch seine Stimme klang angespannt.

Bernadette empfand so etwas wie Ehrfurcht. Sie fühlte sich plötzlich sehr stark, sehr wissend. Ohne Scheu erwiderte sie Eduardos Blick. Sie schluckte. Sie erlebte das Wunder dessen, was sie miteinander teilten. Verwerfliche, sündige Gedanken schwirrten durch ihren Kopf. Als sie ihre Finger zögernd bewegte, war sie von ihrer eigenen Kühnheit überrascht.

Eduardo griff sofort nach ihrer Hand und hielt sie fest. Sein Lachen klang rauh. »Neugier ist gefährlich«, flüsterte er ihr zu. »Besonders in einer Situation wie dieser. Diese Art von Abenteuer hebt man sich am besten für nach der Hochzeit auf.«

Sie lächelte schüchtern. »Ich freue mich auf dieses Abenteuer.«

»Ich mich auch.« Eduardo drehte sich auf den Rücken und verzog dabei ein wenig das Gesicht, er war erregt und unbefriedigt. Trotzdem zog er Bernadette fest in seine Arme und hüllte sie fürsorglich in die Decke ein. »Du steckst voller Überraschungen.«

»Meinst du meine Schamlosigkeit?« murmelte sie.

Sein Arm spannte sich an. »Das ist eine sehr schöne Überraschung«, erwiderte er. »Was die intimen Erfahrungen in einer Ehe angeht, so waren meine bislang nur unangenehm und entwürdigend.«

»Wieso?«

Er seufzte. »Willst du wissen, wie Consuela reagiert hat, als ich sie genommen habe? Sie hat sich am ganzen Körper stocksteif gemacht, die Zähne zusammengebissen, die Augen zugemacht und Gebete vor sich hin gemurmelt, bis ich fertig war. Nach dem zweiten Mal habe ich nie wieder mit ihr geschlafen. Neun Monate später kam unser Sohn zur Welt, und ich wußte, daß es nach ihm kein weiteres Kind geben würde. Mein Stolz hätte keine weitere Nacht in ihrem Bett überlebt.«

Bernadette biß sich auf die Lippen. »O je.«

»O je?« wiederholte er neugierig.

»Was ist … wenn ich genauso wie sie bin?«

Er lachte leise. »Du bist nicht so.«

»Wie kannst du das wissen, bevor wir nicht …«

Er beugte sich über sie, zog ihr die Decke bis zur Taille

herunter und legte den Mund über eine ihrer kleinen Brüste.

Es war das wunderbarste Gefühl, das Bernadette je empfunden hatte. Sie schrie vor Entzücken auf, schloß die Hände um seinen Kopf und zog ihn zu sich heran. Ihr Körper bog sich ihm entgegen, damit diese Berührung nicht aufhörte.

Eduardo lachte. Sie fühlte seinen Atem auf dem feuchten Stoff ihres Mieders, als er sich wieder herunterneigte und die harte Brustwarze zwischen die Zähne nahm. Mit köstlicher Zartheit spielte er daran, bis Bernadette unbeherrscht zitterte.

Er hob den Kopf und preßte die warme Hand auf die Stelle, die er geküßt hatte, als er in die weit aufgerissenen Augen sah. »Ich weiß, daß du nicht wie Consuela bist und auch niemals so sein wirst«, flüsterte er.

Sie suchte seinen Blick. »Du bist wirklich ein schlimmer Mann.«

Er lächelte. »Ja. Und bist du nicht froh darüber?«

Sie verbarg ihr Gesicht an seiner Brust und lächelte, als er sie in die Arme nahm und die Decke wieder über sie beide zog. Natürlich war sie froh darüber, aber das würde sie nicht zugeben. Das Verheiratetsein, so schien es, war wohl doch nicht so schrecklich, wie sie immer gedacht hatte.

Aber als sie am nächsten Morgen aufwachten, war Bernadette Eduardo gegenüber doch ein wenig scheu und verlegen. Er bemerkte es und hielt sie fest, als sie von dem Nachtlager aufspringen wollte, das sie miteinander geteilt hatten.

»Seit der letzten Nacht hat sich nichts verändert«, versicherte er ihr. »Außer, natürlich, daß dein guter Ruf jetzt zum Teufel ist und du mich heiraten mußt.«

Sie seufzte. »Ja, ich weiß. Und die Leute werden es nie vergessen und darüber reden, für den Rest unseres Lebens.«

»Du mußt zugeben, daß es der einzige Weg war, die Einwilligung deines Vaters zu bekommen«, erinnerte er sie. »Und dich vor seinen Heiratskandidaten zu retten.«

Ein wenig unglücklich und verwirrt lehnte sie sich gegen den Sattel. »Er hätte dir seine Einwilligung mit Freuden gegeben, aber du bist ihm aus dem Weg gegangen. Er hat angenommen, daß du mich nicht wolltest.«

Eduardo hielt den Atem an. »Davon hat er kein Wort gesagt! Und du auch nicht!«

Bernadette zog sich ein Stück von ihm zurück. »Ich glaube, du warst von Anfang an sein heißestes Eisen im Feuer«, sagte sie nachdenklich. »Er hat dich mir sozusagen angeboten – als Alternative zu dem Deutschen und dem Italiener, und er hat gesagt, daß er den beiden absagen würde, wenn ich dich für seinen Vorschlag interessieren könnte. Aber du bist nicht mehr zu uns gekommen, und deshalb hat er vermutet, daß du nicht an mir interessiert wärst.«

»Wir haben an dem Tag deines schlimmen Asthmaanfalles miteinander gesprochen«, erklärte Eduardo. »Ich habe ihm damals gesagt, daß ich einer Heirat mit dir nicht abgeneigt wäre.«

Sie schnappte nach Luft. »Davon hat er mir nichts erzählt!«

Er nahm ihre schmalen Hände in seine und hielt sie fest. »Ich habe mich wegen meines Verhaltens geschämt«, sagte er schroff. »Es war unehrlich und unaufrichtig, eine solche Heirat hinter deinem Rücken zu arrangieren. Mein Gewissen hat mich gezwickt wie Säure.«

Ihr Herz hüpfte vor lauter Freude. Er war also doch nicht so ein ehrloser Schuft, wie er von sich behauptete. Aber es überraschte sie dennoch, daß er in Erwägung gezogen hatte, sie zu heiraten.

»Du hättest es mir sagen können«, stellte sie fest.

Er grinste. »Ja, das hätte ich tun können.« Er wandte den Kopf und machte eine rasche Bewegung, so daß er über ihr lag. Ihre Gesichter waren nur Millimeter voneinander entfernt. »Aber ich fühlte mich von dir sehr angezogen und war mir überhaupt nicht sicher, ob mir eine solche Komplikation recht war.«

Fragend zog Bernadette die feingezeichneten Augenbrauen hoch. »Du wolltest eine Frau, die dich nicht anzieht?«

Er zuckte die Schultern. »Nimm es, wie ich's sage, auch wenn es absurd klingt.«

»Ich denke, ich verstehe es, zumindest ein wenig«, erwiderte sie. Ihr Blick ruhte auf seinem attraktiven Gesicht. »Du wolltest ehrlich sein, was deine Gefühle anbelangt. Du warst nicht bereit, ein Gefühl vorzutäuschen, daß du nicht empfandest.«

Er nickte. »Genau das war der Grund, Bernadette.«

»Deshalb hast du dich auf der Ranch nicht mehr blicken lassen, und mein Vater dachte, du hättest dich schließlich doch gegen eine Heirat mit mir entschieden.«

»Und ich dachte, er wäre zu der Überzeugung gekommen, daß ich nicht gut genug wäre, seine Tochter zu heiraten«, bekannte er.

Verwundert runzelte sie die Stirn. »Das hast du nicht gedacht.«

»Doch, das habe ich.«

Sie schüttelte den Kopf. »Aber wußtest du denn nicht, daß er dich mehr bewundert als jeden anderen Mann, den er kennt?«

Eduardo seufzte. »Das wußte ich nicht.« Impulsiv streckte er die Hand aus und fuhr mit den Fingerspitzen über ihre sanft geschwungene Augenbraue. Er sah ihr tief in die Augen. »Ich bin halb Spanier und halb Texaner«, erklärte er. »Das ist eine merkwürdige Mischung, fast so, als wäre man zur Hälfte Indianer. Einige Leute stoßen sich daran und nennen mich einen Mischling.«

»Gibt es Indianer unter deinen Vorfahren?« fragte sie.

»Gäbe es welche, würde meine Großmutter das niemals zugeben.« Ein wenig besorgt sah er Bernadette an. »Du wirst es manchmal recht schwer mit ihr haben, Bernadette. Sie wird meine Heirat mit einer Nichtadeligen nicht billigen, trotz meiner gemischten Abstammung.«

»Es ist doch nicht so, als gehörten wir verschiedenen Rassen an«, sagte Bernadette.

»Und dein Vater ist reich. Mir ist das bewußt. Aber für sie wird das nicht zählen. Sie ist in solchen Dingen sehr altmodisch. Etwa so wie dein Vater«, fügte er hinzu, »der Stammbaum ist für sie wichtiger als alles andere.«

»Mein Vater sagt, daß deine Großmutter in Spanien keine passende Partie für dich arrangieren konnte, weil –«

Seine Augen blitzten auf. »Weil meine Frau unter ungeklärten Umständen ums Leben gekommen ist«, führte er für sie den Satz zu Ende.

Sie hob die Hand und berührte seine fest zusammengepreßten Lippen. »Sei nicht wütend. Wir dürfen keine Geheimnisse voreinander haben, nicht in einer solchen Ehe, wie wir sie führen werden.«

Er verzog das Gesicht. Er nahm ihre Hand und hielt sie fest. »Nein, das dürfen wir nicht. Aber diese Geheimnisse sind für eine Zeit, wenn du und ich im Umgang miteinander weniger befangen und vertrauter sind.« Er drückte beruhigend ihre Hand. »Ich habe Consuela nicht getötet«, versicherte er. »Das muß dir für jetzt genügen.«

»Deine Großmutter wird diesen Sommer hierherkommen, nicht wahr?«

»Sie wird in derselben Minute hier auftauchen, in der sie erfährt, daß es eine Hochzeit geben wird. Und sie wird Lupe mitbringen.«

Das war ein ihr unbekannter Name. »Lupe?«

»Lupe de Rias«, sagte er knapp.

»Ein Mann oder eine Frau?«

»Eine Frau. Und die erste Wahl unter den Frauen, die nach Meinung meiner Großmutter für mich als Ehefrau in Frage kommen, nach Consuela.«

Bernadettes Herz setzte einen Schlag lang aus. »Willst du damit sagen, daß sie für dich eine Frau ausgesucht hat? Eine Adlige?«

Betreten sah er Bernadette an. Sein Blick wanderte zu ihren Brüsten, und er dachte daran, wie weich und warm sie sich unter seinem Mund angefühlt hatten. Sie waren nicht groß, aber sie waren fest und keck und wie dafür geschaffen, berührt zu werden. Er wünschte, er könnte sie ohne das züchtig hochgeschlossene Kleid sehen.

»Was hast du gesagt?« fragte er abgelenkt.

»Ich fragte, ob für dich also doch noch die Chance besteht, unter deinesgleichen zu heiraten?«

»Ich will Lupe nicht«, erklärte er einfach. »Ich ziehe dich vor.«

Ihr Herz machte einen Freudensprung, und sie lachte leise. »Tust du das? Wirklich? Trotz meiner angegriffenen Lungen und allem anderen?«

»Ja.« Er neigte den Kopf, und sein Mund fand ihre weiche Brust.

Sie keuchte auf und schloß die Hände um sein Gesicht,

aber es war nur ein halbherziger Versuch, ihn von seinem Tun abzuhalten.

»Ich möchte dich ansehen«, murmelte er. Seine Hände strichen über ihren Körper, und er küßte ihren weichen Nacken, ihre Wange, ihre Lippen. Er bewegte sich und preßte sich an sie, sein Bein lag über ihren.

Sein Kuß war heiß und verlangend. Als Bernadette die Hände in seinem Nacken verschränkte, kämpfte sie darum, Vernunft walten zu lassen. Es gelang ihr nicht. Wie in der Nacht zuvor öffneten ihre Lippen sich für ihn wie von selbst, und sie genoß die sinnliche Zärtlichkeit, die seine Hände ihr bereiteten.

Eduardo hob den Kopf und sah ihr verzücktes Gesicht und ihre verhangenen Augen. Besitzergreifend legte er die Hand auf ihre Brust. »Ich würde eher mein Bein abhacken, als dich gegen Lupe einzutauschen«, gestand er heiser. »Du gehörst jetzt schon mir.«

Bernadette sah ihn voller Sehnsucht an, ihr Körper wurde weich und hingebend, als sie Eduardos kühne Zärtlichkeiten auskostete.

Er seufzte bedauernd und schaute sich um. »Es ist schon ziemlich spät«, sagte er bedauernd und ließ Bernadette los. »So sehr ich es auch vorziehen würde, hierzubleiben und diesen entzückenden Zeitvertreib fortzusetzen, müssen wir jetzt die Suppe auslöffeln, die wir uns eingebrockt haben.« Er stand auf und zog sie mit sich hoch. Als Bernadette vor ihm stand, strich er ihr das zerzauste Haar aus dem Gesicht. »Du könntest eine Bürste gebrauchen, aber ich habe keine dabei.«

Sie lächelte. »Das ist unwichtig. Wir stecken ohnehin schon so tief in Schwierigkeiten, daß mein Vater diese Kleinigkeit wahrscheinlich überhaupt nicht bemerken wird.« Sie schnitt eine Grimasse. »Er wird wütend sein.«

»Meinst du?« Er beugte sich vor und küßte sie auf die Nasenspitze. »Ich glaube das nicht, Bernadette.«

»Eduardo.«

Er legte ihr den Finger auf den weichen Mund. Sein Blick glitt hinunter zu ihrem Mieder und blieb dort hängen. Verschwörerisch grinste er sie an. »Ich hoffe nur, daß die Sonne das da bald trocknen wird.« Er deutete auf ihr Kleid. »Bevor dein Vater das sieht.«

Sie sah an sich herunter. Als sie die kleinen feuchten Flecken über ihrer Brustwarze entdeckte, lachte sie verlegen. »Das wird schon bald verschwunden sein.«

Er faßte Bernadette an den Schultern, sein Gesicht schimmerte dunkel, sein Blick war ernst und eindringlich. »Ich finde dich hinreißend«, sagte er ruhig. »Deine Reaktion auf mich ist so, wie ein Mann sie sich erhofft, sie sich erträumt. Wir werden eine gute Ehe führen, Bernadette.«

»Ja, das werden wir«, stimmte sie zu. Dann zögerte sie. »Auch wenn du mich nicht liebst.«

Eduardo schwieg einen Moment lang. Er hatte es ihr nicht so schonungslos offen sagen wollen, aber vielleicht war es der beste Weg. »Nein«, gestand er. »Aber ich mag dich. Ich mag deinen Verstand. Ich mag, was ich empfinde, wenn ich dich berühre. Wenn ich mit dir schlafen werde. Und wenn dann die Kinder kommen, wird uns das noch fester aneinander binden. Das wird uns reichen.«

Bernadette wußte nichts über das, was da kommen würde. Sie wußte nur, daß sie Eduardo von ganzem Herzen und aus tiefster Seele liebte. In ihrem Kopf hallten die Worte wider, die er über die Kinder gesagt hatte, die kommen würden. Noch immer hatte sie Angst davor, ein Kind auf die Welt bringen zu müssen. Aber das überwältigende Verlangen nach Eduardo, daß sie erfüllte, war ungleich stärker als alle Furcht.

»Hör auf, dir Sorgen zu machen«, tröstete Eduardo sie, als er ihren grübelnden Gesichtsausdruck sah. »Vertrau mir. Alles wird gut werden.«

»Ich hoffe es so sehr«, sagte sie.

Er lächelte. »Du wirst schon sehen.«

Sie brauchten eine gute Stunde für den Rückweg zur Ranch. Wie Bernadette befürchtet hatte, erwartete ihr Vater sie bereits. Er ging in der Nähe des Pferdestalles auf und ab, rauchte eine Zigarre und sah grimmig aus. Er starrte die beiden Ankömmlinge schweigend an, während sie abstiegen und die Pferde dem Stallburschen übergaben.

Bernadettes Hand war eiskalt, als Eduardo sie ergriff und festhielt, während sie auf ihren Vater zugingen. Eduardo wirkte kein bißchen schuldbewußt. Im Gegenteil, stolzen Schrittes und mit hocherhobenem Kopf trat er auf Colston Barron zu.

»Ich werde noch heute ein Telegramm an meine Großmutter schicken, um ihr meine bevorstehende Heirat mit Bernadette mitzuteilen«, sagte er und nahm dem kleinen Iren den Wind aus den Segeln, bevor der auch nur seine Zigarre aus dem Mund nehmen konnte. Abwehrend hob er die Hand, als Colston etwas sagen wollte. »Selbstverständlich müssen für die Hochzeit eine Reihe formeller Dinge beachtet werden. Und meine Verwandten werden einige Zeit brauchen, um die Vorbereitungen zu treffen. Mein bester Freund gehört dem Hause Windsor an, und ich würde ihn gern bei der Zeremonie an meiner Seite haben. Ihnen ist ja sicher bewußt, daß dieses Fest ein großes gesellschaftliches Ereignis sein wird.« Eduardo gab sich bewußt arrogant, als er hinzufügte: »Immerhin wird

Bernadette Mitglied einer Familie werden, die mit fast allen Dynastien Europas verwandt ist.«

Colston sah aus, als würde er in Ohnmacht fallen. »Sie wollen sie doch noch heiraten?«

»Natürlich will ich sie heiraten. Das wollte ich immer. Wir kommen hervorragend miteinander aus. Wir werden eine gute, harmonische Ehe führen.«

Colston Barron wischte sich über die schweißnasse Stirn, während sein Blick zwischen Bernadette und Eduardo hin und her ging. Plötzlich änderte sich seine Miene. »Aber sie ist letzte Nacht nicht nach Hause gekommen, und alle Angestellten wissen das.« Er stöhnte bekümmert. »Sie werden reden.«

»Nicht, wenn sie erfahren, daß Bernadette die Nacht mit meiner Cousine Carlita aus Mexiko City verbracht hat, die mich gestern besucht und heute nacht in meinem Haus übernachtet hat«, erwiderte Eduardo gelassen. Er ließ Bernadettes Hand los und steckte sich auch eine Zigarre an. »Meine Angestellten werden selbstverständlich beschwören, daß es sich so verhalten hat. Und heute morgen habe ich Bernadette dann nach Hause gebracht.«

Colston stieß einen tiefen Seufzer aus. »Das alles ist ganz allein meine Schuld«, sagte er düster. »Ich dachte, Sie hätten an der Heirat kein Interesse mehr. Im Gegensatz zu dem Herzog aus Deutschland; der hätte Bernadette sofort genommen.« Unbehaglich trat er von einen Fuß auf den anderen und vermied es, seiner Tochter in die anklagenden Augen zu sehen. »Ich dachte, sie würde sich an ihn gewöhnen. Nicht im Traum hab ich damit gerechnet, daß sie ausreißen würde.« Er starrte Bernadette vorwurfsvoll an. »Du hättest von Wölfen gefressen werden können, du dummes, verbohrtes Ding!«

»Daß gerade du mich dumm und verbohrt nennst!«

erwiderte Bernadette in scharfem Ton. »Wer hat mir denn befohlen, daß ich diesen schrecklichen kleinen Mann all das tun lassen soll, was er will? Und das nur, weil du einen adligen Schwiegersohn haben willst!«

»Halt deinen Mund und untersteh dich, in diesem Ton mit mir zu reden!«

Eduardo stellte sich zwischen die beiden, als er hörte, daß Bernadette das Atmen schwerer fiel und sie zu keuchen begann. »Über eine Sache zu streiten, die man ohnehin nicht mehr ändern kann, ist verschwendete Energie«, sagte er ruhig. »Wir müssen eine Hochzeit vorbereiten. Meine Cousine Lupe wird zusammen mit meiner Großmutter zu Besuch kommen. Sie hat erst kürzlich eine Hochzeit für das spanische Königshaus arrangiert und ist mit dem Protokoll und der Etikette vertraut. Sie wird sich um alles kümmern.«

»Und ich werde alles bezahlen«, erklärte Colston sofort. Er sah eher erleichtert als schuldbewußt aus. Er betrachtete Bernadette von Kopf bis Fuß, als suchte er an ihr nach Anzeichen einer Veränderung. »Wann kann die Hochzeit sein, sagten Sie? In zwei Monaten?« fragte er besorgt und warf dabei noch einmal einen prüfenden Blick auf Bernadettes schmale Taille.

»Was unterstehen Sie sich!« explodierte Eduardo zornig, als er Colstons abschätzenden Blick bemerkte.

Bernadettes Vater hielt erschrocken den Atem an. »Aber mein Junge, ich habe doch kein Wort gesagt!«

»Sie war durcheinander, allein, hungrig und verängstigt – und durchgefroren bis auf die Knochen! Selbst ein Schurke hätte Skrupel, einer Frau in einer solchen Situation zu nahe zu treten! Und ein Gentleman würde so etwas schon gar nicht tun!«

»Ich entschuldige mich, ja, das tue ich«, lenkte Colston

sofort ein. »Vergeben Sie einem alten Mann sein Mißtrauen! Ich hätte es besser wissen müssen.«

»Ja, das hätten Sie« sagte Eduardo, wieder etwas besänftigt. Er sah auf Bernadette herunter. »Ich nehme an, daß der Ball nicht abgesagt worden ist?« fragte er plötzlich.

»Nun ... nein«, erwiderte Colston zögernd. »Ich wußte nicht, was ich tun sollte, als sie nicht nach Hause kam«, fügte er steif hinzu. »Ich wußte nicht, ob Sie sie überhaupt finden würden. Es hätte alles mögliche passieren können. Ich wollte gerade meine Gäste zu mir bitten und alles für deren Abreise arrangieren.«

»Unnötig«, erwiderte Eduardo. »Hast du ein Abendkleid?« fragte er Bernadette.

Sie lächelte. »Ja. Papa hat mich zum Einkaufen in die Stadt geschickt. Es ist ein Modellkleid aus Paris.«

»Welche Farbe hat es?«

»Es ist weiß«, sagte sie. »Weiß mit rosafarbenen Seidenrosen und winzigen blauen Sichelmonden.«

»Wie außerordentlich passend«, stellte Eduardo fest. »Das Verlobungsarmband der Familie Ramirez ist aus Gold und mit Smaragden besetzt. Und der Ring ist ein Solitär, er ist sehr alt und sehr wertvoll. Ich werde dir beides auf dem Ball geben.« Er nahm Bernadettes schmale Hand in seine, hob sie zärtlich an seinen Mund und küßte sie liebevoll. »Bis heute abend, *querida,* Geliebte.«

6

Bernadette und ihr Vater sahen Eduardo nach, als er davonritt. Keiner von beiden sprach ein Wort.

Dann brach Colston Barron das Schweigen zwischen ihnen. »Ich dachte, er hätte es sich anders überlegt, und wollte von einer Heirat mit dir nichts mehr wissen«, sagte er unbehaglich.

Sie lächelte vor sich hin. »Das dachte ich auch.« Sie wandte sich um und sah ihren Vater neugierig an. »Er hat geglaubt, er wäre dir nicht gut genug für mich gewesen.«

»Aber nein!« rief er entrüstet aus. »Ganz bestimmt nicht!«

Bernadette wurde nachgiebiger, als sie die Besorgnis im Gesicht ihres Vaters sah. »Es ist alles in Ordnung, Vater. Ich habe Eduardo gesagt, daß du so etwas nie gedacht hast, daß du im Gegenteil eine sehr hohe Meinung von ihm hast.«

»Das ist wohl wahr, und das macht das Ganze auch ein bißchen einfacher«, erwiderte er, während er sein Taschentuch hervorzog und sich damit über die schweißnasse Stirn fuhr. Er schaute seine Tochter an. »Er ist nicht mehr gekommen. Ich dachte, er wollte mir damit auf höfliche Weise zu verstehen geben, daß er seine Meinung geändert hatte, was dich anging.«

»Eduardo hätte das niemals auf diese Art und Weise gemacht«, erklärte Bernadette ein wenig überrascht. »Er wäre zu dir gekommen und hätte es dir gesagt, wenn er seine Meinung geändert hätte.«

»Ja, vermutlich hätte er das getan.« Colston Barron verschränkte die Arme auf dem Rücken, während sie auf das Haus zugingen. »Wie seid ihr denn auf das Thema Heirat zu sprechen gekommen?«

»Wir haben uns über die ausländischen Besucher unterhalten. Eduardo war wütend, daß ich davongelaufen war«, fügte sie hinzu, ohne zu erklären, warum. »Er sagte, daß ich ebensogut ihn heiraten könnte, wenn ich unbedingt einen Mann mit Titel heiraten sollte. Er braucht Geld, und du willst einen adligen Schwiegersohn. Auf diese Weise bekommt ihr beide das, was ihr haben wollt.«

Mißtrauisch kniff er die Augen zusammen. »Richtig, das würden wir. Aber welchen Nutzen hättest du davon?« wollte er dann wissen.

»Das, was ich mir am meisten wünsche«, erwiderte sie.

»Und das wäre ...?«

»Eduardo«, sagte sie ruhig.

Das Geräusch, das Colston Barron von sich gab, klang wie ein Kichern. »Ach, sei doch still! Was ist denn das für eine Geschichte, daß ihr euch jahrelang wie Hund und Katze in den Haaren gelegen habt?« Er schwieg irritiert. »Was ist heute nacht da draußen passiert?« fragte er dann.

»Nichts Dramatisches, wirklich nicht«, schwindelte Bernadette ihn an, ohne eine Miene zu verziehen. »Er hat mich vor der Kälte gerettet. Vielleicht vorm Erfrieren. Es war sehr kalt, und ich hatte nicht genügend Decken mitgenommen.« Sie lachte. »Er hat welche mitgebracht.« Sie erwähnte nichts davon, daß sie sie miteinander geteilt hatten.

Ihr Vater wirkte jetzt verändert, fast schuldbewußt, und

er konnte ihr nicht in die Augen sehen. »Herr Branner und Signore Maretti sind kurz nach deinem Verschwinden zur Bahnstation gefahren.« Er richtete sich ein wenig auf. »Ich bedaure Herrn Branners Benehmen sehr. Aber er schien an dir interessiert zu sein, und Eduardo nicht. Aber so wahr Gott mein Zeuge ist, Mädchen, ich hätte nicht gedacht, daß du so etwas Gefährliches und Dummes tust.« Er sah sie kurz an, dann wandte er den Blick wieder ab. »Ich hoffe, du weißt, daß ich Eduardo viel lieber als jeden anderen zum Schwiegersohn bekomme. Ich respektiere ihn. Er hat ein ziemliches Theater veranstaltet, als er zu deiner Rettung herbeigeeilt kam.« Seine Gesichtszüge erhellten sich. »Beim Allmächtigen, das hat er.« Er kicherte und fiel in seinen irischen Akzent zurück. »Hat vor Wut geschnaubt, und seine Augen haben Blitze abgeschossen. Ich hätt' nie gedacht, daß er sich über dein Verschwinden so aufregen könnte, Mädchen. Kann gut sein, daß es vielleicht doch nicht nur mein Geld ist, das er haben will.«

Bernadette lächelte verlegen. »Ich glaube, er mag mich … ein wenig jedenfalls. Es ist keine Liebesheirat, das hat er ja schon gesagt, aber wir haben einige Gemeinsamkeiten.« Sie senkte den Blick. »Wir werden es schaffen.«

Ihr Vater verlangsamte seine Schritte und seufzte. »Ich weiß, daß es nicht gerade das ist, was du willst, Mädchen, eine Ehe ohne Liebe. Aber manchmal müssen wir uns mit dem zufriedengeben, was wir bekommen. Nicht jeder von uns hat das Glück, eine solche Liebe zu finden, wie die zwischen deiner Mutter und mir.«

Sein Gesicht verhärtete sich, als er diese Worte sagte, und Bernadette wußte, daß die Waffenruhe vorbei war. Sie raffte ihre langen Röcke zusammen, rief ihm einen kurzen Abschiedsgruß zu und verschwand in die Küche, in die Geborgenheit von Marias Gesellschaft.

Die Haushälterin war über die Neuigkeiten ganz aus dem Häuschen.

»Oh, so böse habe ich *el conde* noch nie erlebt«, schilderte sie Eduardos Wutausbruch voller Begeisterung, während sie auf dem Tisch Platz für die große Servierplatte mit einem Braten schaffte, den sie gerade aus dem Ofen geholt hatte. »Er kam hier hereingestürmt, nachdem er mit Ihrem Vater und den beiden fremden Herren geredet hatte. Ich sollte ihm etwas zu essen einpacken, aber weil wir vom Mittagessen nichts übrighatten, sagte er, daß er in die Stadt reiten und dort etwas zu essen besorgen würde. Er hat vermutet, daß du nicht nur frieren, sondern auch Hunger haben würdest.«

»Mir war sehr kalt, trotz der Sachen, die ich mitgenommen hatte«, bestätigte Bernadette. Sie errötete. »Ich wollte wirklich nicht einen solchen Wirbel veranstalten. Ich war nur so schrecklich wütend.«

»Und das war *el conde* auch«, fügte Maria mit einem breiten Lächeln hinzu, daß ihre strahlendweißen Zähne aufblitzten. »Und dann, als Sie die ganze Nacht nicht nach Hause gekommen sind, da hat Ihr Vater einen fürchterlichen Schrecken bekommen und hat angefangen, sich Sorgen zu machen.« Sie zuckte mit den Schultern. »Ich war natürlich davon überzeugt, daß Sie bei *el conde* in guten Händen wären. Er würde eine solche Situation niemals ausnutzen und etwas tun, was Ihrem Ruf hätte schaden können. Er ist ein Gentleman, ein Mann von Ehre.«

»Das hat er auch nicht«, sagte Bernadette. »Aber es wäre trotzdem nicht gut, wenn man wüßte, daß wir die vergangene Nacht allein miteinander verbracht haben. Deshalb erzählt er allen, daß er mich mit in sein Haus genommen hat und daß dort auch seine Cousine anwesend war, mit der ich befreundet bin. Heute morgen hat er mich dann zur Ranch begleitet.«

Maria kicherte. »Eine hübsche Geschichte! Und natürlich wird niemand sie anzweifeln!«

Soviel also zu Marias Optimismus, dachte Bernadette, als sie in ihrem wunderschönen neuen Kleid an der Tür zum Ballsaal stand und sich Dutzenden neugieriger Blicke ausgesetzt sah, die sie mit Mißachtung und kaum verhohlener Geringschätzung musterten.

Sie stand neben ihrem Vater, der unruhig und nervös von einem Fuß auf den anderen trat. Er war hochrot im Gesicht, und man konnte ihm ansehen, wie unwohl er sich fühlte. Bernadette vermutete, daß er wütend auf sie war, doch dann bemerkte sie, daß er sie in einer Mischung aus Betroffenheit und Abbitte ansah.

»Das gibt einen Skandal! Dieser verdammte Stallbursche hat heute morgen gehört, was wir geredet haben«, stieß Colston Barron zwischen zusammengebissenen Zähnen hervor. »Er hat es einem der Cowboys erzählt, der es seinen Verwandten gesagt hat. Einer unserer Gäste versteht Spanisch und hat das Gerede unter den Cowboys mitgekriegt. Und er hatte natürlich nichts Besseres zu tun, als es den anderen brühwarm unter die Nase zu reiben. Jeder hier weiß, daß du die ganze Nacht mit Eduardo allein da draußen gewesen bist. Es tut mir leid, Mädchen.«

Bernadette wurde rot. Ihr impulsives Handeln hatte sie ihren guten Ruf gekostet. Eduardo könnte sie heiraten und damit zu einer respektablen Ehefrau machen, aber die Leute würden nie vergessen, daß sie die Nacht mit einem Mann verbracht hatte, mit dem sie nicht verheiratet gewesen war.

»Laß dir nichts anmerken!« sagte Colston heftig, als er Bernadettes schuldbewußten Gesichtsausdruck sah. »Zeig Selbstbewußtsein – du hast keinen Grund, dich zu schämen. Laß nicht zu, daß sie auf dich herabsehen! Du bist eine Barron. Du bist genausogut wie jeder andere hier!«

Genau das war sie nicht, und das wußte ihr Vater auch. Aber so lange sie denken konnte, war es das erste Mal, daß er ihr beistand, und das berührte sie sehr.

»Danke, Vater«, murmelte sie.

Colston Barron wirkte noch immer nervös. Immer wieder schaute er zur Tür. Dann leuchtete sein Gesicht auf, und ihm schien ein Stein vom Herzen zu fallen. »Endlich! Er ist da!«

Bernadette wandte sich um und erblickte Eduardo. In seiner eleganten Abendkleidung sah er unglaublich attraktiv aus, und jeder Zoll an ihm verriet seine adlige Herkunft. Ohne stehenzubleiben und mit einem der Anwesenden zu sprechen, kam er auf Bernadette zu. Sein Lächeln galt einzig und allein ihr.

»Du siehst bezaubernd aus«, begrüßte er sie. Der Handkuß, den er ihr gab, war formvollendet und wie aus einem Benimmbuch. Mit einem leichten Kopfnicken deutete er auf die versammelten Gäste, die miteinander zu tuscheln begonnen hatten. Man brauchte ihm nicht zu sagen, daß ihr Geheimnis inzwischen zu einem öffentlichen Gesprächsthema geworden war. Er lächelte seinen Gastgeber spöttisch an. »Dies scheint der geeignete Zeitpunkt zu sein, die große Neuigkeit zu verkünden«, sagte er zu Colston. »Meinen Sie nicht auch?«

»Natürlich meine ich das, mein Junge.« Colston ging hinüber zum Orchester und bat um Ruhe. Als er die Aufmerksamkeit seiner Gäste hatte, bedeutete er Eduardo und Bernadette, zu ihm zu kommen. Eduardo winkte seinen

Bediensteten herbei, der abwartend am Eingang zum Ballsaal stand und ein Kästchen in Händen hielt.

»Meine Damen und Herren, ich habe etwas bekanntzugeben! Ich möchte die Verlobung meiner Tochter Bernadette mit dem Grafen Eduardo Rodrigo Ramirez y Cortes von Granada, dem Besitzer der Rancho Escondido in Valladolid County, Texas, bekanntgeben. Ich hoffe, daß Sie alle sich mir anschließen werden, um dem glücklichen Paar alles Gute für die gemeinsame Zukunft zu wünschen!«

Dieser Ankündigung folgte ein schockiertes Schweigen, dann begannen einige der Gäste zögernd zu applaudieren, schließlich brandete Beifall auf.

Eduardo und Bernadette tauschten einen spöttischen Blick. Er öffnete das Samtkästchen, das sein Diener ihm hinhielt, und nahm ein sehr altes, kostbares Goldarmband heraus, das mit großen Smaragden besetzt war. Er legte es Bernadette um das schmale Handgelenk und schloß es. Dem folgte der ebenfalls mit Smaragden besetzte goldene Fingerring aus dem Familienbesitz. Der Ring paßte Bernadette wie angegossen, er schien wie für sie gemacht.

Sie schaute zu Eduardo auf, der überrascht schien.

»Ein gutes Omen«, sagte er leise, so daß nur sie es hören konnte. »Man sagt, daß es eine gute Ehe wird, wenn der Ring einer Ramirez-Braut auf Anhieb paßt.« Er nahm Bernadettes Hand und küßte den Ring.

Dann ergriff Colston Eduardos Hände und schüttelte sie. Dabei war sein Blick auf den wertvollen Schmuck gerichtet, den Bernadette jetzt trug. »Ihnen ist doch wohl klar, daß das ein Riesenvermögen ist?« sagte er leise. »Das ist mehr als genug, um Ihre Finanzen in Ordnung zu bringen.«

Eduardo sah ihn gleichmütig an. »Diese beiden Stücke sind alles, was mir vom Erbe meines Vaters geblieben ist«, erwiderte er ruhig. »Mein erster Vorfahre hat sie aus bolivianischen Smaragden für seine Braut anfertigen lassen. Das war im sechzehnten Jahrhundert. Seitdem sind sie von einer Generation an die nächste weitergegeben worden. Man sagt, daß ein Fluch auf ihnen lastet, und der besagt, daß derjenige, der es wagen sollte, den Schmuck zu verkaufen, nicht nur sein Vermögen, sondern auch sein Leben verlieren wird.« Er lächelte amüsiert. »Bisher hatte niemand den Mut auszuprobieren, ob dieser Fluch sich bewahrheitet.«

»Ich verstehe.«

Bernadette hatte kein Auge für die Juwelen, sie sah nur Eduardo an. Und in diesem Blick lag ihr ganzes Herz.

Als Eduardo den liebenden Ausdruck in den großen grünen Augen erkannte, stockte ihm der Atem. Er hatte immer gewußt, was Bernadette für ihn empfand. Doch in seiner Reaktion darauf hatte sich plötzlich etwas verändert. Tief in sich spürte er ein Verlangen, das sich wie eine glühende Hitze in seinen Lenden erhob und ihn dann wie ein verzehrendes Feuer packte. Abrupt wandte Eduardo den Blick ab, ehe dieses unerwartete Begehren eine sichtbare körperliche Reaktion bei ihm hervorrief, die sie beide in Verlegenheit bringen würde.

Der Applaus hatte sich noch verstärkt, und die Gäste scharten sich um Bernadette, um den Ring und das Armband zu bewundern. Für einen Moment war der Skandal vergessen, denn es gab jetzt diesen neuen saftigen Brocken, den man ihnen vorgeworfen hatte und den sie nun genüßlich durchhecheln und mit nach Hause nehmen konnten.

»Oh, dieser Ring ist wunderschön!« rief Mrs. Carlisle

und griff mit ihren dicken Fingern nach Bernadettes zierlicher Hand. »Der muß ja ein Vermögen wert sein!«

»Das ist er«, bestätigte Eduardo und sah sie dabei herablassend an. »Aber über solche Dinge in der Öffentlichkeit zu sprechen, ist vulgär, finden Sie nicht?«

Mrs. Carlisle wurde vor Verlegenheit rot, räusperte sich und legte die Hand auf die unechten Perlen, die sie um den Hals trug. Offensichtlich waren ihr ihre gute Erziehung und die Erfahrungen aus der Zeit als Privatsekretärin einer der Astors in der rauhen texanischen Gesellschaft abhanden gekommen.

»Mrs. Carlisle hat sich um die Vorbereitungen für den Ball gekümmert«, griff Bernadette rasch ein, um der armen Frau weitere Peinlichkeiten zu ersparen. »Hat sie diese Aufgabe nicht hervorragend gemeistert?«

Mrs. Carlisle sah aus, als wollte sie Bernadette vor Erleichterung um den Hals fallen.

»Die Ausgestaltung ist in der Tat elegant«, murmelte Eduardo.

Damit hatte er Mrs. Carlisles Stolz wieder aufgerichtet. Sie strahlte ihn an. »Falls Sie bei Ihren Hochzeitsvorbereitungen Hilfe brauchen sollten …«, begann sie.

Er hob abwehrend die Hand, wobei er das Schroffe dieser Geste durch ein Lächeln milderte. »Sie sind sehr freundlich, aber meine Cousine Lupe wird sich um die Vorbereitungen kümmern.«

Mrs. Carlisle schien betroffen. »Sie wissen doch sicherlich, daß eine Hochzeit dieser Art sogar hier draußen eine gewisse … Eleganz erfordert?«

Eduardo sah sie indigniert an. Auch ohne daß sie es ausgesprochen hatte, war ersichtlich, daß sie den Auftritt einer Mariachi-Band und von Flamenco-Tänzern befürchtet hatte. »Meine liebe Mrs. Carlisle«, wies er sie mit gerade dem richtigen Maß an Arroganz zurecht, »Lupe ist eine spanische Adlige von hoher Geburt, die erst kürzlich die Hochzeit der Nichte des Königs arrangiert hat.«

Die arme Frau konnte zunächst kein Wort herausbringen. Ihre Einschätzung der südländischen Mentalität war ebenso offensichtlich wie peinlich. Aber sie faßte sich sofort wieder. »Der ... der König? Von Spanien?«

»Natürlich.«

»Dann weiß sie bestimmt ... dann muß sie in solchen Dingen ... sehr erfahren sein ... Würden Sie mich entschuldigen? Dort ist ein alter Bekannter, den ich begrüßen muß. Meinen Glückwunsch Ihnen beiden!«

Sie war puterrot im Gesicht und wandte sich rasch ab. Offensichtlich ergriff sie die Flucht, bevor sie ein weiteres Mal ins Fettnäpfchen treten würde.

Eduardo zog auf unnachahmlich arrogante Weise die Augenbrauen hoch und sah ihr nach.

Bernadette kniff ihn in den Handrücken.

Er grinste und hielt ihre Hand fest. »Fängst du etwa schon damit an, mein schlechtes Benehmen zu korrigieren, Weib?«

»Sie ist nicht so schlimm, wie ich sie dir geschildert habe«, murmelte sie und mußte ein Lachen unterdrücken.

Eduardo konnte die Veränderung, die mit Bernadette vorgegangen war, noch nicht ganz begreifen. Sie waren über lange Zeit Widersacher gewesen, bis vor kurzem noch waren sie sich bei jeder Begegnung in die Haare geraten. Jetzt war ihr Verhalten so anders, daß Eduardo sich fragte, warum zwischen ihnen jemals diese Mißstimmungen geherrscht hatten. Bernadette trat sicher und elegant auf, und in ihrem tiefdekolletierten Abendkleid sah sie hinreißend aus. Eduardo ertappte sich dabei, daß er daran dachte, wie weich ihre Brüste sich angefühlt hatten. Er dachte daran, welche Lust es ihm bereitet hatte, sie zu berühren. Dabei hatte er bis jetzt noch nicht einmal ihre nackte Haut gestreichelt. Und das wollte er. Unbedingt.

Bernadette schaute auf und sah, worauf sein Blick sich konzentrierte. Um ihn abzuwehren, schlug sie den Seidenfächer auf.

»Schäm dich«, wisperte sie Eduardo zu.

Er grinste. »Erinnerst du dich auch so gut daran wie ich?« neckte er sie mit leiser Stimme.

Sie errötete und vergewisserte sich mit einem raschen Blick, daß niemand ihre Unterhaltung hören konnte.

»Hättest du nicht Lust, das zu wiederholen?« lud er sie ein.

»Du wirst einen schwierigen Ehemann abgeben«, erwiderte sie.

»Nur von Zeit zu Zeit. Und niemals nachts.« Er hob eine Hand, als Bernadette ihn ansah, als würde sie gleich explodieren. »Großes Ehrenwort, ich werde mich bessern!« Er schaute sich um. »Warum haben dich alle so angestarrt, als ich kam?«

»Einer der Vaqueros hat heute morgen gehört, was wir mit meinem Vater besprochen haben. Er hat weitererzählt, daß wir die Nacht draußen allein waren. Und diese nette Seele wiederum hat es dann überall ausposaunt«, sagte sie sarkastisch. »Und irgendwann hat auch einer der Gäste davon erfahren und sich offensichtlich verpflichtet gefühlt, es auch allen anderen mitzuteilen.«

»Sag mir den Namen dieses Mannes, und ich werde mich ein wenig mit ihm unterhalten«, erwiderte Eduardo und schaute sich wütend um.

»Das werde ich ganz bestimmt nicht tun«, entgegnete sie, während sie sich Luft zufächelte. »Du kannst schließlich nicht durch die Gegend laufen und Leute erschießen.«

»Bernadette, du kränkst mich!« Er legte die Hand aufs Herz. »Würde ich denn etwas so Unzivilisiertes tun?«

»Natürlich würdest du das«, erwiderte sie ohne zu zögern und klappte ihren Fächer zusammen, um ihre Worte zu unterstreichen. »Und mein Vater wäre entsetzt.«

»Vermutlich wäre er das.« Er nahm ihre Hand und führte Bernadette zur Tanzfläche. »Ich denke, alles wartet darauf, daß wir den Walzer beginnen«, sagte er. Er blieb in der Mitte der Tanzfläche stehen und lächelte auf Bernadette herunter, während er die Hand an ihre schmale Taille legte. »Bist du bereit?« fragte er leise. »Dein Asthma macht dir bislang nicht zu schaffen?«

Sie schüttelte den Kopf. »Vermutlich sollte es das, nachdem ich die letzte Nacht in der Kälte verbracht habe und mit all diesen Parfümdüften, die uns hier umgeben. Aber ich fühle mich sehr gut.« Sie lächelte ihn an. »Genaugenommen fühle ich mich, als könnte ich bis an die Decke springen.«

Eduardo zog sie ein wenig enger an sich, und als das Orchester einen Strauß-Walzer zu spielen begann, führte er sie in die ersten Tanzschritte.

»Wir haben noch nie zusammen getanzt«, stellte sie fest.

»Bisher hatten wir nie die Gelegenheit dazu. Du tanzt sehr gut.«

»Ich habe es im Pensionat gelernt. Du bist aber auch gut.« Sie ließ sich von der aufklingenden Melodie mitreißen. Immer wieder lachte sie vor Freude leise auf, als sie sich zu den berauschenden Klängen drehten. »Du hast das Tanzen vermutlich schon als Kind gelernt.« Es war eher eine Feststellung als eine Frage.

Er nickte. »Das war so üblich. Und auch all das andere, was eben zu einer guten Erziehung gehört. Gesellschaftlichen Schliff, Sprachen, Fechten.«

»Du kannst wirklich fechten?« fragte sie fasziniert. »Könntest du es mir beibringen?«

Er grinste. »Warum?«

»Ich wollte es schon immer lernen. Es so schön anzusehen. Als ich im Pensionat war, bin ich in New York bei einer Veranstaltung gewesen. Es wirkt so elegant.«

»Deinen Vater würde der Schlag treffen.«

»Mein Vater muß es ja nicht wissen«, stellte sie klar. »Schließlich heiratest du mich und nicht ihn.«

»Nein, das tue ich nicht.« Eingehender als je zuvor betrachtete er Bernadettes Gesicht, das vor Vergnügen strahlte. »Über welche Fertigkeiten außer Tanzen verfügst du noch?«

»Ich kann sticken und stricken und häkeln«, sagte sie. In ihren Augen blitzte der Schalk auf. »Und ich kann reiten, mit einem Gewehr umgehen und über Politik diskutieren.«

»Alles sehr nützliche Dinge für diese Gegend«, stellte er trocken fest. Er wirbelte sie herum und lachte, als ihre Augen funkelten. »Es gefällt mir, wenn du dein Haar so trägst«, sagte er unerwartet. »Du solltest es öfter offen tragen.«

»Und dabei dürften die meisten der anwesenden Damen das schamlos und skandalös finden«, sagt sie. »Etwa so wie das Tragen von Hosen!«

»Wenn es dir gefällt, alle Angestellten auf der Ranch zu schockieren, kannst du gern Hosen tragen, wenn wir zusammen ausreiten.« Sein Blick glitt über ihren langen Rock.

Sie lachte. »O Eduardo, es wird einen solchen Spaß machen, verheiratet zu sein!«

Er fing an, genauso zu empfinden. Ein Gefühl, das ihn unerwartet traf. Seine erste Ehe war düster und kalt gewesen, ohne jede Spur von Zuneigung. Consuela hatte ihm Wunden zugefügt, die nie verheilt waren. Aber Bernadette war leidenschaftlich und bezaubernd. Sie zog ihn an, wie andere Frauen es nie getan hatten, und ihre Unschuld übte einen ganz besonderen Reiz auf ihn aus. Eduardo war froh, daß er ihr reinen Wein eingeschenkt hatte. Niemals hätte er ihr den Hof mit gespielter Leidenschaft und vorgetäuschter Liebe machen können. Es war besser, offen zu sein. Es war besser, über ihre Gefühle füreinander Bescheid zu wissen. Wenn sie weiterhin ehrlich miteinander umgingen, würden sie alle Schwierigkeiten meistern, mit denen sie es zu tun bekommen würden.

Eduardos ernster Gesichtsausdruck entging Bernadette nicht. »Du überlegst es dir doch nicht noch einmal?«

»Du meinst, dich zu heiraten?« Er lächelte. »Natürlich nicht. Ich dachte gerade, wie klug es war, daß wir uns gegenseitig nichts vorgemacht haben. Das wir nicht so getan haben, als liebten wir uns. Ehrlichkeit ist immer der beste Weg.«

Bernadette murmelte etwas Zustimmendes, doch sie konnte Eduardo dabei nicht in die Augen sehen. Es wäre nicht gut, ihm einzugestehen, daß sie sich Hals über Kopf in ihn verliebt hatte. Daß sie ihn liebte, so lange sie denken konnte. Er würde es eines Tages herausfinden. Und bis dahin würde es ihn nicht mehr stören. Vielleicht lernte er mit der Zeit, sie zu lieben ... wenigstens ein bißchen.

Mühelos folgte sie Eduardos Führung, empfand es aber doch als Erleichterung, als die anderen Paare die Tanzfläche betraten und sich ihnen anschlossen. Viel zu schnell war sie außer Atem geraten, und sie haßte die Vorstellung, daß die Leute sie anstarrten, wenn sie nach Luft rang.

Eduardo bemerkte sofort, daß Bernadette das Atmen schwerer fiel. Ebenso wie er bemerkte, daß sie sich niemals beklagte. Sie lächelte ihn an und hätte weitergetanzt. Aber er hielt mitten in der Bewegung inne, griff nach Bernadettes Hand und legte sie behutsam in seine Armbeuge.

»Fürs erste ist es genug«, sagte er, aufrichtige Zuneigung lag in seinen Worten. »Wir können uns hinsetzen und den anderen ein wenig beim Tanzen zusehen. Möchtest du ein Glas Punsch?«

»Ja, sehr gern!«

»Du hast etwas von einem Dickkopf an dir, Bernadette«, sagte Eduardo, als sie sich ihren Weg durch die Tanzenden bahnten. »Und ich bin mir gar nicht sicher, ob das gut für dich ist. Du verlangst manchmal viel zu viel von dir!«

Das klang ehrlich besorgt, und Bernadettes Herz schlug aus Freude schneller. Sie mußte Eduardo also doch etwas bedeuten, wenn auch nur ein wenig. Ihr Gesicht leuchtete auf. Er schaute sie an und konnte den Blick nicht mehr abwenden. Ihre Augen, ihre sanften grünen Augen, schlugen ihn in ihren Bann.

Bernadette rang nach Luft, doch dieses Mal nicht vor Anstrengung. Es war Eduardos Blick, der ihr den Atem nahm. Er war auf ihr Dekolleté gerichtet, auf den verführerischen Spalt zwischen ihren Brüsten.

Es schien, als könnte keiner von ihnen jene wundervollen Augenblicke in der Wüste vergessen, als Eduardo sie auf verbotene Weise berührt hatte. Sein Verlangen, es wieder zu tun, stand ihm ins Gesicht geschrieben.

Fest schloß sie die Hand um seinen Arm, um ihm so ihre Zuneigung auszudrücken und ihm zu sagen, daß sie ihn verstand.

Eduardo schaute zu der Tür hinüber, die in den Garten führte, dann richtete er den Blick wieder auf Bernadette. Sein Gesicht wirkte hart, seine dunklen Augen glitzerten. Er griff nach ihrer Hand.

»Wollen wir ein wenig an die frische Luft gehen?« fragte er. Es überraschte, wie seine Stimme trotz des Aufruhrs in seinem Innern so ruhig und gefaßt klingen konnte.

»Ja, bitte«, stimmte Bernadette sofort zu.

Er führte sie zurück durch die Menge der Tanzenden. Er lächelte höflich nach rechts und nach links, doch er sah nicht ein einziges der Gesichter, an denen sie vorbeigingen.

Der Innenhof war nicht leer. Ein engumschlungenes Pärchen tanzte dort. Eduardo machte einen weiten Bogen um das selbstvergessene Paar und führte Bernadette in den Rosengarten, der ihr Stolz und ihre Freude war. Sie gingen bis zu der Steinbank, die unter zwei hohen Bäumen stand und die ringsum von einer schützenden Hecke umgeben war.

Dort ließ er sie sich setzen. Im weichen Mondlicht sah ihr Gesicht wunderschön aus. Sie war ein wenig erhitzt, und ihr Atem war angespannt, aber sie lächelte.

»Der Duft der Rosen stört dich nicht?«

Bernadette schüttelte den Kopf. »Mir geht es gut. Das Tanzen hat mich ein wenig ermüdet, mehr nicht.«

Eduardo schaute sich um. »Es ist sehr schön hier. Im Haus meiner Großmutter in Granada steht eine Rosenlaube, und in den heißen Sommermonaten wächst dort eine Überfülle von Blumen. Die Luft ist erfüllt von deren Duft. Dort gibt es auch Orangen- und Zitronenbäume.«

»Hast du dorthin immer die jungen Frauen mitgenommen?« neckte sie ihn.

»Nur eine. Meine Cousine Lupe«, erwiderte er leichthin. »Und ihre Duenna«, fügte er dann mit einem breiten Grinsen hinzu. »In Spanien trifft sich keine anständige junge Dame ohne Anstandsdame mit einem Herren.«

»Das hast du mir schon einmal erzählt.«

»Aber wir werden heiraten«, erinnerte er sie. »Und ich glaube kaum, daß dieser Ort besonders förderlich ist, hier etwas schrecklich Indiskretes zu tun. Obwohl«, fügte er hinzu, wobei er langsam seine weißen Handschuhe auszog, »man das nie so genau wissen kann. Oder vielleicht doch?«

Seine langen, sensiblen Finger zeichneten den sanften Schwung ihrer Lippen nach, folgten der Kontur ihres feingeschnittenen Kinns und strichen über ihre Kehle bis zu der pulsierenden Ader in ihrer Halsbeuge. Dort hielt er inne und neigte den Kopf über sie. Bernadette spürte seinen Atem auf ihrem Mund.

»Bernadette, wenn ich dich berühre, fühle ich mich wie ein Riese.«

»Warum?«

»Es ist, als würdest du in meinen Armen schmelzen. Deine Lippen öffnen sich für mich. Dein Körper drängt sich mir entgegen. Du zitterst, und ich höre deinen Atem schneller werden.« Seine Hand glitt langsam tiefer, und er spürte, wie Bernadette bei dieser intimen Berührung zusammenzuckte. »Das sind Dinge, die keine Frau einem Mann vorspielen kann. Du begehrst mich. Und es schmeichelt mir, daß du es nicht verbergen kannst.«

Sie lachte nervös. »Du bist eingebildet.«

»Ganz und gar nicht. Ich bin nur ... einfühlsam.« Seine Hand wagte sich weiter vor, und mit einem Kuß fing er den leisen Aufschrei ein, der ihren weichen Lippen entfloh.

Er küßte Bernadette mit beherrschter Leidenschaft, während er die Hand in ihr Mieder gleiten ließ und ihre Brust umschloß. Er koste ihre Brustwarze, die sich hart aufrichtete. Bernadette klammerte sich haltsuchend an ihn, als er zärtlich die weiche Haut ihrer Brust streichelte.

Als Eduardo spürte, wie hingebungsvoll sich Bernadette an ihn schmiegte, zog er die Hand weg und löste sich von ihren Lippen. Auch er rang jetzt um Atem, und sein Körper sagte ihm, daß er so nicht mehr lange weitermachen konnte.

Er streichelte ihre Wange und suchte ihren Blick. In den verhangenen schimmernden Augen glitzerten Tränen.

»Wir werden eine gute Ehe führen«, sagte er heiser.

»Ja.«

Abrupt stand er auf und wandte Bernadette den Rücken zu, während er seine weißen Handschuhe wieder anzog. Sein Herz pochte drängend gegen seinen Brustkorb, und er spürte, wie machtvoll seine Erregung war. Vermutlich war es zu sehen. Er konnte jetzt nicht in den Ballsaal zurückgehen, erst mußte er sich wieder unter Kontrolle haben. Der Gedanke, wie schnell und heftig er auf Bernadette reagierte, amüsierte ihn. In der Stille des Gartens lachte er leise auf.

»Warum lachst du?« wollte Bernadette wissen und stellte sich neben ihn.

Er sah auf sie herunter. »Das sage ich dir erst, wenn wir verheiratet sind.«

»Oh, ich verstehe«, murmelte sie. Ihr Blick glitt an ihm herunter und dann sehr rasch und mit einem sanften Erröten wieder fort. »Du denkst wohl, ich bin blind.«

Jetzt lachte Eduardo laut heraus. »Du bist ein schlimmes Mädchen!«

Herausfordernd sah sie ihn an. »Du hast doch selbst gesagt, daß ich schamlos bin.«

»Und lasterhaft«, neckte er sie. Er nahm sie bei der Hand. »Komm. Wir gehen ein Weilchen spazieren, bis ich meinen triebhaften Körper davon überzeugen kann, daß er seinen Appetit zügeln muß. Es stört mich nicht, wenn du es siehst«, fügte er hinzu, »aber ich brenne nicht gerade darauf, mich der ganzen Welt in diesem Zustand zu präsentieren.«

Bernadette staunte über die Verbundenheit, die zwischen ihnen herrschte. Nicht im Traum hatte sie es für möglich gehalten, daß ein Mann in ihr solche Gefühle wecken konnte, wie Eduardo es vermochte. Gestern noch waren sie Widersacher gewesen, heute waren sie Freunde und Verschwörer. Und schon bald würden sie Mann und Frau sein.

Liebende.

Das Wort hallte in ihrem Kopf wieder, weckte lustvolle Phantasien. Es wäre wundervoll, in Eduardos Armen zu liegen und ihn mit ihr das tun zu lassen, was er wollte. Sie wußte inzwischen, daß er ihr auf mehr als eine Weise Lust bereiten konnte. Aber wovor sie sich noch immer fürchtete, das war die mögliche Konsequenz dieser Intimität. Die Möglichkeit, schwanger zu werden. Bernadette dachte an ihre Schwester, an die quälenden, schmerzerfüllten Stunden, an das schreckliche Leiden, bis sie starb. Sie dachte an die bösen Erinnerungen ihres Vaters an den Tod der Mutter, die die Geburt ihrer jüngsten Tochter nicht überlebt hatte. Allein schon der Gedanke daran, ein Kind zu bekommen, erschreckte Bernadette zutiefst.

Aber wenn sie Eduardo ansah, machte die Vorstellung, keines von ihm zu haben, sie noch viel trauriger. Er sollte einen Sohn haben, um den zu ersetzen, den er verloren hatte. Er gehörte zu den Männern, die ihr Kind abgöttisch liebten, ganz egal, ob es ein Junge oder ein Mädchen war. Eduardo würde nicht wie ihr Vater sein. Er würde ihr nicht die Schuld für etwas geben, sie nicht wegen etwas, für das sie nicht verantwortlich war, auf Distanz halten. Er würde ein guter Vater sein. Aber zuerst mußte sie sich an den Gedanken gewöhnen, mit ihm ein Kind zu haben, mußte sie ihre Angst überwinden. Und das würde nicht leicht sein.

7

Der Rest des Abends kam Bernadette wie ein Traum vor, und sie glaubte, auf einer rosaroten Wolke zu schweben. Eduardo wich nicht einen Augenblick von ihrer Seite, nicht einmal, als eine junge Schönheit, die einer der reichsten Familien der Ostküste angehörte, ihm ganz unverhohlen schöne Augen machte.

Colston Barron war merklich entzückt über die Zahl vermögender und angesehener Familien, die seiner Einladung gefolgt waren und seine Gastfreundschaft jetzt ausgiebig genossen. Er mischte sich unter seine Gäste und bemühte sich so augenfällig darum, wie einer von ihnen zu scheinen, daß sein unterwürfiges Auftreten schon fast wieder komisch wirkte. Bernadette hatte den Eindruck, daß seine Gäste ihn mit Geduld ertrugen. Sie hatten nichts mit ihm gemein, etwas, was Colston Barron jedoch nicht zu bemerken schien. Er mochte Geld haben, doch seine einfache Herkunft konnte er nicht leugnen. Sein Leben war stets von harter, ehrlicher Arbeit geprägt gewesen. Diese Leute hingegen gehörten einer Gesellschaftsschicht an, die niemals Mangel oder Elend gekannt hatte, sie waren adeliger Abstammung oder kamen aus einer reichen Familie. Sie sprachen über Golf und über ihren Grundbesitz in England und Schottland, über hochgestellte ausländische Persönlichkeiten und einflußreiche Freunde, mit denen sie verkehrten.

Colston Barron war stolz auf seinen Erfolg, und er kannte kein anderes Thema als die Eisenbahngesellschaften, die er aufgebaut hatte. Er kannte sich auf diesem Gebiet bestens aus, denn er hatte seinen Weg als mittelloser irischer Einwanderer bei der Union Pacific begonnen. Er hatte mitgeholfen, den östlichen Streckenabschnitt zu bauen und hatte mit Süd- und Nordstaatlern, Veteranen des Bürgerkriegs, zusammengearbeitet. Für drei Dollar die Stunde hatte er sich abgeschuftet. Colston war Ende zwanzig gewesen, als eine der bestehenden Eisenbahnlinien in Konkurs ging. Colston war es gelungen, zwei ausländische Geldgeber zu überreden, gemeinsam mit ihm in das risikoreiche Unternehmen zu investieren. Alles, was er an Geld zusammenkratzen, zusammenborgen und zusammenbetteln konnte, steckte er in die bankrotte Bahngesellschaft. Mit dem ihm eigenen Geschick, aus jeder Krise einen Ausweg zu finden und selbst den faulsten Arbeiter dazu bewegen zu können, sein Letztes zu geben, hatte er Kapital geschlagen. Seine Investition erwies sich für ihn und seine Geldgeber als Glückstreffer. Schon bald hatte er seine Mitinvestoren auszahlen können. Und jetzt, mit Mitte fünfzig, war er so reich, wie die meisten seiner Gäste es waren.

Natürlich hatte keiner dieser Gäste sich seinen Wohlstand im Schweiße seines Angesichtes verdienen müssen. Und wenn Colston Barron von seinem Aufstieg sprach, der ihn von ganz unten nach ganz oben gebracht hatte, empfanden seine Zuhörer Unbehagen. Denn es erinnerte sie daran, daß sie nur die Abkömmlinge von Männern wie Colston waren. Von Männern, die mit Pioniergeist und unerbittlicher Härte Imperien aufgebaut hatten. Wie Rockefeller und Carnegie hatte Colston Barron seinen Erfolg mit einer unerschütterlichen Entschlußkraft begründet, die den meisten von ihnen fehlte.

Er war der Spiegel, der ihnen vorgehalten wurde und in dem sie ihr Unvermögen und ihre Unzulänglichkeit erkannten. Er mochte ein Mann mit Ecken und Kanten sein, aber er war einzigartig. Sie dagegen waren nur schwache, glanzlose Abbilder jener Männer, die aus Eisen, Kohle und Stahl ein Vermögen gemacht hatten. Es war konsequent und begreiflich, daß sie unter sich blieben und höchstens wohlerzogen lächelten, wenn Colston Barron ihren Kreis betrat. Höflich versuchten sie, ein Thema von allgemeinem Interesse zu finden, auf dem man eine Unterhaltung aufbauen konnte. Aber da gab es nur wenig. Bernadettes Vater schien das sofort zu erkennen, denn er zog sich nach einigen freundlichen Begrüßungsworten immer rasch zurück. Er wirkte in sich gekehrt und distanziert, während er von einer Gruppe zur anderen ging.

»Er ist unglücklich«, sagte Bernadette, als sie und Eduardo den letzten Tanz zusammen tanzten. Wieder war es ein beschwingter Walzer, der ihr fast den Atem nahm.

»Ich weiß. Er denkt, daß man mit Geld alle Probleme lösen kann. Aber das kann man nicht.« Eduardo wirkte bedrückt. Bernadette vermochte den seltsamen Blick, mit dem er sie bei diesen Worten ansah, nicht zu deuten.

Sie konnte nicht wissen, daß Eduardo sich von Minute zu Minute schuldiger fühlte, weil er eigentlich nur das Geld, aber keine Frau brauchte. Gewiß, er konnte Bernadette Zuneigung geben und auch große Leidenschaft. Aber dahinter gab es nichts. Sie würde reich und von allen respektiert sein, und doch würde ihr Leben ein sehr armseliges sein, denn wahres Glück würde es für sie nicht geben. Er wünschte, er könnte Bernadette lieben. Wie ein Betrug kam es ihm vor, sie als Gegenleistung für ein Darlehen zu heiraten. Da half es auch nichts, daß er offen und ehrlich über seine Gefühle gesprochen hatte.

Sie bemerkte seine Nachdenklichkeit und lächelte ihm zu. »Dein schlechtes Gewissen hat sich wieder gemeldet«, stellte sie mit geradezu unheimlichem Scharfsinn fest. »Wirst du wohl aufhören, dir den Kopf darüber zu zerbrechen? Ich weiß, was ich tue, auch wenn du etwas anderes anzunehmen scheinst. Eduardo, ich bitte dich nicht darum, mir die Sterne vom Himmel zu holen. Ich werde meine Unabhängigkeit haben, ein Dach über dem Kopf und einen Ehemann, der so gut aussieht, daß alle anderen Frauen vor Neid grün sein werden.« Sie lachte leise. »Was mehr könnte ich wollen?«

»Viel, wenn du es genau wissen willst«, erwiderte er ruhig. »Es ist ein Handel, den wir abschließen, und das stört mich.«

»Das braucht es aber nicht. Ich bin bereit, mich mit dem zufriedenzugeben, was du mir gibst. Du darfst die Ranch nicht bankrott gehen lassen. Mein Vater ist deine einzige Hoffnung, sie zu retten.« Sie starrte auf seine Hemdbrust und beschloß, Eduardo die Möglichkeit zu geben, von seinem Versprechen zurückzutreten, wenn er das wollte. »Ich bin sicher, mein Vater würde dir das Darlehen auch geben, ohne daß du mich dafür heiratest.«

Er hielt den Atem an. Der finstere Blick, mit dem er sie bedachte, zeigte deutlich, daß er zornig war. »Ein solches Angebot würde ich nicht annehmen«, erklärte er knapp. »Die Abmachung lautet, daß du mich zuerst heiratest. Ich habe nicht die Absicht, einen Rückzieher zu machen. Und du«, fügte er bestimmend hinzu, »wirst auch keinen machen. Dazu ist es jetzt zu spät. Du trägst das Armband meiner Familie und den Verlobungsring. Wenn ich mein Wort geben, dann halte ich es auch, Bernadette.«

»Ja, das weiß ich, aber du bist in diese Situation hineingezwungen worden.«

»Das bin ich nicht. Ich hätte zu meiner Großmutter gehen können. Das könnte ich noch.«

»Und deinen Stolz opfern?«, fragte sie leicht gereizt. »Betteln gehen? Ich glaube, eher würdest du hungern!«

Ihre heftige Reaktion auf seine Bedenken amüsierte ihn. Er zog sie enger an sich und hielt sie fest. »Das glaubst du? Und du als meine ergebene Frau würdest dieses schreckliche Los natürlich mit mir teilen?«

»Natürlich würde ich das«, erklärte sie in überzeugender Aufrichtigkeit. »Das sollte doch der Sinn einer Ehe sein, ich meine, daß man zusammenhält.«

Eduardo wurde ernst und nachdenklich. »Consuela wäre sofort zu ihren Eltern zurückgegangen, statt gegen einen solchen Abstieg zu kämpfen.«

Sie drückte seinen Arm. »Ich bin nicht Consuela, und es ist höchst unwahrscheinlich, daß ich jemals so wie sie sein werde«, erklärte sie. »Würde es dir etwas ausmachen, uns nicht ständig miteinander zu vergleichen? Ich fühle mich dabei … unwohl!«

»Nicht halb so unwohl wie ich mich fühlen würde, solltest du wider Erwarten doch so wie sie werden.«

Bernadette dachte an das, was Eduardo ihr über seine erste Frau und deren Reaktion in den Augenblicken intimen Beisammenseins erzählt hatte. Ungewollt errötete sie.

Ihre Verlegenheit verwirrte Eduardo. »Ich hätte so etwas nicht zu dir sagen sollen. Es war unschicklich. Aber ich dachte, du solltest die Wahrheit wissen. Eine Liebesheirat war es jedenfalls nicht, weder vorher noch nachher. Und nein – ich habe sie nicht getötet.«

»Ich habe auch nicht eine Sekunde lang geglaubt, daß du das getan hast. Du hättest mir das kein zweites Mal sagen müssen.«

»Warum stehst du so unerschütterlich zu mir, Bernadette?« fragte er. Sein Gesicht zeigte keine Regung. »Du kennst mich nicht wirklich. In meiner Seele gibt es dunkle Abgründe, in die nur selten Licht fällt. Vielleicht wirst du es schwierig finden, mit mir zu leben.«

»Ich finde es schwierig, mit meinem Vater zu leben«, erinnerte sie ihn. »Verglichen mit meinem bisherigen Leben wird das Leben mit dir ein Picknick sein, wie undankbar das sich auch anhören mag.« Sie preßte das Taschentuch an den Mund und hustete. Die Anstrengung des Tanzens verursachte ihr jetzt stärkere Atemnot, und sie fürchtete, sie könnte einen Anfall bekommen.

»Wir werden jetzt aufhören«, sagte Eduardo und führte sie von der Tanzfläche. »Dir ging es heute abend auffallend gut, in Anbetracht der vielen schweren Parfüms, die die Damen heute abend getragen haben.« Er runzelte die Stirn. »Wird es schon besser?«

»Ich glaube, ja.« Sie hustete leicht. »Ich werde Maria bitten, mir etwas Kaffee zu bringen, und ich werde mich ruhig hinsetzen, während die Gäste sich zum Aufbruch fertig machen. Ich meine die, die nicht über Nacht bleiben werden.«

»Du bleibst hier sitzen, und ich werde zu Maria gehen.« Er drückte Bernadette sanft in einen Sessel und ging in Richtung Küche davon.

Die Gäste brachen bald auf. Alle waren begierig darauf, daheim über die neuesten Klatschgeschichten und die bevorstehende Hochzeit zu berichten. Bernadette Barron heiratete einen spanischen Adligen! Wie aufregend war es doch, daß ein solches gesellschaftliches Ereignis in ihrer unmittelbaren Umgebung stattfand!

Bernadette nahm die vielen Glückwünsche heiter und

freundlich entgegen, aber ihr entging nicht, daß ihr Vater mürrisch und unzufrieden war.

Nachdem alle Gäste den Ballsaal verlassen hatten, begleitete Colston Bernadette und Eduardo in den Salon.

»Hast du dich gut amüsiert, Vater?«

Colston verzog das Gesicht. »Was für ein Haufen herausgeputzter, aufgeblasener Gockel«, erwiderte er und sah Bernadette und Eduardo unsicher an. »Ich hab mich noch nie im Leben so unwohl gefühlt. All dieses Gerede über Golf und Pferderennen und Tennis und Luxushotels! Und die feinen Kleider und die feinen Manieren! Und das bei Männern, die so lilienweiße und weiche Hände wie ein verwöhntes Frauenzimmer haben!«

»Diese Leute haben sich ihr Vermögen nicht erarbeitet, sie haben es geerbt«, stellte Bernadette klar.

»Das weiß ich.« Er wandte sich ihr zu. »Wenigstens war nicht alles schlecht«, fügte er hinzu, wobei er Eduardo mit einem zufriedenen Lächeln ansah. »Meine Mühe hat sich doch gelohnt. Ich habe einen feinen Schwiegersohn bekommen, der diese Ranch einmal erben wird, wenn ich nicht mehr bin.«

»Und was ist mit Albert?« fragte Bernadette überrascht.

»Glaubst du, er würde jemals zurückkommen, um hier zu leben?« gab er spöttisch zurück. »Sein Schwiegervater hat ihm ein Schiff geschenkt, und er ist Fischer geworden. Sagt, er hat noch nie etwas so gern getan. Er würde diese Ranch ohne zu zögern verkaufen. Eduardo würde das nicht tun«, fügte er hinzu und sah seinem zukünftigen Schwiegersohn fest in die Augen. »Er liebt dieses Land. Er wird dafür sorgen, daß es sich auszahlt. So, wie ich dafür gesorgt habe.«

»Vielleicht habe ich dabei keinen Erfolg«, wandte Eduardo ein. »Aber es kann ja nicht schaden, es zu versuchen.«

Er sah in Bernadettes blasses Gesicht. »Dieses Kind muß ins Bett, und ich muß zurück nach Hause. Es war ein gelungener Ball«, sagte er zu Colston.

»Ja, Vater, und es war nett von dir, deinen Ball zu unserer Verlobungsfeier zu machen«, fügte Bernadette hinzu.

Colston zuckte die Schultern. »Ich komme mir vor wie ein Narr. In meinem ganzen Leben habe ich meinen Stolz noch nie so herunterschlucken müssen wie heute abend! Ich bin reif fürs Bett und einen heißen Schlummertrunk. Ist Maria noch in der Küche?«

»Ja, sie hat Kaffee gekocht«, sagte Eduardo und deutete auf die Tasse mit heißem, schwarzen Kaffee, an der Bernadette nippte.

Colston erhob sich schwerfällig. »Du wirst aufpassen müssen, daß das Mädchen nicht ständig im Garten bei ihren Blumen steckt«, sagte er dann überraschend und mit unbekannter Fürsorge zu Eduardo. »Sie liebt sie und verbringt viel zu viel Zeit damit, an ihnen herumzuwerkeln und in der Erde herumzuwühlen. Das endet immer damit, daß sie einige Tage das Bett hüten muß.«

»Ich werde auf sie aufpassen.«

»Ich werde selbst auf mich aufpassen«, erklärte Bernadette ihrem Verlobten. »Ich will nicht mein Leben damit verbringen, gegen mein Asthma anzukämpfen. Ich bin es leid, immer nur ein lästiges Ärgernis zu sein!«

Colston wirkte schuldbewußt. Er murmelte einen hastigen Gute-Nacht-Gruß und ließ die beiden allein.

Eduardo sah Bernadette besorgt an. »Ich werde Maria bitten, heute nacht nach dir zu schauen, nur für den Fall der Fälle. Ich sehe dich dann morgen.«

Sie lächelte ihn an. »Ja, bis morgen.«

Er beugte sich rasch vor und hauchte ihr einen leichten Kuß auf die Stirn. »Schlaf gut, Bernadette.«

»Du auch.«

Er legte ihr die Hand auf die Schulter und drückte sie sanft, ehe er sich erhob und ihrem Vater in die Küche folgte. Bevor er ging, würde er dafür sorgen, daß Maria sich um seine zukünftige Frau kümmerte. Trotz Colstons Versicherungen war Eduardo nicht davon überzeugt, daß dem Mann das Wohl seiner Tochter wirklich am Herzen lag.

Eduardos Verhalten auf dem Ball hatte Bernadette in ihrem Vorhaben bestärkt und ihr Hoffnung auf eine gute Zukunft für sie und Eduardo geschwenkt. Doch nur wenige Tage später stürzte ihre Welt wie ein Kartenhaus zusammen. Eduardo kam mit einem Kutschwagen zur Ranch gefahren, um Bernadette abzuholen. Sie sollte seinen Gästen vorgestellt werden, die am Morgen bei ihm eingetroffen waren – viel früher als er erwartet hatte.

»Meine Großmutter ist angekommen«, teilte er Bernadette und ihrem Vater mit. Er wirkte steif und formell, als hätte sich die Atmosphäre auf der Rancho Escondido bereits drastisch verändert. »Sie möchte gern meine zukünftige Braut kennenlernen. Ich habe versprochen, Bernadette mitzubringen.«

»Nun, natürlich will sie sie kennenlernen«, sagte Colston. »Hol deinen Hut, Mädchen, und begleite Eduardo.«

Bernadette brauchte keinen Ansporn zur Eile. Sie war neugierig und freute sich darauf, der Frau zu begegnen, von der Eduardo mit soviel Zuneigung gesprochen hatte. Was jedoch nicht hieß, daß sie diesem Treffen nicht auch mit ein wenig Bangen entgegensah, vor allem auch deshalb, weil Eduardo sich so auffallend anders als sonst verhielt.

Eduardos Ranch lag weit ab von der staubigen Landstraße in einem Canyon. Sein Haus, ein weitläufiges Gebäude aus Adobeziegeln, stand im Schatten hoher Mesquit- und Weidenbäume. Überall am Haus hingen Körbe mit prachtvoll blühenden Blumen. Die Türen und die Fensterläden waren aus importierten Hölzern gearbeitet worden, das ganze Anwesen wirkte großzügig und elegant. Die Veranda hatte es Bernadette schon immer besonders angetan. Sie hatte sich oft gewünscht, ihr Vater hätte statt des viktorianischen Ungetüms, das ihm so gut gefiel, ein ähnlich ansprechend und heiter wirkendes Haus wie dieses gebaut.

Eduardo brachte die Kutsche vor dem Eingang zum Stehen und war Bernadette beim Aussteigen behilflich, nachdem er einen Stallburschen angewiesen hatte, den Kutschwagen wegzufahren. Er führte Bernadette auf die Veranda und zögerte, kurz bevor sie das Haus betreten wollten.

»Meine Großmutter ist durch und durch Spanierin«, sagte er in sprödem Ton. »Sie wird dir zuerst vielleicht ein wenig schwierig vorkommen. Hab Geduld mit ihr.«

»Selbstverständlich.«

Sie gingen ins Haus und durchquerten die große Halle, von der eine elegante Treppe aus Mahagoni in die oberen Räumlichkeiten führte. Dann betraten sie ein großes Zimmer, das mit schweren Rosenholzmöbeln ausgestattet war. Die Wände waren mit Seidentapeten bespannt, und auf dem fleckenlosen Holzfußboden lag ein kostbarer persischer Teppich. Auf dem Sofa mit dem roséfarbenen Seidenbezug saß eine zierliche weißhaarige Frau in einem hochgeschlossenen schwarzen Kleid, die Bernadette entgegensah. Ihrem Blick nach zu urteilen, hätte sie den Gast am liebsten mit einem Schürhaken vertrieben.

»Das ist meine Großmutter, die Condessa Dolores Maria

Cortes. *Abuela*, das ist meine zukünftige Frau, Bernadette Barron.«

Bernadette streckte die Hand aus, doch die steif dasitzende Frau rührte sich um keinen Zentimeter. Sie neigte nur leicht den Kopf und schwieg. Aber ihre Augen sprachen Bände.

Eduardo berührte flüchtig Bernadettes Hand, als diese sie hatte sinken lassen. »Meine Großmutter ist erst kürzlich aus Spanien eingetroffen, und sie ist sehr müde«, erklärte er förmlich. »Hinzu kommt«, fügte er geschraubt hinzu, »daß ihr Englisch nicht sehr gut ist.«

Die alte Dame bedachte ihn mit einem Blick, der einen weniger selbstbewußten Mann als Eduardo niedergestreckt hätte. Sie saß kerzengerade. »Mein Englisch ist ausgezeichnet«, sagte sie. Sie sprach mit einem kaum hörbaren Akzent. »Ich mag diese Sprache nicht, aber ich kann sie sprechen!«

»Wie wir gerade hören können«, erwiderte Eduardo. Er sah seine Großmutter unverwandt an, bis diese sich unruhig bewegte.

»Sie wollen also meinen Enkel heiraten, Señorita Barron«, begann sie das Gespräch mit harter Stimme. »Sie sind keine Spanierin.«

»Ich bin irischer Abstammung.«

»Mein Sohn hat mit der Familientradition gebrochen und ein amerikanisches Mädchen geheiratet«, sagte die Condessa mit offenkundigem Mißfallen. »Eine flatterhafte Person ohne jegliche Moral und ohne einen Sinn für die Familie oder für Konventionen. Das Ergebnis dieser Mesalliance können Sie hier sehen!« Mit einer leichten Handbewegung deutete sie auf die eleganten, aber unübersehbar abgenutzten Möbel und Tapeten. »Sie war eine Verschwenderin. Sie hat das Geld meines Sohnes zum Fenster hinausgeworfen und ihn zur Verzweiflung getrieben ... sie hat sein Herz gebrochen.«

Bernadette fühlte sich augenblicklich in die Defensive gedrängt. Sie verschränkte die Hände ineinander und hob das Kinn. »Ich bin weder unmoralisch noch herzlos«, ließ sie die alte Dame wissen. »Ich habe die Absicht, eine gute Ehefrau zu sein.«

Eduardos Großmutter zog eine Augenbraue hoch. »Haben Sie die?« fragte sie spöttisch.

Eduardo wollte etwas entgegnen, als die Tür aufging und eine junge, schöne Frau in einem gelben Seidenkleid in das Zimmer gerauscht kam. Ihr Haar war genauso tiefschwarz wie ihre betörenden Augen. Sie hatte das Gesicht eines Engels.

»Eduardo! Wie wundervoll, dich wiederzusehen!«

In einer Wolke schweren Parfüms schwebte sie lächelnd auf Eduardo zu – die Anwesenheit der beiden anderen Frauen ignorierte sie dabei vollkommen. Die junge Frau stellte sich auf die Zehenspitzen und küßte Eduardo mitten auf den Mund. Bernadette war schockiert.

»Lupe!« rief die Condessa empört.

»Ach, sei doch nicht so konventionell, Tante Dolores!« erwiderte Lupe unbeeindruckt. Sie preßte Eduardos Arm an ihre Brust. »Ich habe ihn zwei Jahre nicht gesehen.«

»Lupe de Rias – meine Verlobte, Bernadette Barron«, machte Eduardo die beiden Frauen miteinander bekannt. Sein Verhalten wirkte jetzt noch formeller und unpersönlicher.

»Wie nett, Sie kennenzulernen, Señorita«, sagte Lupe, aber ihre Augen lächelten nicht. Sie trat vor und begrüßte Bernadette mit einem kraftlosen Händedruck. Mit ihr schwappte wie eine Welle der schwere Duft ihres Parfüms auf Bernadette zu, die sofort einen heftigen Hustenanfall bekam.

Eduardo rief nach dem Diener und trug diesem auf, rasch Kaffee zu bringen. Er führte Bernadette zu einem abseits stehenden Sessel und zwang sie mit sanfter Gewalt, sich hinzusetzen. Dann kniete er sich vor sie hin und nahm ihre Hände fest in seine.

»Atme ganz langsam, Bernadette«, sagte er ruhig. »Ganz langsam. Es wird alles gut werden.«

»Was hat sie denn?« fragte die Condessa in herrischem Ton.

»Sie leidet an Asthma«, erklärte Eduardo und preßte die Lippen zusammen. Er hatte Bernadettes Krankheit seiner Großmutter gegenüber bisher noch nicht erwähnt.

»Asthma!« Die alte Frau erhob sich und ging auf ihren Enkel zu. »Eine Invalidin? Was denkst du dir dabei? Sie kann dir keine Kinder gebären!«

Eduardo war schockiert und empört. »Die lange Reise muß dich sehr angestrengt haben. Warum läßt du dich nicht von Lupe nach oben begleiten? Du brauchst ein wenig Ruhe.«

Die Condessa starrte ihn an. »Ich bin nicht müde! Sieh sie dir doch an! Sie kriegt ja kaum noch Luft! Was für eine klägliche Figur wird sie als Herrin der Rancho Escondido machen!«

»Würdest du dich jetzt bitte auf dein Zimmer zurückziehen?«

Eduardo blieb höflich, doch in seiner Stimme schwang unüberhörbar eine Drohung mit.

Unbeeindruckt verschränkte die alte Frau die Hände und machte ein verdrießliches Gesicht. »Also schön. Ich werde mich für eine Stunde hinlegen. Aber dann werden wir beide miteinader reden müssen.«

»Soll ich bleiben, Eduardo?« fragte Lupe. »Vielleicht kann ich helfen?«

»Lupe, dein Parfum hat diesen Hustenanfall verursacht«, klärte Eduardo seine Cousine auf. »Du konntest das nicht wissen, aber wenn du bleibst, wird die Sache nur noch schlimmer. Ich möchte dich bitten, sofort zu gehen.«

Lupe schien überhaupt nicht gekränkt, denn sie lächelte. »Aber natürlich. Ich würde doch Bernadettes Zustand nicht noch verschlimmern wollen. Armes kleines Ding«, fügte sie hinzu und war ganz Mitgefühl. »Und wie traurig, daß sie bei so schlechter Gesundheit ist. Du wirst dich doch um sie kümmern, nicht wahr? Und die Angestellten werden ihr helfen. Solltest du nicht auch noch eine gute Krankenschwester engagieren, die auf sie aufpaßt, wenn du wegen deiner Verpflichtungen unabkömmlich bist?«

»Ja, ja, das ist eine gute Idee, Lupe. Würdest du jetzt bitte gehen?«

Lupe sah ihn triumphierend an. »Ich werde dir helfen, die richtige Krankenschwester für sie zu finden. Es wird mir eine Freude sein! Aber denkst du wirklich, daß wir die Heiratspläne im Augenblick weiter verfolgen sollten? Vielleicht wäre es klüger, einige Monate zu warten, bis –«

»Sofort!«

Lupe richtete sich auf. »Natürlich, wie du wünschst. Dann gehe ich jetzt.«

Sie verließ das Zimmer und schloß die Tür hinter sich.

Bernadette hatte die Unterhaltung zwar mit angehört, sich aber bislang jeden Kommentar dazu versagen müssen. Es nahm ihre ganze Kraft in Anspruch, ihre Atmung wieder unter Kontrolle zu bekommen. Das also waren Eduardos Großmutter und seine Cousine. Der Skorpion und die Viper. Sie wünschte, sie hätte genügend Luft, um laut heraus zu lachen. Kein Wunder, daß er bei einer Frau wie Consuela gelandet war. Wahrscheinlich hatten diese zwei Verschwörerinnen die Köpfe zusammengesteckt und Eduardo irgendwie dazu gebracht, die unpassendste Ehe in der Geschichte seiner Familie einzugehen. Er hatte ihr erzählt, daß seine Großmutter seinen Cousin Luis vorzog und daß dieser ihr Vermögen erben würde. Wahrscheinlich hatte sie die Unannehmlichkeiten der Reise nur deshalb auf sich genommen, um Eduardo das Leben schwerzumachen. Denn an ihrer Wahl, Luis als ihren Erben einzusetzen, würde es keine Diskussion geben.

Bernadette fragte sich, warum die alte Frau den weiten Weg hierher gemacht hatte und aus welchem Grund sie Lupe dazu bestimmt hatte, die Hochzeitsvorbereitungen in die Hand zu nehmen. Wie dem auch sei, Eduardos Cousine und seine Großmutter waren auf jeden Fall eine Überraschung. Bernadette hatte nicht vor, sich von den beiden an der Nase herumführen zu lassen, und sie würde auch nicht zulassen, daß die beiden sich in ihr Leben einmischten und es kaputtmachten. Diese beiden boshaften Frauen würden sich keine Gelegenheit entgehen lassen, nie wieder gutzumachenden Schaden anzurichten. Sie sah Eduardo mit vom Husten tränenfeuchten Augen an und dachte, wie angespannt und erschöpft er jetzt schon wirkte.

Sie legte die Hand an seine Wange. Eduardo zuckte zusammen, als schockiere ihn diese zärtliche Geste.

»Armer Mann«, sagte sie rauh.

Er runzelte die Stirn. Seine Finger schlossen sich noch fester um ihre Hand. »Warum sagst du das?«

»Nur so.« Sie brachte ein Lächeln zustande. »Was meinst du – badet Lupe in Parfüm?«

Zum ersten Mal, seit er sie abgeholt hatte, lächelte Eduardo. »Das muß sie wohl. Seltsam, ich kann mich gar nicht daran erinnern, daß sie früher auch so viel Parfum benutzt hat. Aber wie sie schon gesagt hat – unsere letzte Begegnung liegt zwei Jahre zurück.«

»Sie ist wunderschön.«

»Ja, das ist sie.«

Bernadette schwieg. Nachdem der Diener den Kaffee gebracht hatte, saß sie still da und nippte an dem Getränk, bis ihre Lungen sich weniger angespannt fühlten und sie wieder fast normal atmen konnte.

»Vermutlich wirst du nicht zum Abendessen bleiben wollen?« fragte er.

Nachdenklich betrachtete sie sein Gesicht. »Ich glaube nicht«, erwiderte sie. Lupe wußte nun, wie sehr der betäubende Parfümduft Bernadette zu schaffen machen konnte. Sie war sich so gut wie sicher, daß Lupe deshalb zum Abendessen noch mehr Parfüm auflegen würde. Wenn man den Feind kannte, war die halbe Schlacht bereits gewonnen. Bernadette mußte sich erst die passende Rüstung zulegen, ehe sie bereit war, den Kampf gegen diese beiden Frauen aufzunehmen.

»Das ist schon in Ordnung. Die beiden werden auch müde sein«, sagte er. »Komm, ich fahre dich nach Hause.«

Sie machten sich auf die Rückfahrt zur Barron-Ranch. Ungefähr nach der Hälfte des Weges lenkte Eduardo den Kutschwagen zu einem schmalen Flußlauf. Im Schatten der Bäume hielt er an, schlang die Zügel um den Bremshebel und saß einen Augenblick lang schweigend da.

»Geht es dir wirklich gut?« fragte er dann.

Bernadette lächelte. »Ich bin wohlauf.« Sie atmete tief durch. »Siehst du?« Sie suchte seinen Blick. »Und eine Krankenschwester werde ich *nicht* brauchen«, fügte sie bestimmt hinzu.

»Mir ist aufgefallen, daß es dir immer sehr viel besser geht, wenn wir beide allein sind«, sagte er und blickte Bernadette dabei prüfend an. »Dein Vater regt dich auf. Und ebenso meine Großmutter und Lupe. Aber keiner von ihnen wird mit uns leben.«

Bernadette überlegte kurz, ob sie ihm von ihrem Verdacht erzählen sollte, daß die beiden Frauen einen Komplott schmieden würden, um die Heirat zu verhindern. Sie entschied sich, nichts zu sagen. Dafür war später immer noch Zeit. Außerdem würde Eduardo sich um sie kümmern. Er würde nicht zulassen, daß seine Familie ihn manipulierte, so sehr er diese auch achtete. Daß er den Wünschen seiner Großmutter gefolgt war und Consuela geheiratet hatte, war allerdings ein Gedanke, den sie lieber verdrängte.

»Ich werde Lupe bitten, morgen mit den Vorbereitungen anzufangen. Sie wird eine Liste der Gäste brauchen, die du und dein Vater einladen möchten. Die Trauung wird in San Antonio stattfinden«, bestimmte er, »in der Kathedrale von San Fernando. Hier ist nicht ausreichend Platz für die zahlreichen Gäste, mit denen wir rechnen sollten. Es wird ein großes gesellschaftliches Ereignis sein, ein sehr großes. Du brauchst ein Kleid, das dir gerecht wird, Bernadette. Lupe wird eines für dich aus Madrid kommen lassen.« Bewundernd ließ er den Blick über ihren schlanken Körper gleiten. »Du wirst bezaubernd aussehen in weißen Spitzen – unschuldig und wunderschön.«

»Du willst also keinen Rückzieher machen, solange noch Zeit ist?« fragte sie besorgt.

Er dachte an das Gerede der Leute über ihre gemeinsame Nacht in den Bergen und zog sie beschützend an sich. »Nein, ich will keinen Rückzieher machen.« Er beugte den Kopf und küßte sie zärtlich. Er löste sich kurz von Bernadette, legte ihre Arme um seinen Hals und küßte sie noch einmal. Es war ein leidenschaftlicher und verlangender Kuß, unter dem sich Bernadettes Mund öffnete. Leicht und sinnverwirrend strich er mit der Zunge über ihre Lippen, bevor er begann, das süße Innere ihres Mundes in Besitz zu nehmen.

Bernadette stöhnte leise und preßte sich an ihn. Sie spürte, daß er lächelte und fühlte seinen raschen, harten Pulsschlag. Auch ihr Herz schlug wild und ungebärdig. Sie war atemlos, atemlos vor Sehnsucht und Verlangen.

Eduardo legte die Hände auf ihre Brüste und streichelte sie aufreizend sanft und behutsam.

Wie durch einen dichten Nebel sah Bernadette in seine Augen, als er sie so berührte.

»Was ist los, Bernadette? Keine Widerreden mehr?« neckte er sie liebevoll.

Sie lächelte träge. »Ich mag das«, flüsterte sie. »Oder sollte ich so tun, als würde es mir nicht gefallen, bis wir verheiratet sind?«

»Das wäre reine Zeitverschwendung«, erklärte er und erwiderte ihr Lächeln. Sehnsüchtig betrachtete er ihre Brüste, die er noch immer umschlossen hielt. »Was würde ich nicht darum geben, sie an meinem Mund zu spüren. Aber nach meinen Erfahrungen in der letzten Zeit wird es in dem Moment, wo ich meinen Mund auf dich lege, wieder kübelweise Gerüchte und Gerede geben.«

Sie kicherte. »O Eduardo, du bist herrlich unanständig!«

»Ja, das bin ich wohl.« Er kostete noch einmal von ihren weichen Lippen, bevor er sich widerstrebend von ihr löste. »Ich muß dich jetzt nach Hause bringen. Bevor ich auf noch unanständigere Gedanken komme.«

»Wie lange werden deine Großmutter und Lupe bleiben?« fragte Bernadette. Ob sie den Tatsachen jetzt oder später ins Auge sehen mußte, war schließlich egal.

»Den Sommer über«, erklärte Eduardo und bestätigte damit ihre schlimmsten Befürchtungen. »Wenn wir erst einmal verheiratet sind, werden sie sich nicht mehr einmischen. Wir haben einen ganzen Flügel des Hauses für uns allein, weit abgelegen von ihren Zimmern.« Beruhigend lächelte er sie an.

»Nun, dann ist es in Ordnung.«

Er griff nach den Zügeln und lenkte das Pferd zurück auf die schmale staubige Straße. »Es tut mir sehr leid, daß die Begegnung mit meiner Großmutter so unglücklich gelaufen ist«, sagte er. »Sie ist alt, und sie hat festgefügte Vorstellungen über eine Ehe. Du wirst dich an sie gewöhnen.«

»Sicher werde ich das«, schwindelte sie.

Er sah sie an. »Im Grunde ist sie gar nicht so schlimm, Bernadette. Ihr Leben mit meinem Großvater war nicht immer leicht. Er hatte während der ganzen Zeit ihrer Ehe eine Geliebte. Als mein Vater geboren wurde, war mein Großvater mit dieser anderen Frau auf Reisen.«

»War dein Vater ihr einziges Kind?«

Er nickte. »Sein Tod war für sie ein entsetzlicher Schicksalsschlag; besonders die Art und Weise, wie er umkam: das skandalöse Benehmen meiner Mutter, erst sein Zusammenbruch und dann sein plötzlicher Tod.«

»Ja«, sagte sie traurig. »Es muß schrecklich gewesen sein für deine Großmutter ... und für dich.«

»Das war es. Meine Mutter hat nie geweint, nie getrauert, nie mir oder jemand anderem Trost gegeben. Sie war viel zu beschäftigt mit ihrem damaligen Liebhaber.« Sein Gesicht verhärtete sich. »Ich war acht Jahre alt.«

Sie verzog das Gesicht. »Ich könnte mein Kind niemals

allein lassen unter solchen ... unter gar keinen Umständen.« Geistesabwesend hatte sie ihren Gedanken laut ausgesprochen.

»Das weiß ich. Aber sie konnte es, und sie hat es getan. Sie fuhr nach New York.« Eduardo sah in die Ferne. »All die Jahre habe ich nie wieder etwas von ihr gesehen oder von ihr gehört. Sie hat die Tür hinter sich zugeschlagen und sich nie mehr umgedreht. Meine Großmutter beurteilt alle amerikanischen Frauen nach ihr, und das ist auch der Grund, warum sie den Gedanken haßt, daß ich dich heiraten werde.«

»Ich verstehe.« Bernadette konnte die Einstellung der alten Dame jetzt besser verstehen. »Ich werde versuchen, mit deiner Familie auszukommen, Eduardo.«

»Sie haben ihre Fehler«, räumte er ein. »Aber *Abuela* ist mir sehr wichtig; so, wie dein Vater und dein Bruder dir in mancher Beziehung wichtig sind.« Er runzelte die Stirn. »Wirst du deinem Bruder unsere Heirat mitteilen?«

»Ja, sicher. Ich werde ihm schreiben. Albert und ich sind schon so viele Jahren voneinander getrennt, daß wir uns niemals wirklich nahegestanden haben. Aber er wird sich an dich erinnern«, versicherte sie ihm. »Und ich denke, er wird sich für mich freuen. So, wie ich mich für ihn freue. Vater und er sind nie miteinander ausgekommen, ganz schlimm wurde es mit den beiden, als Vater meine Schwester gezwungen hat, gegen ihren Willen zu heiraten.«

Er runzelte die Stirn. »Sag mir ehrlich, hast du deinem Vater nachgegeben? Tust du etwas, was du gar nicht tun willst? Bist du mit unserer Heirat ebenso einverstanden wie er?«

»Du weißt, daß ich es bin«, erwiderte sie ernst. »Und was meinen Vater angeht – im Grunde ist er kein schlechter Mensch. Vielleicht wird auch er es eines Tages begreifen, daß wir nicht Herr über unser Schicksal sind. Gott formt die Menschen und leitet ihr Leben.«

»Obwohl du noch so jung bist, hast du das verstanden. Aber er hat das bis heute nicht gelernt.«

Sie lächelte. »Mein Vater ist mir ein Rätsel.« Sie sah ihn mutwillig an. »Genauso wie deine Großmutter.«

Er schüttelte den Kopf. »Was für ein Durcheinander, durch das wir uns bis zu unserer Hochzeit noch durchbeißen müssen! Aber wir werden es schaffen«, fügte er hinzu und lachte Bernadette an. »Wir werden die Rancho Escondido vor dem Untergang bewahren. Wir werden uns ein Imperium aufbauen. Du wirst es erleben!«

»Ich kann es kaum noch erwarten«, rief Bernadette. Sie sah Eduardo nicht an, damit ihre Augen sie nicht verrieten. Ihre große Liebe für ihn spiegelte sich darin wider.

8

Während die Hochzeitsvorbereitungen ihren Lauf nahmen, fühlte sich Bernadette wegen der ständigen Anwesenheit von Lupe und Eduardos Großmutter immer unwohler. In ihrem Herzen wußte sie, daß die beiden Frauen ihr so viele Hindernisse wie möglich in den Weg legen würden. Sie hatte keine Angst vor ihnen, noch ließ sie sich einschüchtern, doch sie war auf der Hut. Und es lag ihr fern, Eduardos Familie gegen sich aufzubringen.

Trotzdem fiel es ihr schwer, das abweisende Verhalten der Condessa ihr gegenüber stillschweigend hinzunehmen. Eines Tages, das wußte Bernadette, würde sie die ständigen Sticheleien und Beleidigungen nicht mehr widerspruchslos schlucken können. Ungeachtet der Bedeutung der Condessa in Eduardos Leben hatte Bernadette nicht die Absicht, sich das Leben von dieser Frau zur Hölle machen zu lassen. Es reichte ihr voll und ganz, vom eigenen Vater behandelt zu werden, als hätte sie eine ansteckende Krankheit.

Eine Woche nach Bernadettes erster Begegnung mit Eduardos Großmutter kehrte ihr Vater sichtlich verärgert von einem Besuch bei Eduardo nach Hause zurück. Er rief Bernadette zu sich in sein Arbeitszimmer und bot ihr einen Stuhl an, der vor seinem Schreibtisch stand.

»Ich will wissen«, begann er zögernd, »ob du noch immer vorhast, diese Hochzeit stattfinden zu lassen.«

Überrascht zog sie die Augenbrauen hoch. »Ja, das will ich. Aber warum fragst du?«

»Ich bin gerade diesem kleinen spanischen Skorpion begegnet«, stieß er hervor und biß die Zähne zusammen. Sein Gesicht hatte sich vor Zorn gerötet. »Wenn du mich fragst, dann wirst du die Hölle auf Erden haben, wenn du mit dieser Frauensperson zusammenleben mußt. Und sei es auch nur für diesen Sommer.«

Leicht amüsiert sah Bernadette ihren Vater an. »Was ist denn passiert, Vater? Hast du auch dein Fett abgekriegt?«

Er räusperte sich, verschränkte die Arme auf dem Rücken und wanderte aufgebracht im Arbeitszimmer hin und her. »Diese gehässige alte Frau!« knurrte er. »Rümpft über mich die Nase, als wäre ich einer von ihren verdammten Tagelöhnern! Sagt sie doch zu Eduardo – während ich dabeistehe, stell dir das vor! –, sagt sie doch zu ihm, daß ich kaum das Aussehen und Benehmen eines Gentleman hätte!«

»Das ist gar nichts im Vergleich zu dem, was sie über mich gesagt hat«, erwiderte Bernadette mit einem kläglichen Lächeln. »Sie kann mich nicht ausstehen. Und als ihre Nichte in einer Parfümwolke ins Zimmer gerauscht kam, bekam ich einen Hustenanfall.« Sie verzog das Gesicht. »Lupe hat zu Eduardo gesagt, daß er eine Krankenschwester für mich einstellen müßte.«

»So eine verdammte Unverschämtheit!«

Sie sah ihm gerade in die Augen. »Nun, du hast des öfteren das gleiche gesagt.«

Er wirkte schuldbewußt. »Kann sein, daß ich in letzter Zeit ein wenig ... ungerecht zu dir gewesen bin«, gab er zu. »Aber wie auch immer ich dazu stehen mag, diese beiden Frauensleute haben kein Recht, über uns zu Gericht zu sitzen oder bösartige Bemerkungen über dich zu machen. Oder über mich!«

Zum ersten Mal spürte Bernadette ein Band liebevoller Zusammengehörigkeit zwischen sich und ihrem Vater. Wie anders verhielt er sich doch, seit sie und Eduardo sich verlobt hatten. Nachdenklich sagte sie: »Sie lehnt mich ab, und der Gedanke, daß Eduardo und ich heiraten werden, ist ihr zutiefst verhaßt. Dabei ist es ihr vollkommen egal, daß du bereit bist, ihm eine große Summe zu leihen.« Sie blickte auf ihre gefalteten Hände und atmete tief durch. »Ich muß zugeben, daß ich nicht mit ihr zurechtgekommen bin. Und Lupe –«

»Sie ist hinter Eduardo her«, fiel ihr Vater ihr hart ins Wort. »Wußtest du das?«

»Ich konnte es kaum übersehen. Sie tut sehr freundlich, aber das ist alles nur Fassade. Ich bin mir nicht sicher, ob Eduardo das klar ist. Die beiden sind die einzigen von seiner Familie, die ihm geblieben sind, und deshalb will er mit ihnen in Kontakt bleiben. Und ich möchte mich deswegen nicht mit ihm streiten. Aber wenn er es zuläßt, daß Lupe mein Hochzeitskleid aussucht, dann werde ich, fürchte ich, in einem Kleid zum Altar gehen, das mir zwei Nummern zu groß sein wird. Und das mir überhaupt nicht stehen wird. Ich bin überzeugt, daß sie es darauf anlegen wird, mich lächerlich zu machen.«

»Sie wird nicht bestimmen, was für ein Kleid du tragen wirst.«

»Aber –«

Er hob die Hand. »Ich bin derjenige, der sagt, was getan wird. Du wirst nach New York fahren und dir dort dein Brautkleid aussuchen. Ich werde meinen Sekretär in San Antonio anweisen, unseren privaten Reisewagen für dich herzurichten und alles für die Fahrt vorzubereiten. Maria wird dich begleiten. Was den Haushalt betrifft, so bitte ich die Frau eines der Vaqueros, für ein paar Tage die Küchenpflichten zu übernehmen. Schließlich muß nur für mich gekocht werden, da die Gäste schon alle wieder abgereist sind.«

Bernadette behagte der Gedanke nicht, allein so weit zu verreisen. »Ich möchte nicht fahren«, versuchte sie zu protestieren.

»Entweder du fährst, oder Lupe wird dir dein Kleid aussuchen.«

Sie stand auf. »Da bleibt mir gar keine andere Wahl«, sagte sie seufzend. »Also gut, ich werde fahren.«

»In New York gibt es auch einen Arzt, einen Spezialisten, der einige große Erfolge bei der Behandlung von Asthmakranken erzielt hat«, fügte er überraschend hinzu. »Den könntest du auch aufsuchen.«

Sie war verblüfft. Ihr Vater hatte seit Jahren nur insofern von ihrem Gesundheitszustand Notiz genommen, als er sich darüber beklagt hatte. »Ist das wirklich dein Ernst?«

Als wäre ihm die Antwort peinlich, wandte er den Blick ab. »Natürlich ist das mein Ernst. Also los, fang an zu packen. Du wirst morgen abreisen. Ich werde jetzt gleich telegrafieren, damit die Vorbereitungen für die Fahrt getroffen werden.«

»Aber was ist mit Eduardo?« fragte sie verwirrt. Sie malte sich aus, wie die beiden Frauen versuchten, ihm während ihrer Abwesenheit die Heirat auszureden.

»Der wird auch noch hier sein, wenn du zurückkommst. Du kannst im Waldorf-Astoria wohnen. Ich werde denen auch sofort ein Telegramm schicken, daß sie dir ein Zimmer reservieren.«

»Du bist sehr freundlich, Vater.«

»Du bist die einzige Tochter, die mir geblieben ist«, erwiderte er barsch. »Da kann ich doch nicht zusehen, daß du in Lumpen heiratest, oder? Nicht, wenn die Trauung in der größten Kirche von San Antonio stattfindet.«

»Oh, ich verstehe.«

Er starrte sie an. »Nein, du verstehst nicht. Ich will, daß du mir Ehre machst. Ich will stolz auf dich sein. Und ich werde nicht zulassen, daß dieses hochnäsige spanische Fräulein dich zur Zielscheibe des Spottes macht!«

Sie wußte nicht, was sie sagen sollte. Fast kam es ihr vor, als spräche sie mit einem Fremden. »Das wird auch nicht geschehen, Vater.«

»Diese ganze Sache ist mein Fehler.« Er starrte auf seine Stiefelspitzen. »Ich dachte, wenn ich dir einen Platz in der besseren Gesellschaft verschaffen könnte, dann würden diese Leute auch mich eher akzeptieren. Erst auf dem Ball habe ich gemerkt, wie sehr ich mich geirrt habe.« Resigniert sah er Bernadette an. »Diese Leute und ich – wir haben überhaupt nichts gemein. Wir sind so verschieden wie Nacht und Tag. Ich mußte mir meinen Besitz verdienen, sie haben ihren Reichtum geerbt. Jedenfalls die meisten. Die Culhanes und ich, wir verstehen uns, weil wir vom selben Schlag sind. Der alte Culhane hat für sein Geld genauso hart arbeiten müssen wie ich für meines. Aber um ehrlich zu sein, sie werden ja auch nicht gerade mit Einladungen an die Ostküste überschwemmt.«

»Ich denke, für deine Gäste war es an diesem Abend auch nicht ganz leicht«, sagte Bernadette. »Ganz bestimmt denken sie nicht, du wärst nicht gut genug, um zu gesellschaftlichen Anlässen eingeladen zu werden, Vater. Ich denke, es liegt eher daran, daß du nicht die gleichen Interessen wie sie hast. Sie haben keine Ahnung von Ackerbau und Viehzucht, und du weißt nicht, wie man Golf spielt.« Sie lächelte. »Vielleicht solltest du Mitglied in einigen der Clubs werden und es lernen. Irgend jemand in San Antonio hat sicherlich einen geeigneten Platz zum Spielen. Soweit ich weiß, lebt doch Mr. Macdonough dort, der das Spiel vor einigen Jahren aus Schottland mitgebracht und hier bekanntgemacht hat. Hat er nicht zusammen mit seinen Söhnen einen Golfplatz angelegt?«

»Ja, Donnerwetter, der wohnt dort! Und er kennt das Spiel besser als jeder andere hier in der Gegend. Mädchen, du erstaunst mich doch immer wieder! Ich werde ihn noch an diesem Wochenende aufsuchen!«

Sie freute sich über seine Begeisterung. »Weißt du, Vater, das ist der richtige Weg, um in die Gesellschaft aufgenommen zu werden: Spiele ihre Spiele und sei darin besser als sie!«

Er gluckste. »Ich bin gerade dabei, das zu entdecken.« Er sah in ihre Augen, die denen der Mutter so ähnlich waren. »Bernadette, ich habe dir nie viel Grund gegeben zu glauben, daß es mich kümmert, was mit dir geschieht. Aber es ist mir wichtig. Noch ist es Zeit, diese Hochzeit abzublasen. Ich werde kein Wort darüber verlieren, und ich würde Eduardo den Kredit trotzdem geben.«

»Ich habe ihm dasselbe Angebot gemacht, und er hat es abgelehnt. Er sagt, daß er sein Wort gegeben hat und keinen Rückzieher machen wird.«

»Dann macht es dir nichts aus, ihn zu heiraten?«

Sie lächelte traurig. »Ich liebe ihn von ganzem Herzen«, gestand sie. »Seit Jahren schon. Auch wenn er meine Gefühle nicht erwidern kann, so hat er mich doch gern. Eines Tages vielleicht ...« Sie zögerte. »Vielleicht werden wir ein Kind haben. Wenigstens ein Kind, einen Erben.«

Colston Barron runzelte die Stirn. Er sagte kein Wort, aber er sah seine wunderschöne Eloise vor sich, die vor Schmerzen schrie.

»Ich muß gehen und überlegen, was ich mitnehmen

will«, erklärte Bernadette hastig, denn sie verstand den Ausdruck in seinen Augen vollkommen falsch. »Danke, daß du mir erlaubst, selbst ein Kleid auszusuchen, Vater. Ich bin dir sehr dankbar.«

»Es ist wenig genug, was ich tun kann, Mädchen. Gott weiß, daß ich bis jetzt so gut wie gar nichts für dich getan habe.« Er wandte sich ab und sah aus dem Fenster. »Und denk dran, nimm nicht das erstbeste. Such dir ein Kleid aus, daß dieses spanische Fräulein vor Neid so grün wie eine Erbse wird!«

»Jawohl, Sir, das werde ich!« Sie öffnete die Tür und hielte dann inne. »Wenn Eduardo kommt, wirst du es ihm erklären? Ich meine, ohne daß Lupe wie der Teufel leibhaftig erscheint?«

Er kicherte. »Ich werde mein Bestes tun«, murmelte er. »Obwohl sie ein Teufel *ist*.«

»Ich weiß. Aber das braucht Eduardo ja nicht zu wissen. Seine Familie ist ihm sehr wichtig. Ich würde nichts tun wollen, was ihn verärgern könnte.«

»So, wie ich die beiden erlebt habe, wird es dir wohl kaum gelingen, das zu vermeiden.« Er sah sie an. »Du bist meine Tochter, denk daran, und du hast mein Temperament geerbt. Ich kann nicht einfach hinnehmen, daß die alte Frau dich mit Füßen tritt.«

»Das kann ich auch nicht. Vielleicht reisen sie ja gleich nach der Hochzeit wieder ab«, antwortete sie hoffnungsvoll.

»Mädchen, ich würde nicht riskieren, meinen Atem so lange anzuhalten, bis das passiert.«

Bernadette seufzte. »Ich weiß, was du damit sagen willst.«

Die Hin- und Rückfahrt mit dem Zug dauerte jeweils vier Tage. Zusammen mit den Besuchen beim Schneider und bei dem Spezialisten für Lungenkrankheiten war Bernadette zwei Wochen von zu Hause abwesend. Sie genoß den unbekannten Luxus, im privaten Eisenbahnwaggon ihres Vaters zu reisen. Der Wagen wurde zunächst an einen Zug angehängt, der nach St. Louis, Missouri, fuhr, von dort ging es mit einem anderen Zug weiter an die Ostküste. Es war beeindruckend, wie rasch und umsichtig die Angestellten ihres Vaters gearbeitet hatten, um den Waggon für Bernadette herzurichten und ihr die Reise so bequem wie möglich zu machen. So komfortabel und extravagant, stellte sich Bernadette vor, reisten sonst wohl nur Könige.

New York verschlug den beiden Frauen aus Texas die Sprache … schüchterte sie ein … erschreckte sie. Maria war hingerissen von dem Hochzeitskleid, das Bernadette sich aussuchte. Das Kleid hatte einen hochgeschlossenen Kragen, zierliche Keulenärmel und einen weitausgestellten Rock. Es war aus Satin gearbeitet und über und über bedeckt mit kostbaren belgischen Spitzen und weißen Seidenstickereien, die zarte Rosenblüten darstellten. Der Schleier fiel vorn bis auf die Hüften, im Rücken floß er bis über die lange Schleppe. Der Preis für diesen Traum erschreckte Bernadette zunächst, doch dann dachte sie an die Worte ihres Vaters: Sie heiratete nur einmal im Leben. Und dieses Kleid hätte selbst einer Prinzessin zur Ehre gereicht.

Es wurde anprobiert, geändert und verpackt, und man versicherte ihr, es am Tag ihrer Abreise zum Bahnhof zu schicken.

Inzwischen hatte Bernadette auch Dr. Harold Metter aufgesucht. Er war ein noch sehr junger Arzt, dessen neue Methoden in der Behandlung Asthmakranker in der Fachwelt bereits viel Aufmerksamkeit erregt hatten. Er verordnete Bernadette außer einem Beruhigungsmittel ein starkes Medikament, dessen Rezeptur er ihr mitgab, damit sie es sich auch von ihrem Hausarzt geben lassen konnte. Es war eine opiumhaltige Droge, die sie nur in äußersten Notfällen, wenn sonst nichts mehr half, und unter strikter Beachtung der Dosierung einnehmen sollte. Daneben empfahl er ihr eine leichte Diät, ein wenig Sport und viel frische Luft.

Bernadette fühlte sich selbstbewußter als je zuvor in ihrem Leben. Denn sie hatte all ihren Mut zusammengenommen und den Arzt gefragt, ob es für sie mit einem Risiko verbunden wäre, ein Kind zu bekommen. Sie hatte ihm davon berichtet, daß ihre Mutter und ihre Schwester im Kindbett gestorben waren. Dr. Metter hatte sie eingehend untersucht und sie dann beruhigt. Er war der Meinung, sie könne ein Kind austragen, ohne dabei ihr Leben aufs Spiel zu setzen. Auch auf diesem Gebiet der Medizin vertrat er revolutionäre Anschauungen, und eine seiner Anweisungen für Bernadette lautete, daß sie bis zur Geburt des Kindes körperlich aktiv bleiben sollte. Sollte sich bei ihr eine Schwangerschaft einstellen, könne sie gern mit ihm korrespondieren, falls sie das wünsche. Er würde ihr dann eine Reihe von gymnastischen Übungen verordnen, die ihr die Entbindung erleichtern würden. Und er würde sie an einen berühmten Geburtshelfer in San Antonio empfehlen.

Mit dem Gefühl, auf Wolken zu schweben, fuhr Bernadette nach Hause zurück. Sie würde ein wunderschönes Hochzeitskleid tragen, außerdem erfüllte sie die Hoffnung auf ein ganz normales Leben, eine glückliche Ehe und auf Kinder. Alles, was sie tun mußte, war, sich irgendwie mit der Condessa und Lupe zu arrangieren und zu versuchen,

Eduardos Herz zu gewinnen. Voller Optimismus glaubte sie, alles erreichen zu können. Es ist nur eine Frage der Planung, sagte sie sich. Und sie war bereit, in die Offensive zu gehen.

Das Kleid fand die uneingeschränkte Zustimmung ihres Vaters, und er erklärte, sie hätte die perfekte Wahl getroffen. Überrascht hörte er, welche Maßnahmen der Arzt ihr empfohlen hatte, und dessen positive Prognose freute ihn. Die Veränderungen zum Guten, die sich in Bernadettes Leben zeigten, schienen ihn wirklich zu berühren und froh zu machen.

Am Tag nach ihrer Rückkehr kam Eduardo herübergeritten, um Bernadette zu sehen. Er schien zunächst unverändert und wie immer, bis er mit ihr sprach. Eduardo begrüßte sie höflich-kühl und formell und verhielt sich so distanziert, daß er Bernadette wie ein Fremder vorkam.

Sie saßen im Salon und tranken den Kaffee, den Maria ihnen serviert hatte. Minutenlang sprach keiner von ihnen beiden ein Wort.

»Man sagte mir, du hast ein Kleid gefunden?« begann Eduardo schließlich das Gespräch, wobei seine steife Haltung deutlich seine Mißbilligung ausdrückte.

»Ja, das habe ich.« Sie konnte sich auf sein Verhalten keinen Reim machen. »Hat Vater dir denn nicht erklärt, warum ich mir mein Kleid selbst aussuchen wollte?«

»Gewiß hat er mir das erklärt. Dennoch fühlte meine Cousine Lupe sich durch deine … Unternehmung zutiefst gekränkt. Sie war dabei behilflich, das Kleid für die Nichte des Königs auszusuchen, und ich kann dir versichern, daß ihre Wahl vorzüglich und einer königlichen Hoheit geziemend war.«

Bernadette faltete die Hände, legte sie in den Schoß ihres hellblauen Kleides und hielt Eduardos vorwurfsvollem Blick stand, ohne auch nur mit einer Wimper zu zucken. »Ich bin so kühn zu behaupten, daß sie wohl auch sehr darum bemüht war, dem König einen Gefallen zu tun«, erklärte sie betont und wohlüberlegt.

Ungnädig zog er die Augenbrauen hoch. »Willst du damit zum Ausdruck bringen, daß sie nicht darum bemüht wäre, *mir* einen Gefallen zu tun?«

»*Dir* vielleicht schon, das bezweifle ich nicht. Trotzdem wollte ich mir mein Kleid selbst aussuchen.«

Sekundenlang starrte er Bernadette schweigend an, ehe er wieder das Wort ergriff. Dieses Mal klang er weniger anklagend und aggressiv. »Sie hat deswegen geweint, mußt du wissen«, erklärte er. »Und auch meine Großmutter war sehr aufgebracht. Sie hat gesagt, daß dein Vater vermutlich eine recht niedrige Meinung über uns Spanier hätte und ihnen offensichtlich keinen guten Geschmack zutraute.«

»Blödsinn«, erwiderte Bernadette gereizt.

»Blödsinn?«

Sie hob die Hand. »Ich meine damit, daß er so etwas ganz sicher nicht gedacht hat. Es war meine Idee, nach New York zu fahren«, schwindelte sie. »Das Kleid war nur ein Vorwand, den ich gebraucht habe, um meinen Vater dazu zu kriegen, der Reise zuzustimmen. Ich bin dort bei einem Arzt gewesen, Eduardo, bei einem Spezialisten.« Wie ein Signalfeuer leuchtete die Freude ihr aus den grünen Augen. Sie beugte sich vor. »Er hat mir Beruhigungsmittel verordnet, die ich nehmen kann, wenn ich einen Anfall habe, und er hat mir gesagt, wie ich meine Lungen stärken kann, damit die Anfälle nicht mehr so häufig kommen!« Sie wollte ihm sagen, daß sie sogar ohne Angst haben zu müssen ein Kind bekommen könnte, doch ihre Zunge war plötzlich wie gelähmt. Eduardo schien nicht mehr der Mann zu sein, den sie seit so vielen Jahren kannte.

»Das sind gute Neuigkeiten«, meinte er endlich. »Aber ist es wirklich richtig, Beruhigungsmittel zu nehmen, wenn du ohnehin kaum atmen kannst?«

»Dr. Metter ist ein sehr guter Arzt«, entgegnete sie. »Einer der Verwandten des Präsidenten ist Patient bei ihm. Er hat sehr viel Erfolg mit seinen Behandlungsmethoden.«

»Dann stimme ich zu, daß die Reise nicht vergebens war.« Er stellte seine Kaffeetasse ab. Er wirkte müde – und nicht sehr glücklich.

»Läuft auf der Ranch alles gut?« fragte sie zögernd.

Er verengte die Augen, als er Bernadette ansah. »Meine Großmutter ist verärgert, weil ich beschlossen habe zu heiraten, ohne mir vorher ihre Einwilligung zu holen.« Er lehnte sich zurück. »Sie hat Lupe mit dem Hintergedanken auf diese Reise mitgenommen, daß wir uns verloben würden.«

Ein Frösteln lief Bernadette den Rücken herunter. Unter der Wirkung dieser Worte fühlte sich ihr Körper wie betäubt an.

»Lupe ist Spanierin«, erklärte Eduardo. »Sie hat Haltung, eine erstklassige Erziehung und ein großes Vermögen. Meine Großmutter glaubt, daß ich meinen Fehler inzwischen eingesehen habe und jetzt sozusagen wiedergutmachen kann. Ich habe Lupe damals abgelehnt und statt dessen Consuela geheiratet.«

Bernadettes Temperament, ohnehin nicht das ruhigste, explodierte. Sie sprang blitzschnell auf und ging zur Tür.

»Wohin gehst du?« verlangte Eduardo zu wissen und stand ebenfalls auf.

Bernadette riß die Tür auf und sah ihn mit zornfunkelnden Augen an. »Offensichtlich hat deine Großmutter auf dich mehr Einfluß als ich. Also geh schon und heirate Lupe! Vielleicht stellt sich ja heraus, daß sie genau so eine wunderbare Frau ist wie Consuela. Deine Großmutter hatte sie also für dich ausgesucht – habe ich das richtig verstanden?«

Sie wandte ihm den Rücken zu und marschierte den Korridor hinunter. Die schnellen Schritte hinter sich nahm sie kaum wahr. Als Bernadette auf Höhe der Vorratskammer war, wurde sie am Arm gepackt und unsanft in den kleinen Raum geschoben. Dann schloß Eduardo die Tür hinter ihnen.

»Du unzivilisierte kleine Tigerin«, knurrte er wütend und drückte Bernadette mit dem Rücken gegen das Regal, das vollgestellt war mit eingemachten Früchten und Gemüsen. Im Raum war es eng und schummrig und erstickend heiß. Doch weder Bernadette noch Eduardo bemerkten das.

»Laß mich los!« stieß sie hervor und versuchte, sich ihm zu entwinden. »Lupe ist diejenige, die du willst, das hast du doch deutlich zum Ausdruck gebracht! Warum gehst du nicht nach Hause und steckst ihr einen Ring an den Finger? Hier, du kannst meinen nehmen! Ich gebe ihn dir zurück!«

Sie zerrte an ihrem Verlobungsring, aber als sie die Hände hob und sich mit dem wie angewachsen sitzenden Ring abmühte, beugte Eduardo sich plötzlich vor. Er küßte sie verlangend, und unter dem Druck seines Mundes öffneten sich ihre Lippen wie unter Zwang.

Bernadette schlug nach ihm, doch Eduardo hielt ihre Arme fest und legte sie ihr auf den Rücken. Sein Mund hielt sie gefangen, und Bernadette glaubte, den Halt zu verlieren, als der heiße, brennende Kuß nicht enden wollte. Hart und unnachgiebig hielt Eduardo ihre Hände auf ihrem Rücken fest, während er sich mit seinem Körper gegen sie drängte.

»O du Schuft!« stieß sie unter seinem Kuß hervor.

Sein Kuß wurde leidenschaftlicher. Eduardo preßte die Hüften gegen Bernadettes weichen Leib und machte sie hilflos. Er schob sein Bein zwischen ihre, so daß Bernadette ihm auf eine nie gekannte und verwirrende Weise nah war. Als er die Hüften bewegte, spürte sie seine starke Erregung.

Trotz der brennenden Sehnsucht, die seine Küsse in ihr geweckt hatten, zuckte sie zusammen.

Er spürte ihr Zurückweichen und hob den Kopf. Sein Atem ging heftig und schwer, und in den Augen spiegelte sich sein Verlangen wider.

»Und jetzt schick mich zu Lupe«, sagte er rauh. Er war ihr so nah, daß sein Atem wie ein kühler Hauch über ihre feuchten Lippen strich.

Bernadette war außerstande, ein Wort hervorzubringen. Sie zitterte, und ihr Körper fühlte sich heiß und schwer an. Sie wußte, wie erregt Eduardo war, und es machte sie verlegen. »Bitte«, wisperte sie. »Bitte, du mußt damit aufhören …«

»Muß ich das?« Er sah ihr in die Augen und drängte sich auf provozierende Weise noch enger an sie, so daß sie ihn auf eine Art spürte, die er bis jetzt nie zugelassen hatte. »Fühlst du das, Bernadette?« stieß er heiser hervor. »Weißt du, was ich will?«

»Eduardo!« Sie keuchte.

»All diese herrliche Leidenschaft, die du im Zorn verschwendet, wenn man sie doch zu etwas viel Besserem nutzen könnte«, flüsterte er und neigte sich wieder zu ihr herunter. »Küß mich, Bernadette. Und leg deine Hände auf das, was du da spürst. Berühr mich!«

»Du ... du gemeiner Kerl!« Sie wand sich, um sich aus seinem Griff zu befreien, aber das machte ihre Lage noch schlimmer. Eduardo stöhnte auf, und sein Verlangen war jetzt noch härter und drängender.

Bernadette stieß einen leisen Laut aus, als er sie wieder küßte. Die Gefühle, die Eduardos leidenschaftlicher Kuß in ihrem jungfräulichen Körper auslöste, ließen sie erschaudern. Es war wie in jener Nacht in der Wüste, als er sie in den Armen gehalten und so verlangend gestreichelt hatte. Doch inzwischen war ihr Eduardo vertrauter, und sie genoß die Berührungen, die sie noch vor kurzem vor Scham von ihm fortgetrieben hätten.

Sie zitterte, als er begann, die Knöpfe an ihrem hochgeschlossenen Kragen zu öffnen. In der kleinen Kammer war es so heiß, daß Bernadette kaum atmen konnte. Eduardo preßte den Mund auf ihren nackten Hals, dann glitt er tiefer, berührte ihre Brüste.

Ein unkontrollierbares Zittern erfaßte Bernadette und ließ sie laut aufstöhnen. Sie fuhr mit den Händen durch sein dichtes Haar und zog seinen Kopf ganz fest an sich heran, streichelte ihn. Sie wollte ihn auf ihrer Haut spüren.

»Bitte«, wisperte sie. »Bitte, hier ... hier ... noch ein wenig weiter ....!«

Ihre Hände führten ihn blind, bis sein Mund die harte Brustspitze berührte.

»Hier?« flüsterte er heiser. »Hier, Bernadette?« Er begann daran zu saugen, und sie drängte sich ihm verlangend entgegen.

»Ja, o ja!« Sie schluchzte fast. »Ja, ja, ja!«

Sein Mund war das Zentrum des Universums. Was sie miteinander taten, war ungehörig, aber sie wollte es. Wie sehr sie es wollte! Sie wollte, daß er ihr das Mieder herunterstreifte bis auf die Taille, sie wollte, daß seine Lippen sie überall streichelten. Sie wollte seine Hände, seinen Mund auf jedem Zentimeter ihrer Körpers …

Eduardo stöhnte, als die Leidenschaft in ihm hoch aufloderte. Er drängte Bernadette in den Lichtstrahl, der durch das kleine Fenster in die Kammer fiel. Zielstrebig öffnete er das Mieder ihres Kleides und schob die Träger des zarten Unterkleides über ihre Schultern. Normalerweise trug Bernadette eine Korsage, doch wegen der großen Sommerhitze hatte sie heute darauf verzichtet. Eduardo streifte Bernadette das Hemd bis auf die Hüften herunter und hielt beim Anblick ihrer festen, schönen Brüste den Atem an.

»Himmel, Bernadette«, flüsterte er. Fast ehrfürchtig berührte er sie, streichelte sie voller Zärtlichkeit und Bewunderung.

Bernadette klammerte sich an Eduardo fest, als der Zauber seiner Berührung ihren Körper durchströmte. Sie fühlte ein noch nie dagewesenes, überwältigendes Verlangen in sich.

Die Augen halbgeschlossen, drängte sie sich an ihn, hingerissen von dem Bewußtsein, daß er sie ansah und sie begehrte. »Bitte … Eduardo«, sagte sie leise und nahm seinen Kopf in ihre Hände.

Die Augen von Leidenschaft verhangen, sah Eduardo sie an. »Was möchtest du, *amada*? Geliebte?« flüsterte er. »Soll mein Mund dich berühren? Möchtest du ihn auf deiner nackten Haut spüren?«

»Ja«, stieß sie hervor. »O ja!«

»Das will ich auch – ich will dich schmecken wie warme Blütenblätter auf meiner Zunge.« Er beugte sich vor und streichelte mit den Lippen ihre seidenweiche Haut. Sofort spürte Eduardo ihre Reaktion und hörte sie unterdrückt aufschreien. Der Duft ihrer Haut berauschte ihn.

Seine Berührungen waren so intensiv und sinnlich, daß Bernadette zu vergehen glaubte. Sie fühlte sich wie im Himmel, als Eduardo all ihre Sinne reizte und sie mit Zärtlichkeit umhüllte.

»So zarte Haut«, murmelte er. »So zart und warm und nach Rosen duftend. Ich will dich ganz, Bernadette. Weich und nackt will ich dich in meinem Bett unter mir spüren. Ich will dich besitzen.«

Diese leidenschaftlichen Worte hätten Bernadette schockieren müssen, doch sie steigerten ihre Erregung nur noch mehr. Sie schlang die Arme um Eduardo, erwiderte seinen heißen Kuß mit all ihrer unerfahrenen Leidenschaft. Sie liebte es, wie er schmeckte, wie er sich anfühlte.

Schritte und laute Stimmen auf dem Korridor ließen die beiden aufschrecken. Eduardo schien wie benommen. Als wäre er zu nichts anderem fähig, ruhte sein Blick auf Bernadettes nackten Brüsten. Selbst in diesem Augenblick, als die Schritte draußen näher kamen, konnte er nicht anders, als sie in stiller Bewunderung zu berühren.

Bernadette wollte etwas sagen, doch er legte ihr den Finger auf den Mund, und beide hielten sie den Atem an, bis die Schritte, die vor der Vorratskammer kurz innegehalten hatten, in Richtung Salon weitergegangen und verklungen waren.

»Beinahe«, murmelte er zärtlich. Er suchte ihren Blick, ein reuevolles Lächeln lag auf seinem Gesicht. »So viel also zum Thema Selbstbeherrschung.« Er schaute auf ihre Brüste und schüttelte den Kopf, während er begann, das Unterkleid hochzuziehen, um Bernadettes Blöße zu bedecken. »Wie wunderschön du bist, Bernadette. Dein Anblick bringt mich um den Verstand.«

Sie war unfähig, ihm zu antworten. Stumm und mit einem Gefühl der Unwirklichkeit sah sie zu, wie er sie anzog. Erst als er den letzten Knopf wieder geschlossen hatte, begann ihr Herz wieder normal zu schlagen. Noch immer war sie ein wenig außer Atem. Hilflos, voller Verlangen und Sehnsucht, sah sie zu ihm auf.

Er erwiderte diesen zärtlichen Blick und lächelte liebevoll. »Ich finde es schön, daß du nicht schüchtern und abweisend mir gegenüber bist«, sagte er. »Wenn ich dich berühre, verweigerst du mir nichts. Das läßt für die Zukunft Gutes ahnen.«

»Werden wir denn eine haben?«

Er nickte. »Ja, denn ich kann dich nicht aufgeben, ganz egal, wie meine Großmutter zu unserer Heirat steht.« Nachdenklich fügte er hinzu: »Du mußt wissen, daß ich ihr sehr viel verdanke. Aber Lupe zu heiraten, um alles wiedergutzumachen, das wäre der Dankbarkeit doch zu viel.« Mit der Fingerspitze zeichnete er Bernadettes weiche, geschwollene Lippen nach. »Wenn ich dich berühre, dann brennt mein Blut wie Feuer in den Adern. Ich verzehre mich nach dir, bei Nacht und bei Tag. Die Hochzeit muß bald sein – zur Rettung deiner Unschuld und zur Wahrung meiner Ehre. Das hier ist gerade noch einmal gutgegangen.«

Bernadette war verwirrt. »Noch einmal gutgegangen? Aber hier hätten wir doch gar nicht … ich meine, es wäre hier doch unmöglich gewesen, daß wir …« Sie verhaspelte sich und lachte nervös. »Hier steht ja nicht einmal … ein Bett!«

»O Bernadette.« Er grinste. »Wie unschuldig du bist!«

»Aber hier gibt es doch gar keine Möglichkeit … Eduardo!«

Während sie ihm darlegte, warum an diesem Ort nichts

hätte geschehen können, hatte Eduardo sie hochgehoben und drängte sie nun mit den Hüften gegen die Wand.

Er küßte sie zart, bevor er sie wieder auf den Boden gleiten ließ. Als sie begriff, was er damit sagen wollte, stieg ihr heiße Röte in die Wangen. Eduardo lächelte.

»Man kann sich auch im Stehen lieben«, sagte er leise und lachte über ihren schockierten Protest. »Und an vielen anderen Orten und in verschiedenen Stellungen. Wenn wir verheiratet sind, werde ich sie dir alle zeigen.«

Bernadette war überrascht und sprachlos. Eduardo strich ihr das Haar glatt und half ihr, ihre Kleider zu ordnen. Vorsichtig öffnete er dann die Tür und spähte den Korridor hinunter. Als er sah, daß keine Gefahr bestand, verließen sie die kleine Kammer.

Gemeinsam gingen sie zur Vordertür. »Komm nicht mit hinaus«, sagte er. »Es ist viel zu heiß da draußen.« Er hob ihre Hand an den Mund und küßte zart ihre Finger. »Ich bin ein sehr glücklicher Mann«, gestand er mit eindringlicher Leidenschaft. »Und ich werde alles tun, damit du dich wie die glücklichste Frau auf Erden fühlen kannst.«

Ihr Herz machte einen Sprung. »Du bist wegen des Kleides nicht mehr wütend?«

»Nach dem, was eben geschehen ist?« Er lachte. »Nein, Bernadette. Ich bin nicht wütend wegen des Kleides. Ich werde morgen oder übermorgen vorbeikommen und dich abholen. Wir müssen noch die Gästeliste besprechen und die Einladungen losschicken. Und ein paar andere Dinge müssen auch noch erledigt werden.«

»Ich dachte, Lupe wollte sich um all das kümmern«, sagte sie und versuchte, nicht verbittert oder eifersüchtig zu klingen.

»Eine kleine Änderung im Programm. Ich denke, du solltest über diese Dinge mitentscheiden. Schließlich ist es *unsere* Hochzeit.« Als er sie anschaute, sah Bernadette das Verlangen in seinen Augen. »Das einzige, was ich jetzt will, ist, daß die Hochzeit schnell stattfindet.«

Sie lächelte. »Das möchte ich auch!«

Er schüttelte verwundert den Kopf, als er daran dachte, welch starke Leidenschaft sie ineinander entfachten. Es war wundervoll, daß selbst ein so relativ unschuldiges Liebesspiel eine solche Lust bereiten konnte. Sich vorzustellen, wie es sein würde, Bernadette in seinem Bett zu haben, machte ihn schwindlig. Und seine körperliche Reaktion auf diese Phantasie war unübersehbar. Er würde sich wie im Himmel fühlen, wenn er sie liebte. Er konnte es nicht mehr erwarten, sie zu seiner Frau zu machen.

Bernadette erahnte sein starkes Verlangen, und ihr Gesicht begann zu strahlen. »Ich werde versuchen, dich nicht zu enttäuschen, auch wenn ich keine Spanierin bin.«

Er lachte. »Das ist mir egal!«

»Aber deiner Großmutter ist es das nicht.«

Sein Lachen erstarb. »Darüber solltest du dir erst den Kopf zerbrechen, wenn es soweit ist«, riet er. »Es besteht kein Grund, sich unnötig Ärger aufzuladen.«

»Das ist das letzte, was ich will.« Sie machte einen Schritt auf ihn zu. »Ich will versuchen, mit deiner Großmutter auszukommen. Ich verspreche es.«

»Das weiß ich.« Er lächelte sie an. »*Adiós*.«

»*Adiós*.«

Seine Augen verengten sich. »Du könntest ein wenig von unserer Sprache lernen«, meinte er nachdenklich. »Das würde sie beeindrucken.«

Bernadette las und sprach das Spanische wie ihre Muttersprache, aber dieses Geheimnis wollte sie jetzt noch nicht preisgeben. Vielleicht war es ganz gut, wenn sie Eduardo über einige Dinge noch im Unklaren ließ.

»Ich werde darüber nachdenken«, versprach sie.

Er hob lässig die Hand und ging auf den Stall zu, in dem er sein Pferd untergestellt hatte, damit es dort versorgt würde. Als er zur Rancho Escondido zurückritt, durchlebte er noch einmal die leidenschaftlichen Augenblicke, die Bernadette und er verbracht hatten. Und diese Erinnerungen ließen ihn sich nur eines wünschen: daß die Hochzeit endlich stattgefunden hätte und alle Gäste auf dem Heimweg wären.

Denn dann würden Bernadette und er endlich allein sein …

9

Einen Monat dauerte es, bis alle Vorbereitungen für die Hochzeit getroffen waren. Lupe hatte während dieser Wochen fast täglich versucht, mit immer neuen, wenn auch recht fadenscheinigen Argumenten, das Ereignis hinauszuzögern. Die alte Condessa war unterdessen bemüht, Eduardos Einstellung seiner Braut gegenüber ins Wanken zu bringen. Sie machte ihn auf jeden Fehler aufmerksam, den sie an Bernadette festzustellen glaubte. Meist geschah das hinter Bernadettes Rücken, die alte Dame scheute sich aber auch nicht, ihr solche Dinge offen ins Gesicht zu sagen. Die Abende, an denen Bernadette und ihr Vater zusammen mit Eduardos Familie das Essen einnahmen, waren die reine Qual.

Bernadette fragte sich, wie sie es überstehen sollte, mit dieser giftsprühenden alten Frau unter einem Dach zu wohnen. Eduardo gegenüber erwähnte sie jedoch nichts von ihren Befürchtungen. Die Verbundenheit, die zwischen ihnen geherrscht hatte, war ganz und gar verschwunden. Er wurde immer angespannter, je weiter die Vorbereitungen fortschritten, und er faßte seine zukünftige Frau nicht mehr an, gab ihr nicht einmal einen züchtigen Kuß auf die Stirn. Er küßte ihr zur Begrüßung die Hand, aber selbst das, so kam es Bernadette jedenfalls vor, schien für ihn nur eine Pflichtübung zu sein. Sie sorgte sich, daß sein Verlangen vergangen sein könnte.

Doch das war ganz und gar nicht der Fall. Im Gegenteil, Eduardos Verlangen war stärker und stärker geworden. Er hatte einen Zustand erreicht, in dem er fürchtete, er könnte die Beherrschung verlieren und über Bernadette herfallen, wenn er sie nur berührte. Sein Begehren war unkalkulierbar geworden. Lupes offensichtliche Verzögerungstaktik und die sarkastischen Kommentare seiner Großmutter machten ihn ungeduldig und gereizt, aber Eduardo war entschlossen, die beiden Frauen nicht merken zu lassen, daß ihre Anwesenheit ihn störte. Er wollte nur, daß die Hochzeit endlich vorüber wäre. Wenn er Bernadette endlich für sich hätte, würde alles andere sich von selbst finden.

Bernadette hatte sich gewünscht, daß Maria ihr beim Ankleiden für die Trauung helfen sollte. Sie hatten sich in San Antonio ein Zimmer in dem Hotel genommen, in dem sich auch einige Hochzeitsgäste bis zum Beginn der Zeremonie aufhalten würden. Die Trauung selbst sollte in der großen und wunderschönen Kathedrale von San Fernando stattfinden.

Die Condessa jedoch hatte Bernadettes Wunsch widersprochen, da ihrer Meinung nach nur Lupe diese ehrenvolle Aufgabe zustehen würde. Um einer weiteren Diskussion aus dem Weg zu gehen, hatte Eduardo seiner Großmutter Recht gegeben. Er war ohnehin nicht gerade glänzender Stimmung, denn sein bester Freund war plötzlich erkrankt und hatte ihm in letzter Minute seine Absage telegrafiert. Er hatte als Trauzeuge fungieren sollen, und Eduardo war es bislang nicht gelungen, einen Ersatz zu finden.

Lupe trug das schwerste Parfum, daß sie hatte bekommen können, und Bernadette erlitt dadurch – wie zu erwarten – einen Asthmaanfall, der sie fast in die Knie zwang. Eduardo, der sich daran erinnerte, daß ihr der New Yorker Arzt ein Medikament für derartige Notfälle verordnet hatte, suchte in ihren Koffern danach und betete darum, daß Bernadette so klug gewesen sein mochte, es mitzunehmen. Sie war so klug gewesen.

Er zählte die vorgeschriebene Zahl von Tropfen ab und gab ihr das Medikament ein. Er fluchte leise, während er darauf wartete, daß die Wirkung einsetzte.

»Es ... es tut mir ... so leid.« Bernadette kämpfte um jeden Atemzug. Noch zeigte sich keine Besserung.

»Es gibt nichts, was dir leid tun muß«, sagte er knapp. »Ich habe Lupe gesagt –« Er senkte die Stimme. »Ich habe ihr wegen des Parfums Bescheid gesagt. Sie muß es vergessen haben.«

Sie hat es mit Absicht getan, dachte Bernadette, und schwor Rache. Doch jetzt war weder die richtige Zeit noch der richtige Ort dazu.

Sie lehnte sich im Sessel zurück, ihr hinreißend schönes Brautkleid bauschte sich um sie, und Eduardo hielt schweigend ihre Hand.

»Das bringt Pech«, sagte sie nach einigen Minuten, »daß du mich in meinem Hochzeitskleid siehst ... bevor wir in der Kirche sind.«

»Das ist nur so eine Redensart«, erwiderte er. »Ich bin nicht abergläubisch. Und du solltest es auch nicht sein. Sei ganz ruhig und atme tief durch.«

Bernadette dachte, wie attraktiv Eduardo in seinem Anzug aussähe; er war die Verkörperung von Stil und Eleganz. Das weiße Hemd kontrastierte mit seinem dunklen Teint und ließ seine Augen noch schwärzer wirken als sonst.

»Du siehst umwerfend gut aus«, sagte sie.

Er lächelte. »Du auch.« Er spitzte anerkennend die Lippen, als er das kostbare Kleid jetzt eingehender betrachtete. »Das Kleid ist exquisit. Aus Paris?«

»Aber nein«, erwiderte sie und lächelte sanft. »Aus Madrid.«

Er war überrascht.

»Es ist von einem spanischen Modeschöpfer. Ich habe mich auf den ersten Blick in das Kleid verliebt. Ich mußte es einfach haben.«

»Es betont deine Unschuld; es steht dir sehr gut.«

»Danke.« Sie richtete sich langsam auf, das Atmen fiel ihr nun ein wenig leichter. »Mir geht's besser. Ich fühle mich zwar etwas schwindlig, aber das ist alles.«

Er lachte, während er ihr aufzustehen half. »Ich werde dich festhalten, wenn es nötig sein sollte.«

Sie stimmte in sein Lachen ein und dachte an das wundervolle Leben, das sie führen würden.

Eduardo sah Bernadette unverwandt an, als er ihr den hauchfeinen Schleier über das Gesicht legte. »Wenn ich dich das nächste Mal ohne diesen Schleier ansehe, wirst du meine Frau sein«, sagte er zärtlich.

»Ich kann es kaum erwarten«, erwiderte sie leise.

»Ich auch.« Er zog ihre Hände an den Mund und hauchte auf jede einen Kuß. »Komm, laß uns gehen, ehe noch andere Mißgeschicke uns davon abhalten, vor den Altar zu treten!«

Er führte Bernadette aus dem Zimmer, vorbei an seiner Cousine und seiner empörten Großmutter, und ging mit ihr die lange Treppe hinunter.

»Du hast dich nicht an die Etikette gehalten«, murrte die Condessa, als sie den beiden folgte. »Es bringt dem Mann Unglück, wenn er seine Braut vor der Trauung in ihrem Hochzeitskleid sieht!«

Eduardo blieb stehen und wandte sich zu seiner Großmutter um. »Und für die Braut ist es ein noch größeres Unglück, nicht zur eigenen Trauung erscheinen zu können.« Er bedachte Lupe, die sich auffallend still verhalten hatte, mit einem wütenden Blick. »Ich habe dir gesagt, daß ein intensiver Parfümduft einen Anfall auslösen kann, oder habe ich das etwa nicht?« Sein Ton hatte scharf und schneidend geklungen.

Lupe verschränkte die Hände ineinander und versuchte, würdevoll auszusehen. »Ich hatte es vergessen. Ich entschuldige mich in aller Form dafür.«

»Ich halte es für das beste, daß du damit anfängst, über deine Rückkehr nach Spanien nachzudenken«, sagte Eduardo direkt. »Ich bin sicher«, fügte er hinzu und lächelte dabei freundlich, »daß es dir fernliegt, dich einem frischverheirateten Ehepaar aufzudrängen.«

Lupe wurde blaß. Die Condessa schnappte hörbar nach Luft. »Eduardo, du vergißt, mit wem du sprichst!« wies sie ihn zurecht. »Diese amerikanische Frau muß dich verhext haben, sonst würdest Du kein Mitglied deiner eigenen Familie derart grob behandeln!«

»Bernadette ist eher eine Heilige als eine Hexe. Und sie wird in Kürze meine Frau sein«, erklärte Eduardo in freundlichem Ton, in dem jedoch unüberhörbar eine Drohung mitschwang. »Und ich erwarte, daß sie von meiner Familie mit der Höflichkeit behandelt wird, die ihr gebührt. Komm, Bernadette.«

Er führte sie zu der Kutsche, die vor dem Hotel wartete. Der Kutscher erkundigte sich mit besorgter Anteilnahme nach Bernadettes Befinden, denn man hatte ihm den Grund für die Verzögerung genannt. Dann half er ihr zuvorkommend beim Einsteigen. Sie fuhr mit Lupe und der Condessa in einer Kutsche, Eduardo würde ihnen in einer anderen folgen. Es war eine Einteilung, die Bernadette wegen des Parfümduftes, der Lupe noch immer wie eine Wolke umgab, großes Unbehagen bereitete.

Die Tür wurde zugeschlagen, und die Kutsche fuhr an. Und augenblicklich zeigten die beiden Frauen ihre Krallen. Die Condessa maß Bernadette mit einem Blick, der eine weniger selbstbewußte Frau niedergemacht hätte.

»Was für eine Unverschämtheit!« rief sie zornig. »Daß ausgerechnet Sie der Anlaß sind, daß Lupe eine solche Kränkung erdulden muß!«

Bernadette, die sich durch die Wirkung des Medikamentes jetzt viel besser fühlte, lächelte die alte Frau kühl an. »Sie mögen glauben, ich hätte nicht gemerkt, daß Sie Zwietracht säen wollen, aber ganz so schwer von Begriff bin ich nun doch nicht. Seit Wochen haben Sie nichts anderes getan, als meine Heirat mit Eduardo zu hintertreiben. Sie haben Intrigen gesponnen und Komplotte geschmiedet, und Sie haben sich bei der Durchsetzung Ihrer Ziele wie der Handlanger des Teufels benommen! Sie sind eine boshafte alte Frau, die das Leben anderer manipulieren und bestimmen will. Und Sie«, fügte Bernadette hinzu, indem sie sich Lupe zuwandte, während die Condessa fast an ihrer Zunge erstickte, »sind eine Klapperschlange, die sich als Frau verkleidet hat! Sie wußten, daß Parfümgeruch Gift für mich sein kann, und Sie haben es mit voller Absicht aufgetragen. Nur, um mir zu schaden! Sie sind um keinen Deut besser als dieser schwarze Skorpion neben Ihnen! Keine von euch beiden hat irgendein Recht, Eduardo wie ein Kind zu behandeln und ihn in die Ehe mit einer Frau zu treiben, die ihr für ihn aussucht! Er ist ein aufrechter und ehrenhafter Mensch! Was für ein Jammer, daß man das vom Rest der Familie nicht behaupten kann!«

»Du schamloses Frauenzimmer!« Die schrille Stimme der Condessa überschlug sich. »Jeder in diesem Bezirk weiß, daß du mit meinem Enkel eine ganze Nacht allein draußen in der Wüste gewesen bist! Die Diener tuscheln darüber, sie klatschen und tratschen! Dein Ruf ist ruiniert, und das ist der einzige Grund, aus dem er dich heiratet!«

Obwohl diese Beleidigung Bernadette erblassen ließ, hob sie stolz das Kinn. »In jener Nacht ist nichts passiert, dessen ich mich schämen müßte, auch wenn die Leute anderes behaupten und sich das Maul darüber zerreißen«, schwindelte sie unbeirrt. »Aber Sie irren sich, Señora, das ist nicht der Grund, aus dem Eduardo mich heiratet. Er braucht einen beträchtlichen Kredit, um den Schaden wiedergutzumachen, den seine Mutter der Ranch zugefügt hat. Er steht vor dem finanziellen Ruin. Mein Vater ist seine einzige Hoffnung, aus dieser Situation herauszukommen.«

Die Condessa starrte sie ungläubig an. »Mein Enkel kann zu *mir* kommen, wenn er Geld braucht«, erwiderte sie barsch.

»Könnte er. Aber würde er das auch tun? Er weiß doch genau, daß Sie ihm das Geld nicht ohne Gegenleistung geben werden? Und wie die aussieht, kann er sich an seinen fünf Fingern abzählen: Sie würden verlangen, daß er diese falsche Schlange da neben Ihnen heiratet.«

Lupe keuchte auf. »Wie können Sie es wagen!«

»Sprich nicht mit ihr, Lupe«, sagte die Condessa schroff. »Sie ist eine Schande für jeden von uns, der ein Cortes ist.« Sie wandte den Blick ab und ignorierte Bernadette. »Wir werden nie wieder mit dieser Person sprechen. Wenn Eduardo sein Leben unbedingt dadurch ruinieren will, daß er sie heiratet, warum sollten wir ihn davon abhalten?«

»Wie klug von Ihnen, endlich zur Einsicht zu kommen.« Bernadette zerdrückte ihren kleinen Strauß aus Rosen und Hyazinthen in den Händen, als sie aus dem Fenster starrte.

Nicht einmal durch sämtliche Kränkungen ihres Vaters hatte sie sich je so verlassen und verletzt gefühlt wie in diesem Augenblick.

Als die Kutsche vor der Kirche hielt, wartete Colston Barron dort schon auf seine Tochter. Er war so besorgt und bemüht um sie, daß man glauben konnte, sie wäre die umhegteste und geliebteste aller Töchter der Welt. Doch als er Bernadette durch den Schleier hindurch ansah, erstarb sein strahlendes Lächeln plötzlich. Ärgerlich starrte er die beiden Frauen an, denen gerade von Dienern beim Aussteigen geholfen wurde, und deren verkniffene Gesichter Bände sprachen.

»Was ist unterwegs passiert?« fragte er seine Tochter, als er sie in die riesige Kathedrale führte.

»Nichts, womit ich nicht gerechnet hätte«, entgegnete sie gefaßt. »Oder kannst du dir vorstellen, daß sie glücklich darüber sind, daß er eine Amerikanerin heiraten muß? Sie wollten, daß er Lupe heiratet.« Bernadette lachte unfroh. »Vor diesem Schicksal haben wir ihn wenigstens bewahrt! Denn das wäre für ihn schlimmer als der Tod gewesen!«

Sie spürte, wie sich der Arm ihres Vaters unter ihrer Hand anspannte. »Was für eine Frechheit«, stieß er wütend hervor.

»Jetzt ist nicht die Zeit dafür«, sagte sie. »Eduardo kann es schließlich nicht ändern, mit wem er verwandt ist.«

»Um so schlimmer. Kopf hoch, Mädchen«, fügte er aufmunternd hinzu. »Er wird nicht zulassen, daß sie dir weh tun.«

»Oh, da brauchst du dir um mich keine Sorgen zu machen«, sagte sie mit weitaus mehr Zuversicht, als sie empfand. »Die beiden werden diejenigen sein, die Beistand nötig haben werden«, fügte sie hinzu und sprach gerade laut genug, daß die Condessa und Lupe jedes Wort mitbekamen. Sie sah, wie sich der Condessa vor Wut die Haare sträubten, und das war die größte Genugtuung, die Bernadette in den vergangenen Minuten erlebt hatte.

Die Trauungszeremonie war sehr feierlich und wunderschön. Trotz der Unannehmlichkeiten zu Beginn, wurde Bernadette von dem Wunder gefangen genommen, vor dem Altar zu stehen und zu heiraten, der Tradition ihrer und seiner Vorfahren entsprechend. Sie knieten vor dem Priester nieder, und die Worte, die er ihnen für ihr gemeinsames Leben mit auf den Weg gab, waren in ihrer Bedeutung so zeitlos wie die Ewigkeit.

Als Eduardo ihr den Ehering an den Finger steckte, spürte Bernadette Tränen über ihre Wange laufen. Und als er den Schleier hob und sie anblickte, dachte sie, daß sie noch nie etwas so Wunderschönes gesehen hatte wie jene Zärtlichkeit, die sich in seinen schwarzen Augen widerspiegelt, als er sie das erste Mal als seine Frau sah.

Eduardo wollte der Atem stocken, als er das Leuchten auf Bernadettes Gesicht sah. Er beugte sich vor, und fast ehrfürchtig küßte er sie. Er hob den Kopf und lächelte sie an. Bernadette lächelte zurück. Es war vollbracht. Sie waren Mann und Frau.

Auf der Rückfahrt ins Hotel, in dem der Hochzeitsempfang gegeben wurde, fuhren Bernadette und Eduardo zusammen in einer Kutsche. Mit keiner Silbe erwähnte Bernadette den bitterbösen Streit, den sie mit seiner Großmutter und Lupe gehabt hatte. Sie glaubte, je weniger sie davon sprach, desto eher würden sich die Wogen wieder glätten. Außerdem wollte sie selbst den leisesten Mißklang aus ihren Gedanken verbannen, denn jetzt zählte nur noch die Liebe zu ihrem Mann.

Für den Hochzeitsempfang hatte Bernadette das Hochzeitskleid gegen ein elegantes, grün-weiß gemustertes Kleid getauscht. Jetzt stand sie vor dem hohen Spiegel und band sich mit einem dazu passenden Band das Haar hoch. Ich habe mich verändert, dachte sie, als sie ihr Spiegelbild betrachtete. Sie war nicht schön, doch sie sah glücklich aus, und ihr Gesicht strahlte, ganz wie es bei einer Braut sein sollte.

Bernadette steckte noch ein spitzengesäumtes Seidentaschentuch in ihre kleine Tasche und verließ dann das Zimmer. Sie ging auf die breite Treppe zu, die hinunter in den Saal führte, in dem der Empfang stattfand.

Auf dem Weg dorthin kam sie an Eduardos Zimmer vorbei. Als sie sah, daß die Tür einen Spaltbreit offenstand, kam ihr plötzlich ein Gedanke, und sie blieb stehen. Sie würde Eduardo abholen und mit ihm zusammen hinuntergehen.

Laute Stimmen und das Schluchzen einer Frau ließen ihre Hand erstarren, die sie gerade ausgestreckt hatte, um die Tür aufzustoßen.

»... kann ich nicht von ihr glauben!« sagte Eduardo auf Spanisch.

»Sie hat Lupe mitten ins Gesicht gelacht«, behauptete die Condessa. Auch sie sprach spanisch. Offensichtlich nahmen sie an, daß keiner der Gäste diese Sprache verstand und somit keine Gefahr bestand, unerwünschte Mithörer zu haben. »Sie hat zu Lupe gesagt, daß du sie heiraten *mußtest* – wegen der ... Dinge, die ihr in der Nacht in der Wüste ... getan habt. Und sie hat gesagt, daß Lupe eine Närrin sei zu hoffen, daß du dir jemals etwas aus ihr machen würdest; daß sie dich verhext hat und daß du Lupe und mich wegschicken würdest, wenn sie dich darum bitten würde. Sie hat gesagt, daß wir … daß wir dich nie wiedersehen würden, dafür würde sie sorgen!«

Diese intrigante, falsche Schlange, dachte Bernadette wütend. Sie wollte in das Zimmer gehen, um die alte Frau mit ihren schamlosen Lügen zu konfrontieren, als Eduardo das Wort ergriff. Und was er sagte, traf Bernadette bis ins Mark.

»Bernadette hat nicht darüber zu bestimmen, was ich in meinem eigenen Haus zu tun und zu lassen habe«, erklärte er. »Sie wird dich nicht noch einmal so behandeln. Meine eigene Großmutter!«

Bernadette hörte ein Schluchzen, aber sie konnte nicht sagen, ob das leise Weinen von der alten Frau oder von Lupe kam. Sie hätte wissen müssen, daß die beiden versuchen würden, sie für ihren Ausbruch in der Kutsche büßen zu lassen.

»Ich hätte dir das Geld geliehen, Eduardo«, sagte die Condessa bedrückt. »Ich hätte dir das Geld *geschenkt.* Warum hast du mich denn nicht gefragt? Warum hast du statt dessen diese Frau geheiratet?«

»Weil du schon viel zu viel für mich getan hast«, erwiderte er kurz. »Du hast mich großgezogen. Du hast mich auf die Universität geschickt. Alles, was ich bin, verdanke ich dir. Ich wollte nicht noch mehr von dir erbitten.« Er seufzte schwer. »Ich bin ehrlich zu Bernadette gewesen. Von Anfang an habe ich ihr gesagt, daß ich sie nicht liebe, aber glaube, daß wir dennoch ein angenehmes Leben miteinander haben werden. Und das werden wir. Was dich und Lupe angeht, so werdet ihr hier immer willkommen sein, ob Bernadette das nun gefällt oder nicht.«

»Hätte ihr Vater dir das Geld denn nicht auch geliehen,

ohne daß du sie dafür hättest heiraten müssen?« fragte die Condessa.

»Er hätte es getan. Aber … nun, da waren noch andere Gründe. Und dann gab es dieses Gerede.« Bernadette konnte hören, daß Eduardo im Zimmer hin und her ging. Sie hörte ihn seufzen.

»Ach, Eduardo«, sagte die Condessa, »wärst du doch nur nicht die ganze Nacht mit ihr fortgeblieben! Hättest du ihr nicht die Ehre geraubt, dann –«

Bernadette hörte, daß Eduardo einen unwilligen Laut ausstieß. »Ich habe sie nicht entehrt!«

»Sie hat dich aber beschuldigt, genau das getan zu haben!« Lupe mischte sich ein. »Wie ein Straßenmädchen hat sie sich damit vor uns gebrüstet!«

»Ich hätte niemals geglaubt, daß sie zu einer solchen Lüge fähig sein könnte!« rief Eduardo.

»Sie hat es jedem erzählt«, behauptete Lupe, und ihre Stimme klang wie das Schnurren einer zufriedenen Katze. »Ich habe gehört, daß nicht die Vaqueros das Gerücht verbreitet haben, sondern daß sie selbst das getan hat. Sie wollte sichergehen, daß du sie heiratest würdest.«

Bernadette spürte, wie ihr Herz sich zusammenkrampfte. Mit dieser Lüge hatte Lupe wahrlich ihr Meisterstück geliefert: Eduardo würde Bernadette jetzt nie mehr glauben, daß nicht sie es gewesen war, die das Gerücht in Umlauf gebracht hatte. Und noch etwas konnte sie aus seinen Worten schließen: Er hatte erwogen, ihren Vater um das Darlehen zu bitten, ohne daß dieser die Bedingung der Heirat daran knüpfte.

Bernadette war wie am Boden zerstört. Eduardo hatte sie vor den dunklen Abgründen seiner Seele gewarnt, und jetzt begriff sie zum ersten Mal, daß es genau diese dunklen Seiten waren, die seine Großmutter und Lupe so geschickt anzusprechen verstanden. Wie gelähmt stand Bernadette da. Die Schritte, die sich der Tür näherten, hörte sie erst, als es für eine Flucht zu spät war.

Eduardo riß die Tür auf und sah Bernadette vor sich stehen. Er wußte nicht, daß sie Spanisch sprach und jedes Wort mitbekommen hatte. Er mußte sich zwingen, sie nicht vorwurfsvoll und anklagend anzusehen, und setzte statt dessen eine gleichgültige Miene auf.

»Bernadette«, begrüßte er sie formell. »Wollen wir hinuntergehen?«

»Ja, gern.« Bernadette hörte selbst, wie seltsam ihre Stimme klang. Sie fühlte sich auch seltsam. Man hatte sie hinterrücks mit Worten gemeuchelt, und sie konnte überhaupt nichts dagegen tun. Wenn Eduardo die Lügengeschichten seiner Großmutter und seiner Cousine glaubte und sie, Bernadette, nicht einmal um eine Erklärung bat, was hätte sie da sagen oder tun können, um ihn von dieser Überzeugung abzubringen?

Ein gewisser Trost lag für Bernadette darin, daß Eduardo nicht wußte, daß sie Spanisch sprach. Er würde nie erfahren, daß sie das Gespräch mitangehört hatte. Sie hatte davon geträumt, daß er sie eines Tages lieben würde, daß er irgendwann mehr für sie empfinden könnte als nur Verlangen. Und daß er dann glücklich – ja, glücklich – darüber gewesen wäre, mit ihr verheiratet zu sein. Und jetzt? Eduardo war wütend auf sie, weil er annahm, sie hätte das Gerede über sie beide in Gang gesetzt. Und weil er überzeugt war, daß sie ihn belogen hatte.

»Vom Regen in die Traufe«, sagte sie aus diesen Gedanken heraus.

»Wie bitte?« fragte er höflich.

Bernadette zwang sich zu einem Lächeln. »Oh, nichts Wichtiges. Ich habe nur laut gedacht.»

Er kniff die Augen zusammen. »Wie geht es dir jetzt?«

»Es geht mir gut.«

»Lupe war wegen des Parfüms nahezu untröstlich. Sie hat mich gebeten, dir ihr Bedauern zu übermitteln.«

Sie blieb stehen und sah zu ihm auf. »Das einzige, was Lupe bedauert, ist, daß das Parfüm nicht stark genug war, einen Anfall auszulösen, der mich umbringt«, erklärte sie und schockierte Eduardo damit. »Sie und deine Großmutter hassen mich. Sie würden alles sagen oder tun, was unsere Ehe auseinanderbringen könnte. Wenn du das bis jetzt nicht gemerkt hast, wirst du es noch herausfinden – früher oder später. Aber dann wird es zu spät sein«, fügte sie voller Bitterkeit hinzu. »Wenn ich dich je verlasse, Eduardo, werde ich nicht zurückkommen. Niemals.«

»Findest du nicht, daß es ein merkwürdiger Zeitpunkt ist, darüber zu sprechen, daß du mich verläßt, Señora Ramirez?«, erwiderte er kühl, wobei er ihren Ehenamen so benutzte, wie es in Amerika der Brauch war. In Spanien behielt die Frau den eigenen Familiennamen, der ihres Mannes wurde ihrem lediglich beigefügt.

»Es ist das erste und das letzte Mal, daß ich darüber spreche«, erwiderte Bernadette. Sie sah Eduardo an, doch in seinen Augen stand nicht die Antwort, die sie sich gewünscht hätte. Sein Blick spiegelte wider, was er in diesem Augenblick empfand: Unmut und Ernüchterung. Sie seufzte. »Weißt du, Eduardo, ich bin wirklich blind gewesen. Ich habe die ganze Zeit Burgen auf nassem Sand gebaut.« Wie hatte sie nur glauben können, daß der Waffenstillstand zwischen ihnen von Dauer sein würde? Denn da gab es die tiefen Abgründe seiner Seele, und es gab die Tatsache, daß sie sich jahrelang nur im Streit begegnet waren. Und beides hatte sie außer acht gelassen.

Eduardo runzelte die Stirn, als er Bernadette verständnislos ansah. »Was du sagst, macht keinen Sinn.«

Sie lächelte traurig. »Ich weiß.«

Sie folgte seinem Blick, als er sich umschaute und bemerkte, daß die Gäste offensichtlich darauf warteten, daß die Frischvermählten sich ihnen endlich anschlossen.

»Wollen wir hineingehen?« fragte Bernadette mit gezwungener Munterkeit. »Ich habe mir das Haar hochgebunden, es wird also die Axt nicht behindern.«

»Wie bitte?«

Sie gab keine Antwort. Sie ging ihm voran in den Saal, lächelte jeden an und war ganz und gar ein Bild strahlenden Glückes.

Erst viele Stunden später, als sie ihrem Vater auf Wiedersehen gesagt hatte und mit Eduardo und den beiden feindselig schweigenden Frauen in die Kutsche einstieg, begriff Bernadette, wie sie sich in der Gesellschaft von Lügnern und Rufmördern verhalten mußte.

Sie strich den Rock ihres eleganten Kleides glatt und zog den zarten Schal enger um sich.

»Es war eine wunderschöne Hochzeit«, bemerkte Lupe zu Eduardo. »Wenn auch ein wenig zu lang, finde ich. Aber mit meinen Vorbereitungen kann ich wirklich zufrieden sein, denkst du nicht auch?«

»Du hast alles wunderbar gerichtet«, lobte Eduardo. Er sah seine Frau an. »Bist du nicht auch meiner Meinung, Bernadette?«

»Oh, alles war ganz wunderbar«, stimmte sie begeistert zu. »Und besonders gut gefielen mir die vielen Blumenarrangements. Glücklicherweise hatte ich genügend Medikamente mit, um die Wirkung des Blütenstaubs mildern zu können.«

Lupe starrte sie böse an. »Blumen gehören bei einer Hochzeit dazu«, sagte sie.

»Gewiß tun sie das, und Bernadette liebt Blumen. Sie züchtet sogar Rosen«, mischte sich Eduardo ein.

Bernadette hätte hinzufügen können, daß sie stets darauf achtete, den Garten zu meiden, wenn dort alles in voller Blüte stand. Und Eduardo wußte das. Er wollte nur nicht zugeben, daß Lupe absichtlich so viele Blumen hatte aufstellen lassen, um es Bernadette vor dem Altar so schwer wie möglich zu machen.

»Das Brautkleid hat mich allerdings sehr enttäuscht.« Lupes Worte klangen kalt und verächtlich. »Ich hätte eines aus Madrid genommen, nicht aus Paris. Aber ich vermute, die Modeschöpfer –«

»Mein Kleid war aus Madrid«, fiel Bernadette ihr mit honigsüßer Stimme ins Wort, »auch wenn ich es in New York gekauft habe.«

Die Condessa zupfte an ihrer Stola. »Ich habe mich schon gewundert«, gab sie zögernd zu. »Das Spitzenmuster kam mir sehr bekannt vor.«

»Das sollte es wohl auch«, erwiderte Bernadette ohne die Frau anzusehen. »Soweit ich weiß, wird die Spitze, die ich ausgesucht habe, seit Generationen für die Bräute der Familie Cortes verwendet.«

Ein leises, aber hörbares Atemholen war zu vernehmen.

»Du hast sie aus diesem Grund ausgesucht?« fragte Eduardo überrascht.

Bernadette schaute aus dem Fenster. Draußen war es stockfinster. »Es schien mir angebracht, solch ein langgeübte Tradition fortzusetzen.«

Ihr gegenüber herrschte mißmutiges Schweigen. Die beiden Frauen sagten kein Wort mehr, bis die Kutsche die Rancho Escondido erreichte.

Mit offensichtlicher Eifersucht und nur widerstrebend wünschte Lupe dem neuvermählten Paar eine gute Nacht. Die Condessa schloß sich ihr an, aber sie vermied es, Bernadette dabei anzusehen.

Eduardo führte Bernadette die Treppe hinauf und dann in den linken Flügel des Hauses. Dort lagen die Zimmer, die für sie vorbereitet worden waren.

Bernadette hatte für sich bereits entschieden, kein gemeinsames Zimmer mit Eduardo zu teilen, als er eine der Türen öffnete. Das Schlafzimmer dahinter war ganz in Weiß und Rosa gehalten. Spitzenbordüren zierten die Vorhänge, den Bettüberwurf und den Baldachin über dem Bett. Es war eine so eindeutig feminine Ausstattung, daß Bernadette sich nicht vorstellen konnte, daß ein Mann es bewohnen würde.

Eduardo bemerkte ihren Gesichtsausdruck und nickte. »Dies wird dein Schlafzimmer sein«, erklärte er. »Für die Dauer unserer Ehe.«

Sie zog die Augenbrauen hoch. »Du hast also kein Interesse mehr an einem gemeinsamen Zimmer?«, fragte sie herausfordernd. Eduardo war sein Unbehagen anzumerken. Bernadette freute sich darüber, weil sie den Grund dafür kannte.

Er hob das Kinn, und sie sah, daß er die Zähne zusammenbiß.

»Du hast doch gesagt, daß du mich willst«, hielt sie ihm vor. »Willst du das jetzt nicht mehr?«

Sein Gesicht war bleich wie Kreide. Er kniff die Augen zusammen; aus schmalen Schlitzen starrte er Bernadette an. »Sag mir, woher die Vaqueros gewußt haben, daß wir die Nacht zusammen in der Wüste verbracht haben.«

»Das habe ich dir doch schon gesagt, gleich nachdem du

auf dem Ball erschienen bist. Aber ich kann es dir gern noch einmal erzählen. Die Vaqueros wußten davon, weil der Stallbursche mitgehört hat, als wir es meinem Vater gesagt haben.«

»Und wenn ich nun sage, daß ich das nicht glaube? Wenn ich statt dessen behaupte, daß du die Geschichte unter die Leute gebracht hast, um es mir unmöglich zu machen, die Heirat abzusagen?«

»Ich habe dir angeboten, von diesem Teil der Vereinbarung zurückzutreten. Genauso wie auch mein Vater.«

Eduardo wußte das sehr genau, aber was er von seiner Familie gehört hatte, trübte seinen gesunden Menschenverstand. Starr sah er Bernadette an. »Du leugnest also, die Geschichte herumerzählt zu haben?«

»Ich leugne gar nichts«, erwiderte sie kühl. »Du mußt selbst entscheiden, ob ich mir das Lügen zur Gewohnheit gemacht habe.«

Er wußte, daß sie das nicht getan hatte. Aber andererseits, warum sollte Lupe ihn in dieser Sache anlügen, wenn er doch jetzt als Ehemann für sie nicht mehr zur Verfügung stand?

»Und bis du dich entschieden hast«, fuhr Bernadette fort, »habe ich nicht die Absicht, mit dir zu schlafen. Dieses Arrangement hier entspricht genau meinen Wünschen!«

Gleichmütig ließ er den Blick über sie gleiten. »Ich hoffe, du schläfst gut, Señora Ramirez. Man wird dich morgen zum Frühstück wecken.«

Es geht doch nichts über die Aussicht auf ein Wortgefecht am Frühstückstisch, dachte Bernadette gereizt. Sie starrte Eduardo nach, als er zur Tür ging. »Wie lange werden deine Verwandten noch bleiben?«

»So lange, wie sie es wollen.«

»Hattest du Lupe nicht aufgefordert, ihre Sachen zu packen?«

Er wandte sich um und straffte die Schultern. »Sie hat mich gebeten, sie nicht so ganz allein wegzuschicken. Sie möchte bei meiner Großmutter bleiben. Ich hatte nicht das Herz, ihr diese Bitte abzuschlagen. Außerdem hat sie dich aufrichtig um Verzeihung gebeten.«

»Sie war aufrichtig? Ach, wie nett!«

»Du machst dich über sie lustig.«

»Warum sollte ich mich über deine Cousine lustig machen wollen?« fragte sie vernünftig. »Deine Familie ist doch wirklich einmalig. Deine Großmutter hat das Auftreten einer Königin, und deine Cousine Lupe ist schön wie ein Engel.«

Er runzelte die Stirn. »Du magst sie nicht.«

»Dazu kenne ich sie zu wenig. Und ich werde auch nie die Chance haben, sie kennenzulernen, weil sie schon meinen bloßen Anblick hassen«, erklärte sie ruhig. Sie lächelte ihren Mann an und verbarg damit sorgsam ihren Kummer und ihre Enttäuschung vor ihm. »Ich werde natürlich von Zeit zu Zeit meinen Vater besuchen und auch bald zu meinem Bruder fahren, um ihn und meine Schwägerin über unsere Heirat zu informieren. Und um ihr neues Baby anzusehen.«

»Darüber werden wir ein anderes Mal reden«, sagte er. »Es ist wohl kaum passend, daß du so bald nach unserer Heirat wegfährst.«

»Wieso denn nicht?«, fragte sie unschuldig. »Wenn du während unserer Flitterwochen deine Familie hier beherbergen kannst, warum kann ich dann nicht meinen Bruder besuchen?«

»Bernadette!« wies er sie scharf zurecht.

Provozierend reckte sie das Kinn. »Hältst du es denn für

so viel *passender*, das Haus voller Leute zu haben, die hier nach Belieben herumspazieren, und das während einer so … *delikaten* Zeit?«

Seine Wangen färbten sich vor Zorn tiefrot. »Es wird keine *delikate* Zeit sein!«

»Sicher nicht, bei dem Publikum«, pflichtete sie ihm bei. »Aber das werden sie ja nicht wissen, richtig? Wir sind schließlich ein frischverheiratetes Ehepaar.« Sie machte eine weit ausholende Geste. »Und wir werden getrennt wohnen und schlafen, damit die Hausangestellten etwas zu sehen und zu klatschen haben werden.« Sie lächelte ihn strahlend an. »O je, wird das nicht so aussehen, als ob … nun, du weißt sicher, wonach das aussehen wird.«

Es würde so aussehen, als wäre er nicht fähig, die Ehe zu vollziehen, das begriff Eduardo schneller, als ihm lieb war. »Wenn du so weitermachst«, drohte er mühsam beherrscht, »könntest du damit eine Situation herbeiführen, die ziemlich unangenehm für dich sein würde.«

»Du meinst, du würdest mich mit Gewalt nehmen? Gegen meinen Willen?« stichelte sie.

Noch vor wenigen Wochen hätte Eduardo über eine solche Bemerkung gelächelt. Als er Bernadette jetzt ansah, wirkte er kalt und unnahbar – und gekränkt.

»Ein Ehemann vergewaltigt seine Frau nicht.« Sein Blick war kühl. »Als alles anfing, Bernadette, habe ich dir gesagt, daß diese Verbindung uns unter anderem die Möglichkeit bieten kann, unsere Leidenschaft auszuleben. Aber im Augenblick kann ich diesem Aspekt absolut nichts mehr abgewinnen.«

»Welch ein Sinneswandel, wenn man bedenkt, was du in der Nacht in der Wüste und in der Vorratskammer alles zu mir gesagt hast … und getan hast.«

»Eine Dame spricht nicht über solche Dinge.«

»Ich bin keine Dame«, hielt sie ihm entgegen. Auch ihr Lächeln war jetzt unpersönlich und distanziert. »Ich bin die Tochter eines Eisenbahnarbeiters, der sich sein Vermögen mit seinen eigenen Händen erarbeitet hat.«

»Ich war sehr lange allein, ohne eine Frau«, versuchte er zu erklären. »Du warst sehr willig, und ich war nicht ganz bei Verstand.«

»Ich verstehe.«

Er seufzte ärgerlich und verschränkte die Arme vor der Brust. »Ich werde nicht in deine Privatsphäre eindringen, und ich erwarte von dir, daß du die meine respektierst. Auf diese Weise sollten wir einigermaßen miteinander auskommen können. Wie wir besprochen haben, genießt du hier ein gewisses Maß an Unabhängigkeit und Freiheit, das du bei deinem Vater nicht hattest. Und ich bekomme einen Kredit, den ich auf ehrliche Weise und nicht durch Ausflüchte und Betrug erlangt habe.« Er kniff die Augen zusammen. »Ich habe niemals vorgegeben, dich zu lieben, Bernadette. Ich bin ehrlich gewesen.«

»Und war ich das etwa nicht?« fragte sie eindringlich. Sie wünschte sich so sehr, ihn dazu bringen zu können, endlich zu sagen, was diese fürchterliche Szene zwischen ihnen verursacht hatte.

Eduardo atmete tief durch. »Gott helfe mir, aber ich weiß es nicht.« Er wandte sich ab. Er fühlte sich leer und betrogen … und verwirrt.

»Ich werde noch zwei Wochen hierbleiben«, sagte Bernadette. »Wenn diese Frist um ist und deine Großmutter und Lupe sollten noch immer nicht abgereist sein, werde ich zu meinem Bruder fahren.«

Er fuhr herum. »Denkst du, du kannst mir Vorschriften machen?«

Sie wich nicht einen Zentimeter zurück. »Ich habe dir

nur gesagt, was ich tun werde«, erwiderte sie mit großer Würde. »Du glaubst, daß deine Familie nichts will außer deinem Glück. Aber das wird ein böses Erwachen für dich geben.«

»Ich verdanke meiner Großmutter sehr viel«, erwiderte er schroff. »Sie hat mich bei sich aufgenommen, als ich niemanden sonst hatte; sie hat mich aufgezogen, hat mir zu essen gegeben und mich gekleidet!«

»Und hat dafür gesorgt, daß du in keiner Minute deines Lebens vergißt, was sie alles für dich getan hat«, schoß sie zurück. »Hat sie dich nicht auch auf diese Weise dazu bekommen, Consuela zu heiraten?«

Mit zwei, drei langen Schritten war Eduardo bei ihr und packte sie grob an den Armen. »Du wirst mir gegenüber nie wieder diesen Namen erwähnen!«

»Du bist genau wie mein Vater, nicht wahr?« gab sie zurück. »Ich dachte, gesellschaftlicher Rang und gesellschaftliches Ansehen hätten keine Bedeutung für dich, aber ich habe mich geirrt. Du bist der Ausgestoßene, das schwarze Schaf, der Abkömmling eines spanischen Edelmannes und einer amerikanischen Erbin ohne Moral. Du willst, daß die Leute dich akzeptieren, daß sie dich anerkennen, und du bist bereit, alles zu tun, was diese alte Frau von dir verlangt, nur um zu beweisen, daß du gut genug bist, ein Ramirez zu sein!«

Die Wahrheit, die in dieser Anklage lag, ließ Eduardo aschgrau werden. »Sei endlich still«, stieß er heiser hervor.

Seine Geduld war bis zum Reißen angespannt, und Bernadette mußte nur noch einen Schritt weitergehen, um sie ihn endgültig verlieren zu lassen. Daran zu denken, was danach geschehen könnte, faszinierte und erregte sie.

»Würdest du nicht alles für deine Großmutter tun?«, beharrte sie leidenschaftlich. »Würdest du nicht?«

»Bernadette …«

»Sie will dir vorschreiben, wen du heiratest, wo du lebst, wie du lebst – einfach alles, was mit deinem Leben zu tun hat. Hat sie dir auch gesagt, wann du mit Consuela schlafen solltest?«

»Mit ihr schlafen?« wiederholte er, und ließ Bernadette gerade lang genug los, um die Tür ins Schloß zu werfen und zu verriegeln.

»Du mußt es nicht tun«, sagte sie heiser.

»Ich muß. Und ich will.«

Erst Stunden später verließ Eduardo das Zimmer. Bernadette setzte sich auf. Wenn sie doch behaupten könnte, er hätte sie gegen ihren Willen genommen! Aber so war es nicht gewesen. Zuerst hatten seine Hände grob zugefaßt, doch dann, als er ihre Brust enthüllt und seinen Mund darauf gepreßt hatte, war Bernadette verloren gewesen. Sein sinnliches Streicheln führte zu einem noch sinnlicheren, ein leidenschaftlicher Kuß zu einem noch leidenschaftlicheren, eine intime Berührung zu einer noch intimeren, bis Bernadette vor nie gekannter Lust zu verbrennen glaubte und Eduardo angefleht hatte, nie mehr aufzuhören.

Sie dachte daran, daß er gelacht hatte, als sie in ihrem blinden Verlangen nach Erfüllung seinen Namen gerufen hatte, daß sein hartes Zustoßen sie geradewegs in den Himmel emporgehoben hatte, und daß ihr unter dem Ansturm ihres Höhepunktes fast die Sinne geschwunden waren. An den Schmerz, den sie anfangs dabei empfunden hatte, konnte sie sich kaum noch erinnern. Zu machtvoll war Eduardos Leidenschaft gewesen. Selbst jetzt, in der Erinnerung daran, begann ihr Körper, sich vor Sehnsucht nach Eduardo und seinen Berührungen zu verzehren. Wie stark machte sie das Wissen, Lust zu empfinden und Lust zu bereiten. Und wie erregend war es, daran zu denken, auf welche Weise Eduardo ihre Lust gestillt hatte. Sie hatte sich nicht vorstellen können, daß ein Mann sie auszog, um sich an ihrem Körper so zu erfreuen, wie Eduardo es getan hatte. Niemals hätte sie es für möglich gehalten, so schamlos und hemmungslos sein zu können, wie sie es in ihrer Hochzeitsnacht gewesen war.

Bernadette ließ sich in die Kissen zurücksinken und starrte gedankenverloren an die Decke. Niemals würde sie diese Nacht vergessen – die erste Liebesnacht mit ihrem Mann.

10

Ein Gefühl der Verwunderung erfüllte Bernadette, als sie aufwachte. So viele Jahre lang waren die Angst vor Intimität und die Angst vor einer Schwangerschaft ein Teil ihres Lebens gewesen. Und nun waren alle ihre Ängste verschwunden – in einer einzigen Nacht voll unbeschreiblicher und verrückter Leidenschaft. Nicht im Traum hätte sie gedacht, zu solchen Gefühlen fähig sein zu können, wie Eduardos starke Hände und sein warmer Mund sie ihr bereitet hatten. Nichts hätte diesen Kokon aus gegenseitiger Hingabe und Erfüllung durchdringen können, am wenigsten Angst.

Jetzt war sie zur Frau geworden, und es bestand die Möglichkeit, ein Kind empfangen zu haben. Mit den Fingerspitzen berührte Bernadette ihren Bauch. Sie spürte Neugier und ein leichtes Unbehagen. Würde sie es überleben, wenn sie schwanger war? Stimmte die Einschätzung des New Yorker Arztes, daß sie ein Kind austragen könnte, ohne dabei ihr Leben zu verlieren? Was ihr Asthma anging, hatte er recht gehabt. Seine unorthodoxe Behandlungsmethode hatte Wunder bewirkt. Ein wenig Sport und viel frische Luft hatten sie merklich widerstandsfähiger gemacht, und das Medikament, das er verordnet hatte, half ihr, die schlimmsten Asthmaattacken zu überstehen. Bernadette wurde rot, als sie an die vergangene Nacht dachte. Sie hatte keinerlei Probleme mit ihren Lungen gehabt – und dabei hatte Eduardos Leidenschaft ihr mehr als einmal den Atem geraubt.

Allein wenn sie daran dachte, was Eduardo und sie miteinander getan hatten, wollte ihr der Atem stocken. Ob Eduardo eine ebenso große Lust empfunden hatte wie die, die er ihr bereitet hatte? Sie hatte sein rauhes Aufstöhnen gehört, als er das letzte Mal gekommen war. Sie selbst war schon zu erschöpft gewesen, um noch den Arm um ihn legen zu können. Sie dachte an das unkontrollierbare Zusammenzucken seines muskulösen Körpers. Auch sie hatte gestöhnt und gezittert, als die Lust übermächtig geworden war. Bernadette schloß die Augen. Sie sah Eduardo, wie er über ihr gewesen war, sah, wie vollkommen sein Körper geformt war, sah seine Männlichkeit, die sie zuerst erschreckt hatte, und die so groß und hart gewesen war. Bernadette hatte nichts über die körperliche Liebe gewußt. Jetzt wußte sie zuviel. Es wäre besser gewesen, eine solche Leidenschaft niemals erlebt zu haben, denn von nun an würde sie sich in jeder Nacht ihres Lebens danach sehnen. Sie wußte nicht, ob Eduardo noch einmal mit ihr schlafen würde, sie hatte ihn zu sehr erzürnt. Aber in der vergangenen Nacht hatte dieser Zorn nicht lange angedauert. Im Bruchteil einer Sekunde war er zu einer verzehrenden, glühenden Sinnlichkeit geworden, der sie sich beide hingegeben hatten.

Bernadette zog sich an und setzte sich an ihren Frisiertisch, um sich das zerzauste Haar zu bürsten. Sie sah anders aus, auch wenn sie nicht hätte sagen können, was genau diese Veränderung ausmachte. In ihren Augen lag ein wissender Ausdruck, und ihr Mund wirkte weicher, verführerischer. Sie fragte sich, ob es für die anderen Bewohner des Hauses sichtbar sein würde – besonders für ihren Mann.

Nachdem sie das Haar zu dem gewohnten Knoten geschlungen hatte, trug Bernadette einen Hauch Puder auf ihr Gesicht auf, dann ging sie widerstrebend nach unten, um mit den anderen zu frühstücken.

Es war eine herbe Enttäuschung festzustellen, daß ihr Mann das Haus bereits verlassen hatte. Allerdings war Bernadette weit über die übliche Zeit hinaus zum Frühstück gekommen, so daß es vielleicht nicht ungewöhnlich war, Eduardo nicht mehr anzutreffen. Die Condessa und Lupe hingegen saßen am Tisch. Sie unterhielten sich weiter, als wäre Bernadette unsichtbar.

Bernadette ärgerte sich über die Falschheit der beiden Frauen. »Ich hoffe, Sie beide haben gut geschlafen«, bemerkte sie kühl, während sie sich Kaffee einschenkte.

Sie bekam keine Antwort.

Bernadette nahm sich nur deshalb von den Würstchen und den Eiern, um sich nichts anmerken zu lassen. »Ich habe sehr gut geschlafen«, verkündete sie. »Das heißt, als ich endlich zum Schlafen gekommen bin.« Sie bedachte die beiden Frauen mit einem vielsagenden Blick.

Die Condessa war empört. Mit einem vernehmlichen Klirren setzte sie ihre Kaffeetasse ab. »Anständige Frauen sprechen nicht über solche Dinge, schon gar nicht bei Tisch!«

»Aber ich bin keine anständige Frau«, entgegnete Bernadette seelenruhig. »Zumindest haben Sie das meinem Mann gesagt. Sie haben ihn dazu gebracht zu glauben, daß ich das Gerücht über uns in die Welt gesetzt habe. Um ihn auf diese Weise zu zwingen, mich zu heiraten.«

Lupe starrte sie mit unverhohlener Wut. »Das war er, der das gesagt hat«, widersprach sie.

»Sie lügen«, wies Bernadette sie schroff zurecht. »Das haben Sie gesagt. Und noch einige andere Dinge.«

Lupe warf ihre Serviette auf den Tisch, sprang auf und verließ das Zimmer.

Die Condessa blieb sitzen, sie wirkte plötzlich weniger feindselig als noch vor einer Minute. Verstohlen musterte sie Bernadette, ihre Hand ruhte neben der kostbaren Porzellantasse mit dem gesüßten Kaffee.

»*Hablás español*«, sagte sie. »Du sprichst Spanisch.« Es war eine Feststellung. Sie wußte jetzt, daß Bernadette ihre Muttersprache verstand, es verstehen *mußte*, sonst hätte sie niemals dem Gespräch folgen können, das gleich nach der Trauung in Eduardos Zimmer stattgefunden hatte.

»So gut wie Sie Englisch«, gab Bernadette zu.

Die Condessa schien ein wenig von ihrer Selbstsicherheit verloren zu haben. Sie betrachtete Bernadette nun mit offener Neugier. »Warum haben Sie das nicht gesagt?«

»Um nichts auf der Welt wollte ich den Respekt meines Ehemannes dadurch gewinnen, daß ich seine Sprache spreche. Er hat es als Tatsache akzeptiert, daß ich mich dazu hätte hinreißen lassen, gegen Sie und Lupe Front zu machen. Er hat Ihnen geglaubt, als Sie ihm sagten, ich hätte ihn angelogen, was die Entstehung der Gerüchte angeht. Er hat Ihnen bekannt, daß er mich nicht liebt«, fügte sie voller Schmerz hinzu, denn es tat weh, diese Worte auszusprechen. Doch dann hob Bernadette stolz den Kopf. »Aber wie dem auch sei, die Heirat ist eine unerschütterliche Tatsache, und eine Scheidung ist ausgeschlossen. Wir alle müssen das Beste daraus machen.« Sie nippte an ihrem Kaffee und stellte die Tasse ab. »Ich bin nicht die Frau, die Sie sich für Ihren Enkel gewünscht haben, aber ich habe mehr menschliche Wärme, als Ihre kostbare Consuela sie hatte, die Eduardo behandelt hat, als wäre er ein Ungeheuer.«

Die Condessa atmete hörbar ein.

»Das wußten Sie nicht?« fragte Bernadette kühl. »Oh, ich verstehe, Sie manipulieren andere Menschen nur, aber Sie belasten sich nicht damit, die Konsequenzen aus Ihrer Einmischung zu ziehen. Sie haben Eduardo nach dem Tod seiner Frau und seines Sohnes nicht erlebt, ich dagegen schon.«

Die alte Dame preßte die Hand gegen die Kehle.

»Er würde Ihnen niemals sagen, was er alles durchgemacht hat mit Consuela, durch den Tod seines Kindes«, sagte Bernadette bitter. »Er liebt Sie zu sehr, um Sie damit zu belasten.«

Die Condessa senkte den Blick und berührte vorsichtig den Henkel der Porzellantasse. »Sie glauben nicht, daß er ein Mörder ist?«

»Nein«, entgegnete sie kühl.

»Warum nicht?«

»Weil ich ihn liebe!« erwiderte Bernadette mit kaum verhülltem Schmerz. Offen begegnete sie dem schockierten Blick der Condessa. »Ich liebe ihn mehr als mein eigenes Leben«, flüsterte sie heiser. »Genug, um jedes Gerücht zu ertragen, jede Kritik, wenn ich nur in seiner Nähe sein kann. Er hat mich gebeten, ihn zu heiraten, und obwohl ich gewußt habe, daß es nur deshalb geschah, weil er das Geld meines Vaters brauchte, konnte ich gar nicht schnell genug ja sagen. Ich hatte gehofft …« Sie schloß die Augen und kämpfte um Fassung. »Ich hatte so sehr gehofft, daß er mich eines Tages lieben würde, nur ein wenig. Aber jetzt weiß ich, was für eine aussichtslose und verzweifelte Hoffnung das gewesen ist.« Sie öffnete die Augen, tiefer Schmerz stand darin geschrieben. »Ich war eine Närrin. An dem Tag, an dem ich Ihnen und Lupe zum ersten Mal begegnet bin, hätte ich die Hochzeit absagen müssen. Ich hätte wissen müssen, daß ich gegen Sie beide nicht ankommen kann. Eduardo schuldet Ihnen Loyalität und Liebe. Er würde niemals etwas in Zweifel ziehen, was Sie sagen.« Sie legte ihre Serviette aus der Hand und erhob sich. »Und natürlich würden Sie ihn niemals anlügen, weil Sie ihn lieben und nur sein Glück wollen«, fügte sie mit einem Hauch Sarkasmus hinzu. Als die alte Frau tatsächlich errötete, erfüllte das Bernadette mit Freude. »Das ist das, was er mir letzte Nacht gesagt hat. Daß ich keine Ehre hätte, weil ich Sie der Lüge beschuldige, und weil ich Lupes Lüge nichts als mein Wort entgegenzusetzen hatte.« Ihre Hände zitterten, als sie ihren Stuhl unter den Tisch schob. »Aber nicht ich bin diejenige, der es an Ehre mangelt, Señora Condessa. Sie sind es. Ich verfluche den Tag, an dem ich Ihnen begegnet bin.«

Sie wandte sich ab und ging zur Tür.

»Sie sind eine schamlose Person!« rief ihr die Condessa mit bebender Stimme hinterher. »Für meinen Enkel wäre es das beste, Sie so schnell wie möglich wieder loszuwerden. So wie es für seinen Vater besser gewesen wäre, seine Mutter loszuwerden.«

Bernadette hatte mehr als genug von dieser anmaßenden Selbstgerechtigkeit. Sie kehrte an den Tisch zurück, nahm das Sahnekännchen und goß dessen Inhalt der Condessa über das sorgfältig frisierte Haar.

»Ein wenig Sahne für das liebe Kätzchen?« fragte sie spöttisch. Dann machte sie auf dem Absatz kehrt und überließ die Condessa ihrem Schicksal.

Bernadette hatte keine Ahnung, wo Eduardo sein konnte, und es kümmerte sie auch nicht. Sie war so wütend, daß sie am liebsten ihre Koffer gepackt hätte und gegangen wäre. Und genau das tat sie auch. Sie trug ihren Koffer eigenhändig zur Vordertür, womit sie die Angestellten schockierte und Lupe zur Weißglut brachte, die in die Eingangshalle gekommen war und sah, was Bernadette vorhatte.

»Was tun Sie denn da?« rief sie.

»Ich gehe«, klärte Bernadette sie auf. »Offensichtlich sind Sie und die Condessa meinem Ehemann willkommener als ich. Jedenfalls bringt er für Sie mehr Sympathie auf, als er mir gegenüber vorzugeben in der Lage ist.«

»Aber heute ist der Tag nach der Hochzeit!«, rief Lupe entrüstet. »Sie werden ihm Schande machen!«

»Meinen Sie?« fragte Bernadette spöttisch. »Was glauben Sie wohl, wie die Dienstboten erst tratschen werden, wenn sie die Laken in meinem Schlafzimmer wechseln!« fügte sie in absichtlicher Direktheit hinzu. Lupe schien ob dieser derben Bemerkung fast in Ohnmacht zu fallen, was Bernadette wiederum mit einem zufriedenen Lächeln zur Kenntnis nahm. »Sie werden denken, daß er meine Erwartungen nicht erfüllt hat«, erklärte sie boshaft.

Lupe sah aus, als wollten ihr die Sinne schwinden. Bernadette ging an ihr vorbei und kehrte in ihr Zimmer zurück, um ihren Schal und ihre Tasche zu holen. Sie warf einen letzten Blick auf das zerwühlte Bett und lachte selbstverächtlich. Das wär's dann also gewesen mit dem Eheleben. Nie wieder würde sie einem Mann und seinen Versprechungen auf den Leim gehen!

Als Bernadette zur Vordertür zurückkehrte, wartete dort der Stallbursche auf sie, den sie angewiesen hatte, den Buggy bereitzuhalten und sie zu fahren. Er wirkte unschlüssig, vermutlich hatte Lupe ihm verboten, die Ranch zu verlassen.

»Machen Sie sich keine Gedanken«, beruhigte Bernadette ihn in perfektem Spanisch. »Niemand wird Sie dafür zur Verantwortung ziehen. Ich habe Ihnen etwas befohlen, und diesen Befehl durften Sie nicht mißachten. Ist damit alles klar?«

»*Sí, señora*«, sagte er dankbar.

Nachdem der Mann ihren Koffer aufgeladen hatte, ließ Bernadette sich von ihm in den Buggy helfen. »Meine restlichen Sachen werde ich abholen lassen«, sagte sie zu Lupe. »Sie können Eduardo jetzt so viele Lügen auftischen, wie Sie wollen. Ich bin sicher, er wird alles schlucken. Auf Wiedersehen.«

Sie nickte dem Kutscher zu, der Mann knallte mit der Peitsche, und der Buggy rollte an.

Den ganzen Weg nach Hause grämte sich Bernadette um all das, was hätte sein können. Doch sie wollte sich nicht länger darum Sorgen machen, was Eduardo tat oder dachte. Sie bemühte sich, ihn aus ihren Gedanken zu verbannen. Sie würde auf Besuch zu ihrem Bruder fahren, wie sie es angedroht hatte. Eduardo konnte von ihr aus tun, was er wollte.

Ihr Vater kam ihr an der Tür entgegen. Als er Bernadettes unglückliches Gesicht sah, verfinsterte sich seine Miene.

»Ich hätte überhaupt nicht zulassen dürfen, daß du dorthin gehst, Mädchen«, sagte er und preßte ärgerlich die Lippen zusammen, als er seiner Tochter aus dem Buggy half und darauf wartete, daß ihr Koffer abgeladen wurde. Dann gab er dem Kutscher ein Trinkgeld und schickte ihn zurück nach Hause.

»Er hätte Lupe heiraten sollen«, sagte Bernadette. »Und das ist alles, was ich dazu sagen möchte. Ich werde dir nicht länger als unbedingt nötig zur Last fallen«, fügte sie mit kaltem Stolz hinzu. »Sobald ich mir eine Fahrkarte für den nächsten Zug besorgt habe, werde ich zu Albert fahren.«

»Ach, Mädchen, nicht doch, du bist keine Last«, sagte ihr Vater traurig. »Du kannst hierbleiben, so lange du möchtest. An diesem ganzen Schlamassel ist nur mein verdammter Ehrgeiz schuld. Es tut mir leid. Glaub mir, Mädchen, um nichts in der Welt hab ich dir dieses schreckliche Schicksal gewünscht. Ich hab heute nacht kein Auge zugetan, weil ich immer daran denken mußte, wie diese beiden spanischen Kröten dich behandelt haben.«

Die Betroffenheit ihres Vaters war Balsam für Bernadettes Seele. Es war schön, zur Abwechslung mal einen Vater zu haben, dem ihr Wohlergehen nicht egal war und der sich um sie kümmerte.

»Vielen Dank, Vater. Auch ich habe kaum geschlafen«, sagte Bernadette, ohne zu verraten, weshalb sie kein Auge zugemacht hatte. »Ich möchte mich gern für ein Weilchen hinlegen. Und was Albert angeht, ich würde ihn wirklich gern besuchen. Außerdem wird es mir guttun, für eine Weile fortzufahren.«

»Also gut«, stimmte er zu. »In ein paar Tagen, wenn du über dieses Martyrium hinweg bist.«

Ein paar Tage. Ein paar Wochen. Welchen Unterschied machte das schon! Nichts würde den traurigen Verlauf ändern, den ihr Leben von nun an nehmen würde. Verheiratet und verlassen in weniger als einem Tag, würden die Leute sagen, und sie hätten damit ja auch recht. Niemand würde die Schuld bei der Condessa oder bei Lupe suchen, nein, man würde Bernadette dafür verantwortlich machen. Ihre schlechte Erziehung hat zu diesem schrecklichen Ende ihrer Ehe geführt, würden sie sagen. Und Eduardo? Er würde das Darlehen natürlich behalten, denn der

Vertrag war unter Dach und Fach. Ihr Vater war ein zu ehrenhafter Mann, um das Geld jetzt wieder zurückzufordern. Und falls Eduardo bereit war zu lügen, könnte er die Ehe auch annullieren lassen. Dann wäre er frei und könnte die schöne Lupe heiraten. Und eines Tages würde er das Vermögen seiner Großmutter erben, er brauchte nur abzuwarten. Wie wunderbar für ihn!

Aber Bernadettes Hoffnungen waren ebenso zu Asche geworden wie ihre Träume. Es nützte nichts, sich deswegen die Augen aus dem Kopf zu weinen. Je eher sie sich mit den Tatsachen abfand, desto besser. Eduardo war ganz anders gewesen, bevor die Condessa und Lupe angekommen waren. Bernadette trauerte um den Verlust der wunderschönen Beziehung, die zwischen ihnen entstanden war.

Ob Eduardo sich überhaupt ärgern würde, wenn er nach Hause kam und feststellte, daß seine Frau fort war? Bernadette bezweifelte das. Die Condessa war über Bernadettes Benehmen vermutlich noch so wütend, daß sie auf Rache sann. Ebenso Lupe. Eduardo würde jede Lüge, die ihm die beiden auftischten, für bare Münze nehmen. Wahrscheinlich würde es ihm gar nichts ausmachen, daß Bernadette gegangen war. Als er ihr Bett verlassen hatte, war sie ihm nicht ein Wort wert gewesen! Das hatte sie tiefer verletzt als alles andere.

Sie ging in ihr altes Zimmer und ließ sich auf der bequemen Bettcouch nieder, die unter dem Fenster stand. Sie mußte einige Male husten, vermutlich machte ihr der Staub zu schaffen, den sie auf der Heimfahrt geschluckt hatte. Trotz des Hustens und trotz ihres Kummers war Bernadette innerhalb weniger Minuten tief und fest eingeschlafen.

Eduardo kehrte erst nach Einbruch der Dunkelheit auf die Ranch zurück. Nachdem er sein Pferd dem Stalljungen überlassen hatte, ging er rasch auf das Haus zu. Sein Gewissen plagte ihn wegen der Art und Weise, wie er Bernadette behandelt hatte. Daß er ihr keinen Schaden zugefügt hatte, wußte er, aber er hatte sie benutzt wie eine Frau von der Straße. Und das nur, weil sie ihn mit ihren Vorwürfen und Anklagen wütend gemacht hatte. Im besten Falle konnte man es unehrenhaftes Verhalten nennen. Er schämte sich, ihr unter die Augen treten zu müssen.

Seine Großmutter und Lupe saßen im Innenhof, als er das Haus betrat, und waren mit ihren unvermeidlichen Stickarbeiten beschäftigt. Ihm fiel ein, daß auch Bernadette diese Kunst beherrschte, aber offensichtlich hatten die beiden sie heute abend nicht eingeladen, sich ihnen anzuschließen.

»Wo ist Bernadette?« fragte er knapp.

»Sie ruht sich aus«, erwiderte seine Großmutter, wobei sie Lupe einen beredten Blick zuwarf. »Sie schläft wohl schon. Sie wollte nicht gestört werden, deshalb haben wir nicht nach ihr gesehen.«

Eduardos Anspannung ließ ein wenig nach. Also hatte sie nicht ihre Sachen gepackt und war gegangen, was er, wenn er ehrlich mit sich war, insgeheim befürchtet hatte. Vielleicht war ihr Stolz doch nicht so verletzt, wie er gedacht hatte.

»Habt ihr schon gegessen?«

»Nein.« Die Condessa erhob sich anmutig und legte die Hand leicht auf Eduardos Arm. »Wir haben auf dich gewartet, mein Junge. Du mußt sehr müde sein.«

»Das bin ich. Und sehr hungrig. Was ist mit Bernadette?«

»Sie hat sich vorhin etwas aufs Zimmer bringen lassen.«

Sie gingen hinein, um zu Abend zu essen. Die Condessa schwelgte in Erinnerungen; Lupe flirtete mit Eduardo und brachte ihn zum Lachen; er genoß die Kurzweil und die Ablenkung.

Als Eduardo in sein Zimmer ging, blieb er vor Bernadettes Tür stehen. Unter dem Türspalt fiel kein Lichtschein hervor, und von drinnen hörte er keinen Laut. Er nahm an, daß Bernadette bereits schlief. Auch gut, dachte er, sonst gibt es ohnehin nur wieder einen Wortwechsel. Morgen würden sie beide ruhiger sein. Dann konnten sie immer noch über das reden, was geschehen war, und auch darüber, was für eine Zukunft sie auf dem brüchigen Fundament ihrer Ehe aufbauen könnten.

Er hatte das Geld, das ihr Vater ihm geliehen hatte, bis jetzt sehr gut genutzt. Er hatte dringend benötigte Maschinen gekauft, hatte die Fassade des Hauses ausbessern und streichen lassen, und er hatte den Viehbestand ergänzt. Seine Perspektiven waren besser als je zuvor, und das alles verdankte er seinem neuen Schwiegervater. Ich werde dieses Geld zurückzahlen, schwor Eduardo sich. Und vielleicht konnte er auch Bernadette dabei helfen, etwas von ihrem verlorengegangenen Stolz wiederzufinden. Er fand sie unglaublich attraktiv. Seit der unbeschreiblich leidenschaftlichen vergangenen Nacht beherrschte ihn stärker als je zuvor der Wunsch, sie zu besitzen. Er konnte vergessen, was sie getan und was sie gesagt hatte. Er konnte neu beginnen. Sie konnten ein gutes Leben miteinander führen. Sie würde ihm bei der Verwaltung der Ranch helfen, und zusammen würden sie die Rancho Escondido zu neuer Blüte bringen. Ja, sie konnten einer gemeinsamen, glücklichen Zukunft entgegensehen.

Dieser Hoffnung gab Eduardo auch seiner Großmutter gegenüber Ausdruck, als er am nächsten Morgen mit ihr und seiner Cousine am Frühstückstisch saß. Seine Großmutter senkte unbehaglich den Blick, und Lupe sah aus, als hätte sie eine Melone verschluckt. Beide wirkten verlegen und schuldbewußt.

Eduardos Verdacht, das hier irgend etwas im Gange war, verstärkte sich, als sie das Frühstück beendeten und seine frischangetraute Gattin sich noch immer nicht hatte sehen lassen. Er trank seinen Kaffee aus, dann sah er die beiden Frauen argwöhnisch an. »Wo ist Bernadette?« verlangte er zu wissen.

Lupe sprang wie von der Tarantel gestochen auf, während die Condessa nur stolz den Kopf hob. »Was ihre gesellschaftliche Stellung angeht, so war sie schlicht indiskutabel. Sie paßt weder in dieses kultivierte Haus, noch taugt sie dazu, dir eine Frau zu sein. Das Beste ist, du läßt diese Ehe sofort annullieren. Dann könntest du – vielleicht – Lupe heiraten.« Sie lächelte ihre Nichte an. »Sie ist von vorzüglicher Herkunft, und sie ist kerngesund. Mit dem Geld ihrer Familie und mit meinem könntet ihr in Spanien eine neue Dynastie begründen. Natürlich würdest *du* mich beerben, wenn du sie heiratest.«

»Und was ist mit Luis?« fragte Eduardo gefährlich leise, er konnte sich nur noch mit Mühe beherrschen.

»Luis?« Mit ihrer so zerbrechlich wirkenden Hand machte sie eine verächtlich-wegwerfende Bewegung. »Luis hat das Weingut und den Landbesitz seiner Frau.«

Eduardo faltete sorgfältig seine Serviette zusammen und legte sie auf den Tisch. »Hattest du ihm nicht die Heirat mit Lupe angeboten, bevor er seine Verlobung mit Carisa Morales bekanntgegeben hat?«

Die Condessa runzelte die Stirn. »Ja, du hast recht. Aber natürlich war er nicht gut genug für Lupe«, fügte sie rasch hinzu. »Ist das nicht so, meine Liebe?«

Lupe setzte zu einer Antwort an, doch Eduardos finsterer Blick riet ihr zu schweigen.

»Wann ist Bernadette nach Hause gefahren, *Abuela*?« fragte er ruhig.

Die alte Dame spielte mit ihrer Serviette. »Gestern abend, denke ich.«

»Gestern abend!« explodierte er. »Du hast mir gesagt, sie wäre auf ihrem Zimmer!«

Die Condessa schien leicht verunsichert zu sein. »Du warst müde, mein Lieber. Ich wollte dich nicht aufregen. Ich habe mit Lupe darüber gesprochen, und sie war der gleichen Meinung wie ich. Wir hielten es für angebracht, es dir erst mitzuteilen, wenn du ein wenig ... zur Ruhe gekommen bist.«

Eduardo stand abrupt auf, seine Haltung wirkte selbstbewußt und unbeugsam. »Bernadette ist im Dunkeln allein zur Ranch gefahren, willst du das damit sagen?«

»Es war noch hell«, warf Lupe rasch ein.

»Ay, Dios.« Schneidende Schärfe lag in seiner Stimme. »Sie ist seit Stunden fort, und ich wußte nichts davon.«

»Sie ist ein bösartiges Frauenzimmer!« gab die Condessa mit gleicher Schärfe zurück. »Sie hat mir einen Krug Sahne über den Kopf gegossen!«

Eduardo starrte sie fassungslos an. »Sie hat was?«

»Ja, das hat sie getan!« bestätigte Lupe. »Deine arme Großmutter – sie hätte sich eine Erkältung holen können! Ich mußte einen Dienstboten holen, um diese Bescherung beseitigen zu lassen! Wie kannst du nur den Wunsch haben, mit einer derart unzivilisierten Frau verheiratet zu sein?«

Eduardo zog die Stirn kraus, als er die beiden Frauen ansah. Es schien, als sähe er durch sie hindurch.

»Warum hat sie Sahne über dich geschüttet, *Abuela*?« fragte er.

Die alte Dame zuckte mit den Schultern. »Nun … wir hatten eine kleine Auseinandersetzung. Sie hat die Beherrschung verloren.«

»Sie würde niemals jemanden attackieren, ohne provoziert worden zu sein. Was also hast du zu ihr gesagt?«

Die Condessa machte ein finsteres Gesicht. »Sie sagte, daß sie zurück nach Hause gehen würde, und daß du nichts besseres verdienst als meine und Lupes Gesellschaft. Sie hat gesagt, wir wären ehrlose Geschöpfe.«

Eduardo begann sich mittlerweile über das zu wundern, was man ihm da erzählte. Er kniff die Augen zusammen. »Und?« drängte er. »Was hast du darauf erwidert?«

Sie holte tief Luft. »Ich habe ihr gesagt, daß du froh wärst, sie endlich wieder los zu sein!«

»Warum sollte ich froh sein?«

Die alte Dame wurde rot und wandte den Blick ab. »Sie hat gesagt, daß sie …«

»Ja?«

Sie zögerte und schlug die Augen nieder. »Sie hat zu Lupe gesagt, daß sie absichtlich jetzt ginge, damit die Dienstboten etwas zu reden hätten. Damit sie denken würden, daß du nicht … daß du nicht … fähig warst, ihre Erwartungen zu erfüllen!«

Eduardo warf den Kopf in den Nacken und lachte lauthals. Es war das erste Mal seit langer Zeit, daß er so etwas wie Fröhlichkeit empfand. Er konnte es vor sich sehen, wie Bernadette die Sahne über seiner Großmutter ausgoß. Wie sie ihn, ohne ein Blatt vor den Mund zu nehmen, anklagte, sie im Bett enttäuscht zu haben. Und wie sie fortfuhr und es ihm überließ, sich mit dem jetzt kursierenden Gerücht über seine mangelnde Männlichkeit auseinanderzusetzen.

Eigentlich sollte er wütend sein, doch er war es nicht. Bernadette hatte den Spieß geschickt umgedreht und gegen seine Großmutter gerichtet, das stellte er voller Bewunderung fest. Allmählich begann er zu begreifen, was in seinem Hause vor sich ging. Es schien, als wäre er tatsächlich in jeder Hinsicht blind gewesen.

»Das ist nicht lustig!« rief seine Großmutter ärgerlich.

»Doch, das ist es«, widersprach er. Er lächelte sie freundlich an. »Ihr seid meine Familie, und ich liebe euch sehr. Aber ihr habt euch Bernadette gegenüber, die euch nie etwas Böses wollte, äußerst unfair verhalten. Sie hatte bislang nicht gerade ein leichtes Leben. Ihre Mutter ist im Kindbett gestorben, und ihr Vater gibt ihr die Schuld daran. Er hat Bernadette all diese Jahre wie ein lästiges Anhängsel behandelt. Wenn man es so sagen will, dann hat sie geheiratet, um diesem Leben zu entkommen. Und ihr habt sie zurück ins Feuer geschickt.«

Die Condessa wandte den Blick ab. »Sie ist unzivilisiert.«

»Sie ist temperamentvoll und ungezwungen«, korrigierte er. »Sie gehört zu den Frauen, die zu ihrem Mann stehen und mit ihm durch dick und dünn gehen. Sie ist eine Frau, die für ihren Mann alles tun würde. Leider werde nicht ich dieser Mann sein«, fügte er hinzu. Überrascht mußte er sich eingestehen, daß ihn diese Gewißheit störte. »Ihr hättet ihr eine Chance geben müssen. Genau wie ich.«

Seine Großmutter winkte ab. »Es ist vorbei«, sagte sie. »Deine Frau hat dich verlassen, und ich denke nicht, daß sie zurückkommen wird.«

»Das werden wir sehen.« Eduardo beugte sich vor und gab seiner Großmutter einen liebevollen Kuß auf die Stirn. »Du kümmerst dich um mich, und du tust das auf deine ganze eigene Weise. Aber du weißt überhaupt nicht, was für ein Mann ich bin oder was für Frau ich brauche. Du hast eine unselige Wahl getroffen, als du Consuela für mich ausgesucht hast. Ich habe dir das nie gesagt, weil ich fürchtete, deine Gefühle zu verletzen. Jetzt ist mir klar, daß ich weniger besorgt, dafür aber ehrlicher hätte sein sollen. Consuela hat diese Ranch gehaßt, und sie hat mich gehaßt. Und dieser Haß hat aus ihr eine kaltherzige, verbitterte Frau gemacht. Sie hat den Verstand verloren. Sie hat sich von ihrem Kind abgewandt und hat es verhungern lassen«, sagte er rauh.

Das Gesicht der Condessa wurde schneeweiß. »Nein!«

»Doch! Ich kam nach Hause und fand meinen Sohn tot in seiner Wiege. Consuela hatte die Dienstboten entlassen. Sie saß im Innenhof und stickte, als ob nichts passiert wäre. Als ich ihr sagte, was mit dem Kind geschehen war, hat sie mich einfach nur angestarrt – ohne einen Funken von Begreifen oder Schuldbewußtsein. Zwei Tage später, gleich nach der Beerdigung des Kindes, hat sie eines meiner Gewehre genommen und ist in die Berge gegangen, die hinter der Ranch beginnen. Erst Stunden später haben wir sie gefunden; sie hatte sich eine Kugel in den Kopf geschossen.« Er sah auf den Boden. »Danach hat es viel Gerede gegeben. Nicht wenige Leute haben gedacht, ich hätte Consuela die Schuld am Tod des Kindes gegeben und sie deswegen umgebracht.« Stolz hob er den Kopf. »Aber die Wahrheit sah anders aus. Genaugenommen war Consuela schon nach der Geburt des Kindes verrückt geworden. Sie war seitdem weder in der Lage, dem Kind eine Mutter zu sein, noch konnte sie mir eine Ehefrau sein. Ich habe dafür gesorgt, daß sie nie allein war, die Dienstboten waren ständig in ihrer Nähe. Aber als ich dieses eine Mal fort mußte, auf eine Geschäftsreise, hat sie alle Angestellten entlassen, und es war niemand mehr da, der auf sie und das Kind aufpassen konnte. Consuela hat mich gehaßt – weil ich dem Kind zuviel Aufmerksamkeit schenkte, wie sie erklärte. Sie wollte sicher sein, daß ich das Kind nie wieder ihr vorziehen würde.«

Die Condessa schlug die faltigen Hände vor das Gesicht und weinte.

Eduardo berührte tröstend ihre Schulter, in Gedanken weilte er noch bei dem in der Vergangenheit erlittenen Schmerz. »Danach habe ich mich immer wieder bis zur Besinnungslosigkeit betrunken, mehr vor Kummer über den Tod des Kindes als über Consuelas. Ich glaube, bei einem dieser Saufgelage wäre ich wohl draufgegangen, wenn Bernadette nicht gewesen wäre. Sie hat mir einfach die Pistole aus der Hand genommen und mich davor bewahrt, meinem Leben ein Ende zu setzen. Sie hat mich ins Leben zurückgeholt, indem sie mir klarmachte, daß ich mich nicht einfach so davonstehlen könnte, daß mein Leben weitergehen mußte. Sie hat mich gerettet, auf ihre umsichtige, zupackende Art. Ich habe mich oft gefragt, warum sie das getan hat.«

Die Condessa kannte den Grund, und das machte ihre Schuld nur noch drückender. Sie hatte nichts über diese Geschehnisse gewußt. Voller Bedauern, aber auch schuldbewußt, sah sie ihren Enkelsohn an. Nichts, was sie tun oder sagen würde, könnte jemals das Leid wiedergutmachen, das ihm durch ihre Mitwirkung aufgebürdet worden war. Das begriff die alte Dame in diesem Augenblick.

Lupe, die die ganze Zeit über geschwiegen hatte, ging zu der Condessa, nahm sie bei der Hand und half ihr beim Aufstehen. »Du solltest dich jetzt ausruhen, Tía«, sagte sie mitfühlend. Sie schaute in Eduardos wie versteinert wirkendes Gesicht. Mitleid spiegelte sich in ihren Augen wider, und eine große Zuneigung, die während vieler Jahre nicht kleiner geworden war. Hilflos zuckte sie mit den Schultern. »Vielleicht sind wir beide schuld an Bernadettes Flucht«, sagte sie. Sie richtete sich auf. »Wenn du sie bittest, zurückzukommen, sag ihr auch, daß sie keinen Grund zur Klage mehr haben wird. Weder über mich noch über Tía. Ich gebe dir mein Wort.«

Eduardo seufzte. »Ich fürchte, es wird mehr als das brauchen, um sie zur Rückkehr zu bewegen«, erwiderte er, und dachte dabei eher an sein eigenes Verhalten Bernadette gegenüber. Sie würde nicht so leicht vergessen können, wie sehr er sie gedemütigt hatte. Und sein Tun könnte Konsequenzen zur Folge haben, die Bernadette erschrecken würden. Er dachte an ihre Mutter und ihre Schwester, die im Kindbett gestorben waren. Bernadette würde vor Angst nicht ein noch aus wissen, und ihr Vater würde nichts tun, um sie zu trösten. Sie wäre so allein, wie sie es ihr Leben lang gewesen war – bis auf die Momente, wenn sie mit ihm zusammen gewesen war. Eduardo hätte in diesen Minuten alles darum gegeben, die Zeiten zurückholen zu können, als Bernadette ihm vertraut hatte, als er ihr etwas bedeutet hatte. Wie sehr mußte sie ihn jetzt verabscheuen!

Er sah der Condessa nach, die mit Lupe die Treppe hinaufging, und er dachte, wie alt sie aussah, wie verlassen. Sie hatte kein eigenes Leben. Ihr einziger Daseinssinn war es, ihre Mitmenschen zu manipulieren. Mit dieser Arroganz hatte sie ihn in die größte Tragödie seines Lebens getrieben, und sie hatte nichts davon gewußt. Jetzt, da er es ihr gesagt hatte, würde sie diese anmaßende Selbstherrlichkeit vielleicht ablegen und wieder die nette, sanfte Frau aus seinen Kindertagen werden …

Eduardo sattelte sein Pferd und ritt ungeachtet der frühen Morgenstunde zur Barron Ranch hinüber. Er rechnete nicht damit, daß Bernadette ihn würde sehen wollen, aber er mußte diesen Versuch unternehmen – schon seinem Seelenfrieden und seinem Gewissen zuliebe. Was er seiner unerfahrenen Frau an Demütigung und Schmerz zugefügt hatte, war unentschuldbar. Noch wußte er nicht, ob er es je wieder gutmachen könnte.

Er ritt bis vor das Haus, stieg ab und band die Zügel an einem Holzpfosten fest. Maria kam ihm an der Tür entgegen, sie wirkte aufgeregt.

»*¿Qué pasa?*« fragte er schnell, denn ihr besorgter Gesichtsausdruck verriet ihm, daß etwas passiert sein mußte, etwas sehr Schlimmes.

»Es ist die Señorita … die Señora«, verbesserte sie sich sofort, dann verzog sie das Gesicht. »Vielleicht war es die Fahrt nach Hause bei dem Wind und Staub gestern, wer weiß? Sie hat letzte Nacht das ganze Haus aufgeweckt, es war ein ganz böser Asthmaanfall. Es geht ihr sehr schlecht. Die Medizin hat nicht geholfen. Señor Barron hat nach dem Arzt geschickt.« Sie schüttelte den Kopf, in ihren Augen standen Tränen, als sie Eduardo ansah. »Wir glauben … wir fürchten … sie könnte sterben, Señor!«

11

Eduardo betrat Bernadettes Zimmer mit den allerschlimmsten Befürchtungen. Er konnte sich nur an einen Tag in seinem Leben erinnern, an dem ihm ebenso bang und elend zumute gewesen war wie jetzt – den Tag, an dem er seinen kleinen Sohn tot aufgefunden hatte.

Colston Barron saß neben dem Bett, in dem Bernadette bleich und reglos lag und um Atem rang. Man hatte sie mit mehreren Kissen hochgestützt. Ihr Gesicht glänzte vor kaltem Schweiß, ihr Atem kam rasselnd und rauh … und schrecklich mühsam.

Mit wenigen Schritten war Eduardo bei Bernadette und sah über den Kopf ihres Vaters hinweg auf sie herunter. »Die Medizin«, sagte er drängend. »Hast du ihr die Medizin gegeben?«

Colston sah ihn verständnislos an. »Ja sicher, Kaffee«, sagte er schleppend, »und etwas von dem Kräutertee, den Dr. Blakeley ihr verschrieben hat –«

»Nein!« unterbrach Eduardo ihn hastig. »Die Medizin, die sie aus New York mitgebracht hat!«

Colston brauchte Zeit, um zu begreifen, was Eduardo von ihm wollte. »Oh, ihre Medizin! Wir konnten sie nicht finden. Sie war nicht in der Tasche, die sie bei sich hatte.«

»Heilige Mutter Gottes«, rief Eduardo entsetzt. »Ich komme wieder, so schnell ich kann!«

Aus dem Haus zu stürzen, die Zügel loszubinden, in

den Sattel zu springen und loszureiten war eines. Auf dem Rückweg zur Rancho Escondido ritt Eduardo sein Pferd fast zuschanden. Vor der Tür seines Hauses sprang er aus dem Sattel und rief dem Stalljungen zu, er solle ihm ein frisches Pferd satteln und es bereithalten.

Immer zwei Schritte auf einmal nehmend, stürmte Eduardo die Treppe hinauf. Er mußte sich mit aller Macht zusammenreißen, um den Gedanken an Bernadettes schrecklichen Zustand zu verdrängen, damit seine Angst ihn nicht lähmte. Er lief in das Zimmer, das Bernadette bewohnt hatte, und begann, in ihrer Reisetruhe nach der kleinen Glasflasche zu suchen. Endlich fand er sie.

»Eduardo«, rief Lupe, als er im Korridor an ihr vorbeirannte. »Was ist denn geschehen?«

»Bernadette ... sie stirbt«, stieß er hervor, ohne stehen zu bleiben.

Lupe sah ihm verwirrt nach, als sie einen leisen Aufschrei hörte. Die Condessa stand starr vor Schrecken in der Tür zu ihrem Zimmer.

»Hat er gesagt, daß sie stirbt?« rief die Condessa.

»Ihre Medizin«, murmelte Lupe. »Deswegen muß er zurückgekommen sein. Sie hat sie hier vergessen.« Sie drehte sich zu ihrer Tante um. »Bernadette muß ihre Sinne nicht mehr ganz beieinander gehabt haben«, sagte sie unsicher.

Die Condessa bekreuzigte sich. »Gott vergebe mir«, flüsterte sie, als sie sich abwandte.

Den ganzen Weg zurück zur Barron-Ranch hielt Eduardo das Medizinfläschchen fest in einer Hand. Lieber Gott, betete er, laß mich noch rechtzeitig kommen, bitte!

Der Ritt schien endlos lange zu dauern. Eduardo sah die Wolken, die über den Himmel zogen, irgendwo in der Ferne hörte er das Bellen von Hunden. Er roch den Regen, der in der Luft lag – er nahm alles wahr, doch nichts davon erreichte ihn wirklich. Alles was er sah, dachte und fühlte, war Bernadette und die quälende Sorge um sie. Er mußte rechtzeitig bei ihr sein, bevor es zu spät war.

Das letzte Wegstück hinauf zum Haus verlangte Eduardo seinem erschöpften Pferd die allerletzten Kraftreserven ab. Im stillen bat er das Tier, dem der Schaum vorm Maul stand, um Verzeihung. Er ließ es einfach vor dem Haus stehen und rannte ins Haus, über den Korridor zu Bernadettes Zimmer. Das rasselnde Geräusch ihres Atems erfüllte den Raum. Ihr Gesicht war weiß und kalt, aber sie schwitzte immer noch. Eduardo sah mit Schrecken, wie mühsam sie Luft zu holen versuchte, wie verzweifelt ihr Körper sich bemühte, Sauerstoff in seine Lungen zu bekommen.

Colston stand auf, als er sah, was Eduardo in der Hand hielt. »Ach, *diese* Medizin meinst du«, murmelte er abwesend. Seine Augen waren rot und entzündet. Er fuhr sich mit dem Ärmel darüber. »An die habe ich überhaupt nicht mehr gedacht.«

»Sie hatte sie vergessen.« Eduardo trat ans Bett, zählte die Tropfen ab und hob behutsam Bernadettes Kopf an, um sie ihr einzuflößen. »Hier«, flüsterte er. »Hier, Bernadette, du mußt das nehmen. Es ist deine Medizin. Sie wird die Krämpfe lösen, und du wirst wieder atmen können. Komm, *querida,* mach den Mund auf.«

Bernadette erinnerte sich kaum an das, was seit ihrer Ankunft zu Hause geschehen war. Aber jetzt war Eduardo hier, sie konnte ihn kaum sehen mit ihren müden Augen. Er versuchte, ihr irgend etwas einzugeben. Was war das? Sie gehorchte seiner tiefen Stimme und schluckte die Medizin.

Eduardo nahm Colstons Platz neben dem Bett ein und

wartete, dabei ließ er Bernadettes kleine Hand nicht für eine Sekunde mehr los. Er hielt ihre rechte Hand, und als sein Blick auf ihre Linke fiel, bemerkte er, daß sie seinen Ring nicht mehr trug. Er zuckte zusammen. Nur allzugut wußte er, warum der Ring fehlte. Bernadette hatte ihn abgenommen. Sie hatte Eduardo aus ihrem Leben gestrichen. Er verdiente es, aber es tat weh.

»Diese Medizin«, sagte Colston, »sie hat schon einmal gewirkt. Meinst du, sie wird auch dieses Mal helfen? Es geht ihr so schlecht, Eduardo, so schlecht!«

»Sie wird helfen«, sagte er verbissen. »Sie *muß* helfen!« Etwas anderes durfte er überhaupt nicht denken. Bernadette durfte nicht sterben. Er durfte sie nicht verlieren. Ohne sie wäre sein Leben sinnlos.

Seine Finger schlossen sich fester um ihre Hand. Bildete er es sich nur ein, oder fiel ihr das Atmen jetzt ein wenig leichter? Er stand auf und beugte sich über sie, so daß er ihr Gesicht genauer betrachten konnte. Ja, sie entspannte sich. Sie öffnete die Augen, als sie Luft holte. Ihr Brustkorb hob sich in dem Kampf um Luft und spannte sich. Die feine Ader in ihrer Halsbeuge pochte heftig bei dieser Anstrengung. Eduardo sah die Blässe auf Bernadettes Gesicht und den kalt-feuchten Schweiß, der es bedeckte. Sie litt Höllenqualen, und er wünschte, er könnte diesen Schmerz für sie tragen.

Sie öffnete den Mund, aber sie konnte nicht sprechen. Sie richtete sich ein wenig auf, beugte sich vor. Das Medikament verursachte ihr ein Schwindelgefühl. Aber ihre Brust entspannte sich. Ihre Lungen entspannten sich.

Langsam atmete sie ein … und die Luft kam wieder heraus! Bernadette lächelte, als sie diese plötzliche Erleichterung beim Atmen spürte. Sie holte noch einmal Luft. Dann noch einmal. Und noch einmal.

»Sie kriegt wieder Luft! Siehst du es auch, mein Junge?« rief Colston. »Gott sei Dank!«

»Gott sei Dank. Ja, Gott sei Dank«, sagte Eduardo schwer. »Bernadette, ist es jetzt leichter für dich?«

»Ja«, brachte sie heiser hervor. »Es ist … besser.«

Er zog ihren Kopf an seine Brust und verharrte so, über sie gebeugt und mit von Tränen brennenden Augen. »Du kleiner Dummkopf!« Seine Erleichterung war grenzenlos, und als sie die Qual fortschwemmte, die er in den letzten Stunden durchlebt hatte, hielt er ihren Kopf noch fester, um das Zittern verbergen, daß ihn ergriffen hatte. »Du kleiner Dummkopf, du hättest sterben können! Einfach wegzufahren und deine Medizin nicht mitzunehmen!«

»Was … was kümmert … es dich?« erwiderte sie. »Du … hast dir doch nicht mal … die Mühe gemacht … mir nachzufahren!«

Sein Griff lockerte sich ein wenig. Er hob den Kopf und beugte sich ein Stück zurück. »Bernadette, ich habe bis heute morgen nicht gewußt, daß du nicht in deinem Zimmer warst«, sagte er kläglich. Er konnte sehen, daß sie ihm nicht glaubte. Aus kühlen grünen Augen musterte sie ihn. Eduardo zuckte zusammen. Ihre Gefühle für ihn waren nicht gestorben, weil er ihr nicht hinterher geritten war, sondern weil er sich in der Hochzeitsnacht so schändlich benommen hatte.

Bernadette lehnte sich gegen den hohen Kissenberg zurück und sog die frische Luft ein. Es strengte sie an, und sie schloß die Augen. Doch sie öffnete sie gleich wieder. Zwar fiel ihr das Atmen von Mal zu Mal leichter, aber noch war es … unbequem.

»Danke, daß du die Medizin geholt hast«, sagte Colston und klopfte seinem Schwiegersohn herzlich auf den Rücken. »Ich hatte große Angst um sie. Sie sagte, ich soll ihr die Medizin geben, und ich dachte, sie meint den Kräutertee – mein Gott, wie konnte ich nur so schwer von Begriff sein!«

Die Fürsorge ihres Vaters hatte Bernadette überrascht, und sie hatte eine ganz neue, unbekannte Seite an ihm entdeckt. Noch weitaus überraschender war Eduardos Besuch gewesen. Es war ein Glück gewesen, daß er so schnell reagiert hatte. Sie hatte sich nicht mehr daran erinnert, daß sie das Medizinfläschchen in die Truhe und nicht in ihren Koffer gelegt hatte. Ein fatales, fast tödliches Versehen.

»Möchtest du jetzt frischen Kaffee, Mädchen?« fragte ihr Vater sanft.

Sie nickte langsam.

»Ich werde Maria sagen, daß sie welchen aufbrühen soll. Bin gleich wieder da!«

Er verließ das Zimmer, und Eduardo setzte sich wieder auf den Stuhl neben Bernadettes Bett.

»Warum bist du … hier?« fragte sie und wandte verlegen das Gesicht ab. »Hast du noch nicht genug angerichtet?«

Eduardo spürte, wie sein Gesicht bei dieser Bemerkung zu brennen begann. Er starrte auf seine Hände, während er nach den richtigen Worten suchte, die den Schmerz lindern könnten, den er Bernadette zugefügt hatte. »Diese Nacht … ich war wie von Sinnen«, sagte er dann ruhig. »Ich war nicht mehr ich selbst. Ich kann dir keine Entschuldigung anbieten, außer der, daß ich wütend war und über meinen Zorn und meine Leidenschaft keine Kontrolle mehr hatte. Ich habe begriffen, daß das was … geschehen ist … für dich sehr schlimm gewesen sein muß. Ich entschuldige mich für die Art und Weise, wie ich dich behandelt habe. Und ich entschuldige mich dafür, daß ich geglaubt habe, du hättest mich belogen.«

Sie errötete bei der Erinnerung daran. Sie konnte es nicht ertragen, seinem Blick zu begegnen, nicht nach dem, was zwischen ihnen geschehen war. Eduardo kannte ihren Körper so gut wie kein anderer, er wußte, wie sie aussah, wie sie sich anfühlte und wie sie auf sein erfahrenes Streicheln reagierte. Sie hatte ihn angebettelt …

Vor Verlegenheit mußte Bernadette seufzen, und dieser leise Ton durchschoß Eduardo wie ein Pfeil. »Verzeih mir«, bat er mit schwerer Stimme. »Du warst Jungfrau. Ich hatte kein Recht, dich so zu behandeln, so … grob. Es gibt dafür keine wirkliche Entschuldigung«, fügte er hinzu, »außer, daß ich dich so sehr begehrt habe, daß es mir unmöglich war, mich zu beherrschen.«

Bernadette errötete noch heftiger. Haltsuchend krampfte sie die Hände in die Bettdecke und wandte das Gesicht ab.

»Oh, ich glaube, ich verstehe allmählich, was los ist«, bemerkte Eduardo freundlich. »Dir macht nicht so sehr zu schaffen, was *ich* getan habe, sondern vielmehr, wie du dich verhalten hast. Habe ich recht, ist das nicht das eigentliche Problem?«

»Bitte«, sagte sie erstickt. »Ich kann nicht … darüber sprechen!«

»Wir müssen aber darüber reden«, entgegnete er. Er griff nach ihrer Hand und umschloß sie sanft. »Was ich mit dir getan habe, geschieht zwischen Männern und Frauen. Es ist Teil der Ehe.«

Bernadette biß sich auf die Unterlippe, damit diese zu zittern aufhörte, aber Tränen sprangen ihr in die Augen. »Ich habe mich so schamlos benommen wie eine Frau in einem Bordell!«

Er verstärkte den Druck seiner Hände. »Du hast dich wie eine Frau benommen, die ganz und gar dem Mann gehören möchte, mit dem sie verheiratet ist«, sagte er so leise, daß nur sie es hören konnte. »Wie wunderbar war unsere Liebe, Bernadette. Wie leidenschaftlich.« Er hob ihre Hand an seinen Mund, drehte sie um und küßte innig ihre Handfläche. »Ich konnte dir danach nicht unter die Augen treten, denn ich habe mich geschämt, mich selbst verachtet. Ich habe mir vorgeworfen, dich gezwungen zu haben.«

Sie schüttelte protestierend den Kopf. »Aber du hast mich nicht ... gezwungen.«

»Nein. Du warst sehr ... großzügig. Großzügiger, als ich es verdient hatte.« Er atmete tief durch. »Zwischen uns ist alles schiefgelaufen. Ich hatte so hohe Erwartungen an unsere Ehe, und trotzdem habe ich alles getan, um sie zu zerstören. Bitte, Bernadette, komm zurück zu mir.«

Sie schüttelte den Kopf.

Seine Finger streichelten sie. »Meine Großmutter hat versprochen, daß sie keine Zwietracht mehr zwischen uns säen will«, redete er ihr zu. »Und Lupe auch.«

»Ich würde eher einer Schlange in den Magen springen!«

Eduardo lächelte kläglich. »Eine treffende Beschreibung, fürchte ich, aber die beiden sind meine Familie, wie unangenehm das auch sein mag.« Er rückte näher, sah ihr in die Augen. »Komm nach Hause«, flüsterte er. »Ich will dich wieder lieben, behutsamer und zärtlicher. Ich will dich süchtig machen, damit du nie genug bekommen kannst von unserer Leidenschaft!«

Bernadette spürte, wie ihr Körper auf diese Worte reagierte. Sie wurde dunkelrot. »Rede nicht auf diese Weise mit mir!«

Er lächelte wissend und küßte ihre Fingerspitzen. »Ich will mit dir viel mehr tun als nur reden«, flüsterte er. Sein

Blick wanderte zu ihren Brüsten, schien sie zu streicheln. »*Dios mio,* wenn du wüßtest, welche Überwindung es mich gekostet hat, dich zu verlassen, nachdem wir uns geliebt hatten! Ich habe dich angesehen und fühlte das Verlangen nach dir bis in den kleinen Zeh!«

»Du hast nicht einmal mit mir gesprochen!«

»Ich hatte ein schlechtes Gewissen, und ich habe mich geschämt.« Er begleitete seine Antwort mit einem unnachahmlich lässig-charmanten Schulterzucken.

Bernadette starrte auf seine Hände und dachte daran, welche Macht sie auf ihren Körper und ihre Sinne ausgeübt hatten. Langsam holte sie tief Luft. »Ich habe mich auch geschämt«, gestand sie leise. »Wegen der Dinge, die ich zu dir gesagt habe.« Ihre Stimme brach.

Sein Mund streichelte ihre Hand, heiß und brennend. »Es waren sündige, wunderbare Dinge«, flüsterte er. »Sie haben mein Blut zum Kochen gebracht, sie haben meine Leidenschaft geweckt, sie haben mich erregt! Ich habe die Worte genossen, die du zu mir gesagt hast, *querida,* so sehr, daß ich sie dir wiedergesagt habe. Hast du das vergessen?«

Nein, sie hatte nichts davon vergessen. Sie schaute auf und suchte den Blick seiner schwarzen Augen. Zärtlichkeit spiegelte sich darin wider, Zärtlichkeit und Zuneigung. Es war so lange her, seit Eduardo sie auf diese ganz besondere Weise angelächelt hatte.

Liebevoll knabberte er an ihrem Handrücken. Als er den Kopf hob und sie ansah, war sein Gesicht ernst. »Als ich mich auf dich gelegt habe, und du zum ersten Mal gesehen hast wie … wie erregt ich war, da hast du die Luft angehalten.«

Bei dem, was als nächstes geschehen war, hatte sie dann laut aufgekeucht. Er hatte ihre Beine gespreizt und war langsam in sie eingedrungen. Er hatte sich in ihr bewegt, und das Überwältigende dieser Intimität hatte Bernadette mitgerissen wie eine Flutwelle.

»Ich habe dir dabei weh getan«, flüsterte er und sah ihr in die Augen. »Aber du hast mich zu sehr begehrt, um mich zu bitten, aufzuhören. Du bist mir entgegengekommen, so daß ich leichter in dich eindringen konnte ...«

»Eduardo!«

»Und du hast zugesehen, als ich es getan habe.« Ein sinnliches Lächeln umspielte seinen Mund, als er Bernadettes Verlegenheit bemerkte. »Das Zusehen hat unsere Lust noch größer gemacht. Es war schamlos, nicht wahr? Schamlos und erfüllend in einem.«

Sie schluckte. »Du ... du hast gesagt, daß du noch nie zugelassen hast, daß eine Frau dich so sieht.«

»Das habe ich auch noch nie.« Seine Finger zeichneten die Linien in ihrer Handfläche nach. »So etwas Intimes war für mich bisher etwas, was ich nur im Dunkeln tun konnte. Ich fühlte eine Art von Scham mit den Frauen, die ich ... beherrschte.« Nachdenklich betrachtete er die schmale Hand, die er in der seinen hielt. »Mit Consuela – nun, ich habe dir erzählt, wie es mit ihr war.« Er sah Bernadette in die Augen. »Ich habe nicht gewußt, daß die körperliche Liebe so machtvoll sein kann, so überwältigend, wie es bei uns beiden gewesen ist. Im hellen Licht ... Du hast mich wahre Ekstase gelehrt und mir eine Erfüllung geschenkt, wie ich sie noch nie erfahren hatte. Ich war durcheinander und beunruhigt durch diese Erfahrung. Und ich fühlte mich schuldig, weil ich dich dazu gezwungen hatte, dich mir zu ergeben. Auch dafür möchte ich dich um Verzeihung bitten. Mein Mangel an Rücksicht auf dich hat dich fast das Leben gekostet.«

Bernadette betrachtete Eduardo mit einem ganz neuen

Verständnis. Er war ein Mann mit vielen Gesichtern, der seine tieferen Gefühle sorgsam versteckt hielt. Aber dennoch gab es sie. Er mußte etwas für sie empfinden, sonst hätte er nicht einen solchen Aufruhr um ihr Medikament veranstaltet.

»Und du, Señora Ramirez«, fragte er zärtlich, »konnte ich dir die Erfüllung geben?«

Bernadette senkte verlegen den Blick, und ihr Atem wurde wieder rauher.

»Nein, nicht«, tadelte Eduardo liebevoll. Er legte den Finger unter ihr Kinn und zwang sie, ihn anzusehen. »In dieser intimsten aller ehelichen Angelegenheiten dürfen wir dem anderen niemals die Wahrheit verheimlichen. Habe ich dich vollkommen befriedigt?«

Sie schluckte hart. »Ja«, flüsterte sie.

Er nickte. »Aber es hat weh getan.«

»Ein … wenig.«

»Du hast geblutet.«

Sie errötete erneut.

»Auch das ist ganz normal«, erklärte Eduardo ihr. »Ich habe dich nicht verletzt. Die Wunde wird heilen, und es wird nie wieder unangenehm für dich sein.«

Sie stieß den Atem aus, den sie angehalten hatte. »Es ist mir peinlich, über diese Dinge zu reden.«

»Du bist meine Frau. Komm nach Haus und lebe mit mir.«

Sie sah ihn prüfend an. »Warum?«

Er lächelte. »Weil eine Frau, die selbstbewußt genug ist, meiner Großmutter Sahne über den Kopf zu gießen, genau die Frau ist, die ich an meiner Seite haben möchte, um die Rancho Escondido wieder aufzubauen.«

Bernadette schnitt eine Grimasse. »Ich hätte das nicht tun dürfen, nicht einmal nach dem, was sie zu mir gesagt hat«, murmelte sie. »Es war schrecklich, mit einer alten hilflosen Frau so umzuspringen.«

»Hilflos? *Abuela*?«

Er legte Bernadette die Hand auf die Stirn. »Du mußt Fieber haben, wenn du das glaubst. Abuela wird nicht einmal auf ihrem Sterbebett hilflos sein. Sie bedauert, was geschehen ist. Komm zurück und gib ihr die Chance, sich bei dir zu entschuldigen.« Seine weißen Zähne blitzten. »Das wird ein Schauspiel sein, das einem nur einmal im Leben geboten wird, das garantiere ich dir. So wie ich sie kenne, wird sie es fertigbringen, wie die Unschuld in Person dazustehen, wenn sie diese für sie ungewohnte Übung absolviert.«

Bernadette schaffte es zu lachen. Sie suchte Eduardos Blick. »Und Lupe?«

Er legte ihre Hand auf sein Knie und hielt sie dort fest. »Lupe ist meine Cousine. Sie war nie mehr für mich, und sie wird auch nie mehr für mich sein. Ich weiß, daß sie ein zärtliches Gefühl für mich hegt, aber ich kann es nicht erwidern«, erklärte er. »Ich will dich. Nur dich, Bernadette.«

Und sie wollte ihn. Aber sie war zu unsicher, es auszusprechen. Sie spürte, daß die volle Wirkung ihres Medikamentes einzusetzen begann. Sie war etwas müde und schloß die Augen.

»Wirst du zurückkommen?« fragte Eduardo leise.

»Werde ich in einem Zimmer für mich allein wohnen?«

Er sog hörbar die Luft ein. »Ja, natürlich. Alles wird so sein, wie du es dir wünschst.«

Wie sie es sich wünschte! Bernadette schaute zum Fenster hinaus. Durch die feinen Gardinen sah sie blauen Himmel, über den weiße Schäfchenwolken zogen. »Ich muß darüber nachdenken.«

Eduardo zögerte. Sie steckten in einer schwierigen Situation. Er mußte vorsichtig sein, um Bernadette nicht noch mehr gegen sich aufzubringen. Eingehend betrachtete er ihre schmale Hand mit den sorgfältig manikürten Fingernägeln. »Es würde mir allerdings besser gefallen, wenn du bei mir schlafen würdest«, fügte er ruhig hinzu. »Aber ich verstehe, daß du dazu nicht bereit bist.«

Sie war überrascht. »Du ... willst mich noch immer?«

Ihre Frage verblüffte ihn. Als er sie ansah, stellte er fest, daß ihr Gesicht wieder Farbe bekommen hatte und daß ihre grünen Augen lebhaft funkelten. »Ja, das will ich«, sagte er. »Und das wird nie aufhören.«

»Aber ... aber du hast doch eben gesagt, ich würde in einem getrennten Zimmer ...!«

»Aber nur, weil ich dachte, daß du es so haben willst«, erwiderte er. »Du lieber Himmel, Bernadette, ich habe dich genommen wie eine Hure ... wie eine Frau von der Straße! Wie konnte ich da annehmen, daß du mich danach je wieder ansehen würdest?«

Ihre Augen weiteten sich. »Das hast du getan?«

Angesichts ihrer Naivität kam Eduardo sich uralt vor. Trotz des Ernstes der Situation mußte er schmunzeln. »Was für eine freche Frage! Erwartest du darauf wirklich eine Antwort von mir?«

Bernadette schaute zur Tür, aber dort war niemand, der gleich das Zimmer betreten würde. Es waren auch keine näher kommenden Schritte zu hören. Neugierig beugte sie sich vor. »Was hast du mit mir getan ... macht ein Mann es *so* mit einer ... schlechten Frau?« flüsterte sie.

»Bernadette!« Er lachte ratlos. »Mein Gott!«

»Aber wie«, fragte sie unbeirrt weiter, »wie ... macht er es denn dann mit einer Frau, die *nicht* schlecht ist?«

Eduardo beantwortete diese Frage so offen, wie sie

gemeint war. »Behutsamer«, erklärte er. »Er berührt sie sanft. Er küßt sie zärtlich. Er dringt nicht fordernd und heftig in sie ein, seine Bewegungen sind nicht hart und stoßend.«

Bernadette errötete mädchenhaft. »Aber …«

»Aber was?«

»Aber das macht es doch gerade so … aufregend.«

Eduardo nickte. »Ja, so empfinde ich es auch«, gestand er. »Es war die schönste Liebesnacht, die ich je erlebt habe. Aber ich hätte viel sanfter mit dir umgehen müssen. Du hast zum ersten Mal mit einem Mann geschlafen.«

»Es war alles genau so, wie ich es mir erhofft habe«, verriet sie ihm. »Und so sündhaft! Daß wir es bei Licht gemacht haben, meine ich!«

Er seufzte leise. »Das war das einzige, was ich richtig gemacht habe«, sagte er. »Ich wollte dich im Hellen lieben, weil ich in deine Augen sehen wollte in dem Augenblick, in dem ich dich zu meiner Frau gemacht habe. Ich werde diesen Ausdruck von Staunen und Glück in meinem Herzen tragen, bis ich ein sehr alter Mann sein werde. Um nichts in der Welt habe ich darauf verzichten wollen.«

Dieses Geständnis freute und faszinierte Bernadette, auch wenn es ihr ein wenig peinlich war. »Ich konnte dich nicht sehen«, flüsterte sie. »Dein Gesicht war ganz verschwommen. Ich fühlte mich, als würde ich vor Lust sterben. Du warst so … stark.«

Er lächelte. »Du schmeichelst mir.«

»Ich wüßte gar nicht, womit.«

Eduardo grinste. »Du tust es gerade.« Er beugte sich vor. »Auf dich warten in dieser Beziehung noch weitere Überraschungen, Señora Ramirez.«

Sie lächelte selbstbewußt. »Ach, was könnte das denn sein?«

Seine Antwort darauf blieb unausgesprochen, denn ihr Vater und Maria betraten das Zimmer. Sie brachten ein mit Kaffee und Kuchen beladenes Tablett mit.

»Das ist schon viel besser!«, rief Maria, als sie sah, daß die Farbe in Bernadettes Gesicht zurückgekehrt war. »Der Heiligen Jungfrau sei Dank, *el conde* hat ein richtiges Wunder bewirkt!«

»Ein Wunder, in der Tat«, stimmte Colston ihr in stiller Dankbarkeit zu. »Du hast ihr das Leben gerettet, Eduardo.«

»Ich habe nur etwas wiedergutgemacht«, erwiderte er und sah Bernadette dabei zu, wie sie an dem heißen schwarzen Kaffee nippte. »Vor einiger Zeit hat sie meines gerettet.«

Bernadette runzelte verwundert die Stirn. »Habe ich das?«

»Es war kurz nach dem Tod meiner Frau und meines Sohnes«, erinnerte er sie. »Ich war betrunken und habe mit einem Revolver herumgefuchtelt, weißt du das nicht mehr?«

Sie nickte. »Ich erinnere mich. Ich dachte, du hattest vor, jemandem damit zu erschießen.«

»Das wollte ich auch«, sagte er mit grimmigem Humor. »Mich selbst.«

»Nein!«

Hilflos zog er seine breiten Schultern hoch und ließ sie wieder sinken. »Es war eine schwere Zeit für mich. Ich habe das Kind gefunden, verstehst du, es war tot, gestorben an …« Er unterbrach sich und schaute auf. Colston Barron war zur Tür gegangen, um wie Maria das Zimmer zu verlassen.

»Bleib hier und setz dich, Colston«, sagte Eduardo schwer. »Du und Bernadette seid die einzigen Menschen gewesen, die mir in dieser schrecklichen Zeit zur Seite gestanden haben. Über das, was geschehen ist, habe ich noch nie gesprochen. Ich denke, ich sollte es jetzt tun. Ich möchte, daß ihr beiden die Wahrheit kennt.«

Colston zögerte. »Mein Junge, ich weiß, daß die Erinnerung für dich sehr schmerzvoll sein muß.«

»Das ist sie. Aber ich will es euch trotzdem erzählen.«

Colston gab nach und nahm auf der anderen Seite von Bernadettes Bett auf einem Stuhl Platz. Eduardo hielt Bernadettes Hand, während er sprach.

»Die Mutter meiner Frau war wahnsinnig«, begann er fast gleichmütig. »Weder meine Großmutter noch ich wußten vor der Hochzeit davon. Consuela schien vollkommen gesund zu sein, und ich hatte absolut keinen Grund zu vermuten, mit ihrem Verstand könnte irgend etwas nicht stimmen. Als ich sie nach unserer Heirat in Madrid hierherbrachte, war die Rancho Escondido ziemlich heruntergekommen. Schuld daran war meine lange Abwesenheit aufgrund der Hochzeitsvorbereitungen in Spanien. Ich mußte Tag und Nacht schuften, um meine finanziellen Einbußen wieder wettzumachen und die Ranch vor dem totalen Ruin zu bewahren. Consuela war in dieser Zeit viel zu oft allein, und sie hat sehr darunter gelitten, ganz besonders, als sie herausfand, daß sie schwanger war. Das war ziemlich bald nach unserer Ankunft hier.« Sein Gesicht verhärtete sich, als die Erinnerungen zurückkamen. »Sie haßte den Gedanken an ein Kind fast ebensosehr, wie sie mich inzwischen haßte. Als unser Sohn geboren wurde, ignorierte sie ihn völlig. Ich mußte eine Amme für ihn suchen, die ihn stillte und sich um ihn kümmerte.« Eduardo starrte auf Bernadettes Hand herunter, er fühlte deren tröstenden Druck. »Ich hatte mich ziemlich hoch verschuldet und mußte auf eine Geschäftsreise gehen, um mir noch mehr Geld zu leihen. Ich versuchte, Consuela zu überreden, mich zu begleiten, aber sie weigerte sich. Also blieb sie mit dem Baby auf der Ranch, und ich habe Vorsorge getroffen, daß genügend Hausangestellte anwesend waren, um auf sie und das Kind aufzupassen. Im Laufe der Zeit waren einige Dinge geschehen, die bei mir Zweifel an ihrer geistigen Zurechnungsfähigkeit geweckt hatten. Als ich von der Reise zurückkam, fand ich Consuela ganz allein im Haus vor. Sie hatte alle Dienstboten entlassen und ihnen erzählt, daß sie mir nachfahren und das Baby mitnehmen würde.«

Bernadettes Finger verflochten sich mit seinen. Sie spürte die Anspannung, die es ihn kostete, vor ihr und ihrem Vater über diese Dinge zu sprechen.

Eduardo atmete tief durch, ehe er weitersprach. »Consuela saß da und war mit irgendeiner Stickarbeit beschäftigt. Sie begrüßte mich ganz ruhig und erkundigte sich, ob meine Reise erfolgreich gewesen wäre. Ich fragte sie nach dem Kind, und sie sah mich an, als verstünde sie nicht, wovon ich sprach. Ich ging den Korridor entlang bis zum Kinderzimmer. Im Haus war es kalt, wir hatten Winter, einen ziemlich schlimmen. Der Kamin im Kinderzimmer war nicht angezündet. Mein Sohn lag in seiner Wiege, er war nicht zugedeckt. Sein Körper war ausgemergelt, und er … er mußte schon seit … seit Tagen tot gewesen sein, so wie er aussah.« Eduardo preßte die Lippen zusammen und schwieg einen Moment lang. »Mit meinen Händen habe ich ihn begraben, und ich habe niemandem gesagt, was passiert war. Consuela schien von allem nichts zu begreifen, als ich mit ihr über das Kind sprach. Aber noch am selben Nachmittag hat sie eines der Gewehre genommen und geladen, während ich draußen dabei war, meinen Männern Anweisungen für die anstehenden Arbeiten zu geben. Consuela verließ unbemerkt das Haus und ging in die Berge, die hinter der Ranch beginnen. Es herrschte eine Eiseskälte, aber sie hat nicht einmal einen Schal mitgenommen.« Eduardo betrachtete das Muster auf dem weißen Bettüberwurf. »Ich habe nach ihr gesucht. Und ich habe sie schließlich auch gefunden. Sie lag zwischen einigen Felsen. Sie war tot. Das Gewehr hielt sie noch in der Hand. Sie hatte sich in den Kopf geschossen.« Er schaute auf. Bernadette sah ihn mitfühlend an. »Die Hausangestellten wußten nur das, was ich ihnen erzählte, aber die Leute reden. Es hieß, Consuela hätte das Baby getötet, und ich hätte sie aus Rache dafür umgebracht und versucht, ihren Tod wie einen Selbstmord aussehen zu lassen. Die Wahrheit sah anders aus. Ich wußte, daß Consuela geisteskrank gewesen war. Ich liebte meinen Sohn, und ich trauerte um ihn. Aber ich hätte ihr niemals etwas angetan. Ihre Psyche war einfach zu schwach für die Verantwortung, die man in einer Ehe übernehmen muß. Und keiner von uns hat es geahnt oder gewußt, bis es zu spät war.«

»Es tut mir so leid«, sagte Bernadette leise. »Kein Wunder, daß du so durcheinander warst.«

»Wir haben immer gewußt, daß du ihr nichts angetan hast, mein Junge« fügte Colston ernst hinzu. »Es ist gut, daß du uns die ganze Geschichte erzählt hast, und ich danke dir dafür, aber ich wußte immer, daß du niemals fähig wärst, einer Frau weh zu tun.« Er lächelte wissend. »Die Art, wie du Bernadettes wegen auf mich losgegangen bist, hat bei mir diesen Eindruck nur noch verstärkt. Ich bin ein hundsmiserabler Vater gewesen, mußt du wissen. Aber dieses Mädchen hat Gott sei Dank ein versöhnliches Herz, und ich bin dabei zu lernen, in der Gegenwart zu leben und nicht in der Vergangenheit.«

»Letzten Endes müssen wir alle das lernen«, erwiderte

Eduardo. »Ich möchte Bernadette mit nach Hause nehmen – wenn sie denn will.«

»Was ist mit diesen beiden Frauen?« fragte Colston argwöhnisch.

»Oh, ich denke, mit denen wird Bernadette fertigwerden«, meinte Eduardo trocken.

»Das glaube ich jetzt auch«, versicherte Bernadette. Sie liebte Eduardo von ganzem Herzen, und sie spürte, daß auch er etwas für sie empfand, sei es auch nur Zuneigung. Das war nicht viel, aber es war genug, um darauf aufzubauen. »Niemand soll sagen können, daß ein irisches Mädchen vor einem Kampf gekniffen hätte!«

Colston strahlte. »Du hast genausoviel zu melden wie die beiden, daß du mir das nicht vergißt!«

Sie lachte zuversichtlich. »Das werde ich ganz bestimmt nicht!«

Eduardo war neugierig. »Hat jemand etwas anderes gesagt?« wollte er wissen.

Er selbst hatte es gesagt, aber Bernadette wollte Eduardo jetzt noch nicht anvertrauen, daß sie nach der Trauung das Gespräch im Hotel mit angehört hatte. »Ach, das ist nur so ein Anspielung«, sagte sie ausweichend. Rasch wechselte sie das Thema. »Ich werde gar nicht packen müssen«, sagte sie. »Denn ich hatte noch nicht einmal Zeit zum Auspacken.«

»Ich werde mit der Kutsche zurückkommen, um dich abzuholen«, sagte er. »Und dieses Mal«, fügte er ernst hinzu, »wirst du während der Fahrt etwas über dem Gesicht tragen, damit du nicht wieder so viel Staub einatmest.«

»Ja, Eduardo«, murmelte sie betont brav.

»Das klingt aber sehr fügsam«, bemerkte er mißtrauisch, »wo ich doch ganz genau weiß, daß du ganz und gar nichts Fügsames an dir hast.«

»Du hast gesagt, du willst der Herr in deinem Haus sein«, erinnerte sie ihn. »Ich habe nur versucht, angemessen demütig zu sein.«

»*Wie* demütig du bist, hast du ja schon unter Beweis gestellt.« Er schaute Colston belustigt an. »Sie hat meiner Großmutter Sahne über den Kopf gegossen.«

Colston lachte erfreut. »Dann brauche ich mir ja wirklich keine Sorgen zu machen«, meinte er zufrieden und stand auf. »Ich werde jetzt mal an die Arbeit gehen. Paß gut auf dich auf, mein Mädchen«, fügte er ernst hinzu. »Keine Nachlässigkeiten mehr mit deiner Gesundheit. Ich will nicht die einzige Tochter verlieren, die ich habe!«

Bernadette strahlte über das ganze Gesicht. Überglücklich lächelte sie ihren Vater an. »Ich werde brav sein«, versprach sie.

Er winkte ihr zu und verließ das Zimmer.

Eduardo und Bernadette lächelten sich an, als sie allein waren.

»Dann beginnen wir also noch einmal von vorn«, sagte er zärtlich. »Und dieses Mal werden wir nicht gleich bei der ersten Schwierigkeit die Flinte ins Korn werfen.«

12

Die Condessa und Lupe saßen im Innenhof und nähten, als Eduardo mit Bernadette zurückkehrte. Sie schienen tatsächlich ein wenig verlegen, als sie die junge Frau begrüßten.

»Bernadette fühlt sich noch etwas mitgenommen«, teilte er den Frauen förmlich mit. »Ich werde sie nach oben bringen, damit sie sich bis zum Abendessen noch etwas ausruhen kann.«

»Aber ja, natürlich«, sagte Lupe und zwang sich zu einem Lächeln.

Die Condessa wirkte sehr zurückhaltend, als sie das Wort an Bernadette richtete. »Ich hoffe, Sie fühlen sich wieder besser«.

»Ich fühle mich sehr viel besser«, erwiderte Bernadette mit unüberhörbarer Munterkeit. »Danke der Nachfrage.«

Eduardo nahm Bernadette bei der Hand und zog sie mit sich, nachdem er seinen Verwandten höflich zugenickt hatte.

Das Zimmer, in das er Bernadette führte, war riesengroß und mit schweren Mahagoni-Möbeln ausgestattet. Die hohen Fenster reichten bis fast an die Decke. Auf dem breiten Bett mit den vier hohen Pfosten lag eine Patchworkdecke, die von einer Meisterin ihres Fachs angefertigt worden war. Die Vorhänge waren ebenso wie die Stühle eher schlicht und funktionell als schön. Es war das Zimmer eines Mannes, nicht das einer Frau.

»Hier schlafe ich seit meiner Rückkehr auf die Ranch«, erklärte Eduardo. »Wenn du willst, kannst du alles ändern.«

»Einiges werde ich sicher behalten wollen«, meinte Bernadette, während sie sich auf das Bett setzte. Es war so hoch, daß ihre Füße den blankpolierten Holzfußboden nicht mehr berührten. Mit einem scheuen Lächeln sah sie ihren Ehemann an.

Eduardo seufzte, lehnte sich gegen die breite Kommode und verschränkte die Arme vor der Brust, als er Bernadette ansah. »Es scheint, als ob du da hingehörtest, auf mein Bett«, sagte er. »Ich hoffe, du weißt, daß ich nicht die Absicht habe, unsere Ehe eine platonische Angelegenheit sein zu lassen.«

»Das weiß ich.«

Seine schwarzen Augen verengten sich. »Bernadette, wir haben noch nicht über Kinder gesprochen«, sagte er nach kurzem Schweigen. »Ich weiß, daß du Angst vor einer Schwangerschaft hast. Ich weiß auch, daß ich in der Leidenschaft unseres Zusammenseins nichts getan habe, um das zu verhindern.«

Sie war eher neugierig als ängstlich. »Kannst du das? Ich meine, verhindern, daß ich schwanger werde? Wie denn?«

Er grinste. »Noch mehr Fragen!«

»Ich weiß überhaupt nichts über Männer und Frauen. Wen sonst soll ich denn fragen?«

Er ging zum Bett und setzte sich neben sie. »Ich kann ein Kondom benutzen.« Er erklärte ihr, wie es benutzt wurde.

Mit großen Augen sah Bernadette ihn an. »Aber ist das nicht sehr unbequem für dich?«

»Ein wenig schon. Und für dich könnte es auch ein wenig störend sein. Aber es ist eine bewährte Methode, einer Schwangerschaft vorzubeugen.«

Sie starrte auf die Spitzen ihrer hochgeschnürten Stiefel und verzog das Gesicht.

»Stört dich etwas?«

Bernadette druckste herum. »Ich weiß nicht, aber wäre das nicht so, als würde man bei der Liebe Handschuhe tragen?«

Sein Herz machte einen Sprung. »Oh, ich verstehe. Und dieser Gedanke gefällt dir nicht?«

»Mir gefällt es ...« Sie zögerte und vermied es, Eduardo anzusehen. »Mir gefällt es ... dich zu spüren.«

Sein Atem ging schneller. »Mich zu spüren ... in dir?« fragte er leise.

Bernadette sah ihn stumm an. Dann nickte sie. Sekunden später lag sie auf dem Bett, und Eduardo küßte sie heiß und verlangend. Sie spürte seine Hände über ihren Körper gleiten. Sehnsucht flammte in ihr auf, und Bernadette zog ihn zu sich herunter.

Eduardo zögerte. »Warte einen Augenblick.«

Er stand auf und verschloß die Schlafzimmertür. Als er sich Bernadette wieder zuwandte, war er dabei, sein Hemd aufzuknöpfen.

Auf die Ellbogen gestützt lag Bernadette da und sah Eduardo ohne Verlegenheit dabei zu, wie er sich auszog und auch das letzte Kleidungsstück ablegte.

Er kam auf das Bett zu. Bernadette richtete sich auf. Das Herz schlug ihr bis zum Hals, als sie an den Knöpfen und Bändern ihres Kleides zerrte. Dann übernahm Eduardo diese Aufgabe, und Bernadette spürte, wie ihr Atem heftiger und schneller ging.

»Bekommst du genügend Luft? Sollen wir aufhören?«

fragte Eduardo angespannt, als er Bernadette sanft auf das Bett drückte und ihr die langen spitzenbesetzten Unterhosen auszog, die sie trug.

»O nein«, wisperte sie ungeduldig.

Er setzte sich neben sie und genoß den Anblick ihres nackten Körpers. »Öffne dein Haar.«

Sie erfüllte ihm seinen Wunsch und zog hastig die Nadeln aus dem Haarknoten. Offensichtlich wollte Eduardo sein Liebesspiel nicht fortsetzen, ehe sie damit fertig war.

Er breitete ihr langes Haar wie einen Fächer auf dem Kissen aus, es schimmerte seidig. Plötzlich schaute Eduardo auf. Eines der Fenster stand noch offen. Wortlos erhob er sich und ging, es zu schließen.

Als er zu Bernadette zurückkam, war seine Erregung unverkennbar und machtvoll.

»Warum schließt du das Fenster?« fragte sie, als er sich wieder neben sie legte.

»Wir beide sind sehr laut bei der Liebe«, sagte er. »Ich möchte nicht, daß du deine Schreie unterdrückst aus Furcht, jemand könnte es hören. Ich mag es, wenn du stöhnst.«

Begehrend umfaßte sie seine Schultern, als er den Kopf über ihre Brüste neigte. Ihre Brustwarzen richteten sich sofort auf. Eduardo lächelte, als er erst die eine, dann die andere mit dem Mund liebkoste. Er hörte Bernadette leise aufstöhnen.

Seine Hände streichelten und erregten sie, dann ließ er eine Hand zwischen ihre Beine gleiten und drückte sie auseinander. Es war seine Aufforderung, ihm ihre Weiblichkeit darzubieten. Bernadette glaubte zu vergehen, als er mit dem Finger in sie eindrang. Sie preßte sich dagegen und flehte Eduardo an, nicht aufzuhören.

Eduardo hob den Kopf und lächelte Bernadette an, dann neigte er sich über ihren Mund und teilte mit der Zunge ihre Lippen. Warm und weich drang er in die süße Höhle vor, ließ die Zunge vor- und zurückgleiten.

Er nahm sich viel Zeit, unzählige Feuer des Verlangens in Bernadette zu entfachen und diese zu schüren. Immer wieder sah er sie an, küßte sie zärtlich, genoß es, ihr Begehren zu spüren, kostete ihre Hingabe aus.

Bernadettes Sehnsucht nach ihm war so überwältigend stark geworden, daß ihr Tränen in den Augen brannten. Eduardo sah, daß er ihrer beider Lust nicht ausdehnen konnte, wenn er Bernadettes Begierde zuvor nicht ein wenig stillte. Er küßte sie leidenschaftlich, während er sie mit dem Finger stimulierte. Bernadette bewegte sich in dem Rhythmus, den er ihr vorgab. Sie schrie auf, als sie den Höhepunkt erreichte.

»Ist es jetzt besser?« flüsterte er und hob den Kopf, um Bernadette anzusehen.

Sie hielt den Atem. Ihre Frage klang wie ein Schluchzen. »Ist das … alles?«

Er lachte leise und küßte ihre Augenlider. »Wir haben kaum richtig angefangen«, flüsterte er. »Aber du warst viel zu ungeduldig für das, was ich mit dir machen möchte. Berühr mich, Bernadette. Ich möchte, daß dir mein Körper ebensolche Lust bereitet wie deiner mir.« Er führte ihre zögernden Hände und lehrte Bernadette, was sie mit ihnen tun sollte.

Es war wie eine Reise voller Wunder und Entdeckungen. In einer atemraubenden, erregenden Intimität, die alle Hemmungen Bernadettes schwinden ließ, lernten sie einander kennen.

Anders als in ihrer Hochzeitsnacht nahm sich Eduardo dieses Mal alle Zeit der Welt. Immer wieder hielt er inne, um ihren Sinnenrausch abflauen zu lassen und ihn dann erneut anzufachen. Jedesmal, wenn er das tat, steigerte sich Bernadettes Verlangen zu übermächtiger Stärke, bis sie glaubte, diese Lust nicht mehr aushalten zu können.

Der Ansturm ihrer Empfindungen ließ Bernadette hilflos zittern. Sie sehnte sich nach der Erfüllung, die nur Eduardo ihr geben konnte. Sehnsüchtig und voller Hingabe sah sie ihn an, starrte wie gebannt auf seine drängende Männlichkeit, nach der sie sich verzehrte.

Eduardo spürte, daß er gleich seine Beherrschung verlieren würde. Er fühlte die Macht, die ihn mahnte, Bernadette jetzt zu nehmen, wenn er für sie beide Befriedigung erlangen wollte.

Er ließ die Hand unter ihre Schenkel gleiten und zog Bernadette langsam unter sich. Aus dunkel schimmernden, weit geöffneten Augen sah sie ihn an, als er sich über sie stützte und in sie eindrang. Eduardo stöhnte laut auf, als er die Leichtigkeit genoß, mit der Bernadette ihn in sich aufnahm. Ihre Erregung war so groß, daß sie nicht den Bruchteil einer Sekunde gezögert hatte, sich von ihm besitzen zu lassen.

Bernadette schaute nach unten und sah fasziniert zu, wie sich ihre Körper vereinten. Ihre Hände umfaßten Eduardos Arme noch fester, als diese köstliche Sinneslust sie in ihren Bann schlug.

»Es ist wunderschön. So ... ehrfurchtgebietend ... diese Vereinigung von Mann und Frau, dieses langsame Einswerden.«

Eine Woge mitreißender Lust ließ Bernadette zusammenzucken, als Eduardo sich in ihr zu bewegen begann. Ihre Hüften drängten sich ihm entgegen, doch er hielt ihre Oberschenkel fest.

»Nicht«, stieß er hervor. »Es muß langsam sein, *amada*«,

sagte er dann, und setzte den langsamen Rhythmus fort. »Sehr … sehr … langsam.« Er schloß die Augen und zitterte vor Anstrengung, seine Beherrschung zu bewahren. Er biß die Zähne zusammen, als er spürte, wie nahe er dem Höhepunkt war. Ihr Körper war warm und entgegenkommend, und als er fühlte, wie sie sich um ihn zusammenzog, keuchte er auf.

Sie schrie heiser auf, als sie die Kraft seiner Leidenschaft in sich fühlte, die alles übertraf, was bisher geschehen war.

»Fühlst du, wie stark ich bin? fragte er rauh und bewegte sich schneller. »Ich habe … noch nie … solche Nähe gespürt!!«

Sie erbebte, weil das Verlangen plötzlich überwältigend wurde, furchtgebietend in seiner ganzen Wirkung. »Ich habe Angst, Eduardo!«

Er nahm ihre Handgelenke und legte sie über ihren Kopf. Sein Gesicht war dunkel und hart, als er plötzlich in langen drängenden Stößen dem Höhepunkt entgegentrieb.

»Lieber … Gott!« Sie schluchzte, ihr Gesicht verzerrte sich, ihr Körper spannte sich an, als sie eine glühende Hitze spürte, die schwoll und schwoll und schwoll.

»Amada«, rief er. *»Mi vida, mi alma, mi corazón …!«*

Vor Bernadettes Augen verschwamm alles, als die ersten Wellen ihren Körper durchliefen. Sie verebbten und kamen wieder, wieder und wieder und wieder. Sie konnte kaum noch atmen. Sie konnte ihren Herzschlag nicht mehr spüren. Sie überließ sich ganz und gar Eduardo und dem Erleben ihrer Lust, die durch Eduardos Stärke ihre Erfüllung fand. Die Lust war so tief, daß sie unerträglich, fast schmerzvoll zu sein schien.

Sie hörte sich aufschreien, wie aus weiter Ferne klang ihre Stimme an ihr Ohr. Sie flüsterte ihm etwas zu, etwas,

was sie selbst nicht verstand. Sie hörte sich schluchzen, als die Spannung zerriß und sie aus unendlicher Höhe fiel und fiel, auf glühendheißen Boden.

Eduardos heiseres Aufstöhnen hallte in ihren Ohren wider, als sie spürte, wie unkontrollierbare Kontraktionen ihn schüttelten. Es schien nie mehr aufhören zu wollen. Noch immer hielt er sie an den Handgelenken, und sein Griff war so fest, daß er ihr weh tat. Doch es störte sie nicht. Sie fühlte ihn so tief in sich, daß sie glaubte, mit ihm verschmolzen zu sein. Als wären sie von nun an untrennbar. Ihr Herz war so voll von Glück, daß es überströmte. Eduardo konnte nicht wissen, daß sie die heißen, leidenschaftlichen Worte verstanden hatte, die er auf dem Höhepunkt seiner Lust auf Spanisch hervorgestoßen hatte. Jedes Wort hatte sich ihr ins Gedächtnis gebrannt. Er hatte sie sein Leben genannt, seine Seele, sein Herz. Er hatte gesagt, daß sie die Liebe seines Lebens war. Und dieses Wissen überwältigte sie ebenso wie die berauschende Lust, die sie einander gegeben hatten.

Immer noch vereint, hielten sie einander erschöpft umschlungen, ihre Herzen pochten wie verrückt.

Eduardos muskulöser Rücken fühlte sich unter Bernadettes Händen feucht und heiß an. Sie fühlte Eduardo tief in sich, und sie bewegte sich, um das sinnliche Gefühl zu genießen, daß ihr diese Bewegung schuf.

Er stöhnte leise und erwiderte ihren Rhythmus. »Bernadette«, sagte er heiser. Er bewegte sich drängender. »Bernadette, sogar diese Nähe … ist nicht nah genug.«

»Ja, ich weiß.« Sie lächelte und schloß die Arme fest um ihn.

Er rieb sein Gesicht an ihrer Wange. »Weißt du noch, was du zu mir gesagt hast, was du mir auf deinem Höhepunkt ins Ohr geflüstert hast?«

Sie wußte es noch. Sie verbarg das Gesicht an seinem Hals und preßte sich an ihn.

»Du hast gesagt ›mach mir ein Kind‹.« Er seufzte. »Lieber Gott, ich dachte, ich würde sterben, so sehr wollte ich dir noch näher sein! Ich wollte bis in deine tiefste Seele eindringen!«

»Bist du das denn nicht?« flüsterte sie leidenschaftlich. »Es fühlte sich an, als hättest du es getan.« Ihre Arme umschlangen ihn fester, sie zitterte. »Ich wünsche mir so sehr ein Baby«, sagte sie leise. »Ich habe keine Angst davor, Eduardo. Der Arzt in New York hat gesagt, ich hätte sehr ... weibliche Hüften, und eine Schwangerschaft dürfte mir keine Probleme bereiten.« Als er überrascht schwieg, küßte sie seinen Hals.

»Du willst wirklich ein Kind? Mit mir?«

»O ja!«

Er drehte sich langsam auf die Seite, ohne sich aus ihr zurückziehen, und sah ihr in die Augen. Sein schwarzes Haar war feucht und zersaust und fiel ungebärdig in seine hohe Stirn. Zärtlich berührte Eduardo ihren geschwollenen Mund. »Das Asthma ... würde dir das nicht alles schwerer machen?«

Bernadette fuhr mit dem Finger über seine Augenbraue, dann legte sie die Hand um sein Gesicht. »Willst du keinen Sohn mit mir haben?«

Er schloß die Augen. »Doch«, sagte er angespannt. »Mehr als alles andere auf der Welt!«

Sie lächelte glücklich und streckte sich, um seinen Mund zu küssen. Diese kleine Bewegung hatte gereicht, ihre Lust zu wecken, und Bernadette lachte, als Eduardo sie fragend ansah. »Noch einmal«, flüsterte sie. »Bitte.«

Seine Hände glitten unter ihre Hüften und hielten sie eng gegen sich gepreßt. Seine Stöße waren leicht und spielerisch. Er hielt den Atem an, als er fühlte, wie er anschwoll.

»Oh ... ja«, keuchte sie. »Ja!«

Eduardo hatte Bernadette noch etwas sagen wollen, aber das Feuer, das durch seine Lenden flammte, ließ ihn alles vergessen. Hart und fordernd begann er das Liebesspiel.

Es war heiß und wild. Die Zärtlichkeit wurde von ungestümer Leidenschaft verdrängt. Bernadette liebte so hemmungslos und wild wie Eduardo, sie biß und kratzte ihn und wand sich lustvoll unter seinem machtvollen Drängen. Viel zu schnell erreichten sie den Höhepunkt, der sie wie eine reißende Flutwelle mit sich riß und sie ermattet und außer Atem zurückließ.

Eng umschlungen lagen sie auf dem Bett und schliefen. Als sie aufwachten, war es dunkel im Zimmer.

Eduardo setzte sich auf und gähnte ausgiebig, während er seine schmerzenden Muskeln reckte. »Señora Ramirez«, murmelte er träge, »ich glaube, du hast mir den Rücken zerkratzt.«

»Beklagst du dich etwa?« murmelte sie. Mit dem Fuß fuhr sie über sein Bein, aufreizend ließ sie ihn über seinen Oberschenkel gleiten.

Eduardo hielt ihren Fuß fest und streichelte ihn. Dann beugte er sich über Bernadette und küßte sie mit träger Leidenschaft. »Niemals«, flüsterte er. »Ich liebe es, wie du im Bett bist, Bernadette. Ich liebe es, wie es sich anfühlt, wenn wir eins werden.«

»Ich liebe es auch.« Sie schmiegte das Gesicht an seinen Hals. »Ich habe schrecklichen Hunger«, sagte sie wie ein kleines Kind.

Er lachte. »Ich bin auch hungrig. Haben wir heute überhaupt schon etwas gegessen?«

»Zum Frühstück konnte ich nichts essen, weil ich so krank war«, sagte sie müde. »Aber jetzt könnte ich vor Hunger sterben.«

»Wollen wir uns anziehen und uns etwas zu essen besorgen?«

»Ja, liebend gern.«

Er zündete die Lampe an und beobachtete hingerissen, wie Bernadette aus dem Bett stieg und sich anzukleiden begann. »Was für einen wunderschönen Körper du hast«, murmelte er. Dann bückte er sich und hob seine Kleider auf, die wirr durcheinander um das Bett herum auf dem Boden lagen. »Ich habe nicht gewußt, daß die Liebe so sinnlich und erregend sein kann.«

»Ich auch nicht«, vertraute Bernadette ihm an. Sie knöpfte ihre Bluse zu, abrupt hielt sie inne. »Eduardo«, fragte sie ernst, »bin ich ganz normal?«

Er schloß seine Hose, ehe er Bernadette an den Armen faßte und auf sie heruntersah. »Warum fragst du? Weil du dich so bedingungslos hingibst?«

»Deswegen und wegen der Dinge, die ich zu dir gesagt habe.«

Er lächelte, dann beugte er sich zu ihr herunter und küßte sie zärtlich. »Bernadette, du bist ein Traum. Du hast alle meine Träume wahrgemacht. Nichts, gar nichts würde ich anders haben wollen, wenn du mit mir zusammen bist.« Liebevoll fuhr er mit dem Finger über ihre kußwunden Lippen. »Das einzige, was ich bedaure ist, daß ich dich nicht noch viel öfter habe lieben können. Meine Kräfte haben mich dann leider im Stich gelassen.«

»Aber es schien niemals aufzuhören«, murmelte sie.

»Ich meine, für dich ist es nur zweimal geschehen, aber ich hatte es wieder und wieder und wieder.«

»Frauen können das nun mal«, flüsterte er. »Und ich liebe es, wenn du wieder und wieder zum Höhepunkt kommst. Es erregt mich sehr.«

»Wirklich?«

Er lachte und umarmte sie heftig. »Ja, wirklich.« Er seufzte. »Die erste kluge Sache, die ich in meinem Leben getan habe, war, dich zu heiraten.«

Ihr Herz machte einen Sprung. »Es tut dir wirklich nicht leid?«

»Nein.«

»Mir auch nicht.«

Er schwieg einen Moment. Dann sah er Bernadette fragend an. »Hast du es ernst gemeint ... daß du ein Kind möchtest?«

»Ja, jedes Wort.«

»Dann wollen wir abwarten, was geschieht.«

Sie lächelte ihn an. »Ja, das wollen wir.«

Sie gingen gemeinsam die Treppe hinunter. Der Innenhof war leer. »Großmutter und Lupe sind wahrscheinlich auf ihre Zimmer gegangen«, sagte Eduardo mit einem kleinen Lächeln. »Wahrscheinlich haben sie gemerkt, daß dir mehr nach Schlafen als nach Konversation zumute war.«

Besorgt sah sie ihn an. »Meinst du, sie haben uns gehört?«

Er grinste. »Unser Zimmer liegt auf der anderen Seite des Hauses. Niemand hat uns gehört.«

Einen Moment lang fragte Bernadette sich, ob sie Eduardo eingestehen sollte, daß sie seine in Spanisch geflüsterten Liebesworte verstanden hatte. Sie beschloß, noch zu warten, nur noch ein wenig länger. Sie liebte Eduardo von ganzem Herzen. Allein schon das Wissen, daß er diese Gefühle erwiderte, war ihr wie das Paradies auf Erden. Zumindest *glaubte* sie, daß er es tat. Sie erinnerte sich dunkel an ein altes Sprichwort, daß ein Mann einer Frau solche Dinge nur sagte, um ihre Gunst zu gewinnen. Wenn sie noch ein bißchen Geduld hatte, vielleicht würde sie dann eine Antwort auf die Frage bekommen können, die sie am meisten quälte: was Eduardo *wirklich* für sie empfand.

Sie erlebten eine für beide neue und erfüllende Gemeinsamkeit, die durch Lupes Ankündigung, sie werde spätestens Ende dieser Woche nach Granada zurückkehren, noch vollkommener wurde. Die Condessa würde noch für einige Wochen bleiben.

Zunächst behagte Bernadette dieses Arrangement gar nicht. Doch dann, nachdem Lupe abgereist war, spürte die alte Dame ihre neue »Enkeltochter« eines Tages im Innenhof auf.

Die Condessa, die sich schwer auf ihren Gehstock mit dem Silbergriff stützte, setzte sich in den zierlichen Ohrensessel, der gegenüber von Bernadette stand. Sie richtete ihre Aufmerksamkeit zunächst auf die feinen Stiche, mit denen Bernadette an einem neuen Kleid nähte.

»Du bist sehr geschickt in diesen Dingen«, bemerkte die Condessa ein wenig steif.

Bernadette schaute sie an. »Meine Großmutter hat uns hin und wieder besucht und mir bei diesen Gelegenheiten das Nähen beigebracht – und auch das Häkeln.«

»Ich habe auch viel Freude an diesen Beschäftigungen«, meinte die Condessa. Sie richtete sich im Sessel auf, wobei der Rock ihres schwarzen, bis zum Hals geschlossenen Taftkleides leise raschelte. »Hat deine Mutter auch Handarbeiten angefertigt?«

»Meine Mutter starb bei meiner Geburt«, sagte Bernadette. »Ich habe sie nie gekannt.«

Die alte Dame runzelte die Stirn. »Du warst das einzige Kind?«

Bernadette schüttelte den Kopf. »Ich hatte eine ältere Schwester. Sie starb im Kindbett. Und ich habe einen Bruder, Albert. Er und seine Familie leben in Maine.«

Die Condessa starrte auf ihre Schuhspitzen, die unter ihrem langen Kleid hervorlugten. Sie schien in Gedanken versunken. »Daran zu denken, ein Kind zu bekommen, muß für dich dann ... sehr erschreckend sein.«

»Ein wenig schon«, gestand Bernadette. Sie sah von ihrer Näharbeit auf. »Aber mein Arzt in New York hat mir versichert, daß eine Schwangerschaft für mich mit keinerlei Risiko verbunden sei. Er sagte, ich hätte ein breites Becken und eine gute Konstitution. Nun, bis auf mein Asthma, heißt das«, fügte sie mit einem bedauernden Lächeln hinzu.

Die Condessa räusperte sich und tupfte sich die Lippen mit einem spitzenumsäumten Seidentüchlein ab, das sie in der Hand zusammendrückte. »Mein Enkel scheint recht gut damit umgehen zu können, wenn dein Asthma dir Probleme bereitet.«

»Er hat Maria, unsere Haushälterin, gefragt, was in einem solchen Fall zu tun ist«, erklärte sie. »Eduardo war sehr betroffen, daß mein Vater meinen gesundheitlichen Problemen recht gleichgültig gegenüber war.« Sie seufzte. »Seit meiner Heirat hat sich mein Vater sehr verändert. Er hat mich lange Zeit für den Tod meiner Mutter verantwortlich gemacht. Aber jetzt scheint sich das geändert zu haben. Ich glaube, mein Wohlergehen liegt ihm jetzt am Herzen.«

Die Condessa wirkte verstimmt. »Ein Kind ist nicht dafür verantwortlich, daß es geboren wird«, erklärte sie. Sie hielt den Blick unverwandt auf Bernadette gerichtet, es schien fast, als sähe die Condessa das einsame, verunsicherte Kind vor sich, das Bernadette einmal gewesen war. Die harten Gesichtszüge wurden ein wenig weicher. »Mein Sohn war mein ein und alles. Ich habe ihn großgezogen, und ich habe ihm erlaubt, hierher zu kommen, um dieses Haus zu führen, das mein Schwiegervater gebaut hat.« Ihr Gesicht verhärtete sich erneut. »Er hat diese Frau in San Antonio kennengelernt, auf einer Fiesta, und er hat sie geblendet mit seinem Geld und mit seinem Erbe. Sie haben gegen meinen Willen geheiratet, und viele Jahre lang haben wir nicht einmal mehr miteinander gesprochen.« Sie holte tief Luft, und der Schmerz der Erinnerung spiegelte sich in ihrem faltigen Gesicht wider. In diesem Augenblick erschien sie plötzlich sehr alt und sehr zerbrechlich. »Als die Nachricht von seinem Tod kam, dachte ich, daß auch ich sterben würde.« Die Unterlippe der alten Dame zitterte, große heiße Tränen liefen ihr über die Wangen.

Bernadette legte ihre Näharbeit beiseite, kniete sich neben die weinende Condessa und nahm ihre Hand.

»Es war sehr ... schmerzvoll für mich«, sagte sie unter Tränen. »Ich habe meinen Sohn so sehr geliebt!«

»Natürlich haben Sie das.»

Die Condessa trocknete sich die Augen mit dem Taschentuch. »Du kannst nicht wissen, welchen Schmerz sein Tod mir gebracht hat.«

»Ich denke, ich kann es mir vorstellen.« Bernadette lächelte. »Sie sollten öfters zu Gott sprechen«, sagte sie. »Er wird Ihnen zuhören. Ich habe all die Jahre mit ihm gesprochen. Auch wenn ich fürchte, daß er meiner endlosen Monologe allmählich müde ist.«

Die Condessa lächelte jetzt tatsächlich. Sie streckte die Hand aus und berührte leicht Bernadettes Wange. »Mein Kind, ich habe nie gedacht, daß du mich einmal so trösten würdest. Ich bin sehr unfreundlich zu dir gewesen.« Sie verzog das Gesicht. »Als man Eduardo zu mir schickte, war er noch ein Kind. Er wurde mein ganzer Lebensinhalt. Ich habe ihn mit all meiner Liebe aufgezogen. Als wir hörten, daß er eine reiche amerikanische Frau heiraten wollte, packte mich die Eifersucht. Und ich bekam Angst um ihn. Ich glaubte, das, was sein Vater durchmachen mußte, würde sich nun bei ihm wiederholen. Und das hätte ich nicht noch einmal ertragen können.«

»Ich bin nicht reich«, sagte Bernadette. »Mein Vater ist es.«

»Ich glaube, du verstehst meine Befürchtungen.«

»Ja, das tue ich«, erwiderte sie. »Aber ich könnte Eduardo niemals weh tun. Ich liebe ihn zu sehr.«

»Das habe ich gesehen«, sagte die Condessa langsam. »Leider erst so spät. Kannst du mir verzeihen, daß ich dir so viele Hindernisse in den Weg gelegt habe?«

»Wenn Sie mir vergeben können, daß ich Ihnen die Sahne über den Kopf gegossen habe«, erwiderte Bernadette reumütig.

Das alte Gesicht der Condessa leuchtete auf und ließ die Jahre von ihr abfallen. »Das war eine Erfahrung, die ich nie wieder vergessen werde. Und ich muß sagen, ich hatte es mehr als verdient. Ich bin froh, daß ich Eduardo nicht um die einzige leuchtende Blume in seinem Leben gebracht habe.« Sie schüttelte den Kopf. »Er hat mir endlich von Consuela erzählt.« Sie zog die Augenbrauen hoch. »Du weißt darüber Bescheid?«

Bernadette nickte.

»Ich hatte keine Ahnung. Wir wußten, daß ihre Mutter ein wenig absonderlich war, aber keiner von uns hat vermutet, daß sie verrückt sein könnte, absolut verrückt. Eduardo hat Consuela dann mit nach Texas genommen. Die beiden waren weit weg, und so haben wir natürlich von seinen Problemen mit ihr nichts erfahren.« Traurig schüttelte sie den Kopf. »Es tut mir so unendlich leid. Man sollte sich nie in das Leben anderer einmischen.«

»Ja, aber manchmal fällt es sehr schwer, das nicht zu tun. Besonders, wenn man denjenigen liebhat.«

Die Condessa lächelte. »Ja, das ist wahr.« Das Lächeln wurde noch breiter, als sie hinzufügte: *»Porqué no dices a mi nieto que puedas hablar español?«*

»Porque ahora no es el tiempo para eso.«

Die Condessa lachte. »Und warum ist das nicht die richtige Zeit, um ihm zu sagen, daß du seine Sprache ausgezeichnet beherrschst?«

»Weil ich auf diese Weise vieles erfahre, von dem er nicht möchte, daß ich es weiß«, sagte Bernadette einfach. »Aber ich werde es ihm sagen. Bald.«

Die Condessa sah in Bernadettes vor Glück strahlende grüne Augen und dachte, wie wundervoll es wäre, einen Urenkel mit so schönen Augen zu haben.

Eduardo bemerkte, daß die beiden Frauen, die in seinem Leben so wichtig waren, sich immer besser verstanden. Er freute sich aus ganzem Herzen darüber. Die Beziehung zwischen den beiden war recht schnell enger geworden, denn sie saßen Abend für Abend zusammen und beschäftigten sich mit ihren verschiedenen Näh- und Handarbeiten. Dabei schienen ihnen die Gesprächsthemen niemals auszugehen. Und manches Mal, wenn er dasaß und den Frauen bei ihrer Unterhaltung zuhörte, hatte er das Gefühl, daß die beiden eine Art Geheimnis miteinander verband. Denn sie kamen ihm vor wie zwei Verschwörerinnen.

Eines Morgens lud Eduardo Bernadette ein, ihn auf einen Ausritt zu begleiten. Es war noch sehr früh, und im Gras schimmerten noch die Tauperlen.

Es machte Bernadette Spaß, alte Jeans zu tragen, wenn sie mit Eduardo ausritt. Er hatte gedacht, seine so sehr auf Schicklichkeit bedachte Großmutter würde darüber schockiert sein. Um so überraschter war er, als die Condessa nur darüber lachte und meinte, daß ihre neue Enkeltochter ein kluges Mädchen sei, denn schwere lange Röcke seien beim Reiten sehr hinderlich.

»Du hast sie verändert«, bemerkte Eduardo, als sie ein Stück weit vom Haus entfernt waren.

»Vielleicht hat auch sie *mich* ein wenig verändert. Ich mag sie«, fügte Bernadette hinzu. »Natürlich widerspricht sie ständig, und sie ist schrecklich eigensinnig, aber man weiß immer ganz genau, woran man bei ihr ist. Ich werde sie sehr vermissen, wenn sie abreist.«

»Mir geht es genauso.« Eduardo sah sie amüsiert an. »Ich stelle fest, daß deine Klagen Lupe nicht miteinschließen.«

Ihre Augen blitzten ihn an. »Ich vermisse Lupe nicht«, erklärte sie knapp. »Dieses flirtende, in Parfümwolken wandelnde, sich ständig einmischende Frauenzimmer!«

Er warf den Kopf in den Nacken und lachte lauthals. »Ich bin mir ziemlich sicher, daß sie dasselbe über dich denkt.«

»Aber sie ist nicht mit dir verheiratet. Ich bin es!«

Er schaute sie an mit unverhüllter Zuneigung. »Das bist du, Señora Ramirez. Sehr verheiratet sogar!«

Bernadette wußte, daß er auf ihre gemeinsamen wundervollen Nächte anspielte, und sie errötete gegen ihren Willen.

»Ay, que placer me das! No podia vivir sin ti.« Welche Lust schenkst du mir. Ich kann ohne dich nicht leben.

»Und ich kann ohne dich nicht leben«, erwiderte sie, ohne nachzudenken. »Oh, sieh doch, Eduardo!«

Ihre Erwiderung auf eine Bemerkung, die er auf Spanisch gemacht hatte, einer Sprache, von der er annahm, daß Bernadette sie nicht verstand, überraschte Eduardo so sehr, daß er zunächst gar nichts begriff und sich von ihrem Ausruf ablenken ließ. Sein Blick folgte ihrem ausgestreckten Zeigefinger bis zu einer kleinen Herde von weißschwänzigen Hirschen und Rehwild, die ihren Weg kreuzte.

»Sie sind wunderschön, nicht wahr«, sagte er, aber der Kopf schwirrte ihm. Verstand Bernadette Spanisch? Und wenn ja, wieviel von seinen geheimsten Gedanken hatte er ihr dann unbeabsichtigt preisgegeben?

»Ich liebe dieses Land«, murmelte sie. »Und falls es dir aufgefallen ist: mein Asthma macht mir weniger Probleme als jemals zuvor.«

»Das ist mir aufgefallen.« Er zog die Augen zusammen, als er sie ansah. *»¿Bernadette, es posible que tu me entiendes cuando hablo en español?«* Ist es möglich, daß du mich verstehst, wenn ich spanisch spreche?

Bernadette setzte ihre, wie sie hoffte, ausdrucksloseste Miene auf, und sah ihren Mann an. »Entschuldigung. Was hast du gesagt?« fragte sie.

Er wiederholte es, diesmal langsamer.

Sie runzelte die Stirn. »Ach du liebe Güte, du wirst es

auf Englisch sagen müssen. Es tut mir leid«, sagte sie mit scheinbar aufrichtigem Bedauern. »Was hast du gesagt?«

»Nichts«, erwiderte Eduardo und schien sich zu entspannen. »Nichts Wichtiges. Wollen wir weiterreiten?«

Bernadette trieb ihre Stute an, um mit ihm Schritt zu halten, und stieß einen erleichterten Seufzer aus. Das war gerade noch einmal gutgegangen!

13

Claudia, die in der Küche der Rancho Escondido arbeitete, kam an diesem Morgen später, um das Frühstück zu richten. Sie hatte ihre beiden Kinder mitgebracht und entschuldigte sich wortreich bei Bernadette dafür.

In rasend schnell gesprochenem Spanisch erzählte sie, daß ihre Schwester krank geworden war und deshalb nicht auf den Jungen und das Mädchen, drei und vier Jahre alt, aufpassen könne.

Bernadette beruhigte Claudia und sagte ihr, sie könne unbesorgt ihrer Arbeit nachgehen, sie würde den Kindern währenddessen eine Geschichte vorlesen.

Und das tat Bernadette dann auch. In perfektem Spanisch. Und sie war so vertieft in das Vorlesen, daß sie nicht merkte, daß Eduardo und die Condessa durch den Bogengang gekommen waren, der die Küche vom Eßzimmer trennte.

Eduardo hörte zu, wie Bernadette vorlas und sich einige Male unterbrach, um den beiden kleinen Kindern, die auf ihrem Schoß saßen, einige der schwierigeren Wörter zu erklären. Auch das tat sie in fließendem Spanisch.

Eduardo stockte der Atem. Er hätte sich niemals träumen lassen, daß sie … und ihm fielen die Dinge ein, die er zu ihr gesagt hatte. Die leichte Verlegenheit, die ihn dabei beschlich, nahm aber geradezu mammuthafte Ausmaße an, als Eduardo an all die schamlosen Liebesworte dachte, die er Bernadette im Bett zugeflüstert hatte. Und sie hatte so getan, als verstünde sie kein Wort!

Laut hörbar holte er tief Luft. Bernadettes Kopf fuhr herum, und an Eduardos Gesichtsausdruck erkannte sie, daß ihr Geheimnis nun keines mehr war.

Sie lächelte verlegen. »Guten Morgen.«

»Guten Morgen.«

Die Condessa amüsierte sich königlich. »Na also, jetzt mußt du ihm doch gestatten, das Geheimnis zu teilen«, sagte sie mit einem Lachen in den Augen. »Das wurde aber auch Zeit! Ich werde die Kinder mit in den Innenhof nehmen und ihnen die Geschichte zu Ende vorlesen. Ich glaube, ihr zwei habt etwas zu besprechen!«

»Etwas zu besprechen, das kann man wohl sagen!« knurrte Eduardo, nachdem er die Schlafzimmertür hinter ihnen geschlossen hatte. Er verschränkte die Arme vor der Brust und starrte Bernadette ungeduldig an.

Sie ging zu ihm und lächelte ihn einschmeichelnd an, während sie ihm die Arme um den Hals legte. »Eine Frau muß die Möglichkeit haben herauszufinden, was ihr Mann wirklich von ihr denkt«, sagte sie. »Du hättest es mir nie gesagt.«

»Glaubst du das wirklich?« Eduardo seufzte schwer und sah seiner Frau in die mutwillig blitzenden Augen. »Ich habe dich vom ersten Augenblick an begehrt. Das mußt du gewußt haben.«

»Ich wußte, daß du mich wolltest«, räumte sie ein. »Du wolltest mich, aber du hast mich nicht geliebt.« Sie zögerte. »Ich habe alles mitangehört, was du zu Lupe und deiner Großmutter über mich gesagt hast, Eduardo, damals ... in dem Hotel ... nach der Trauung ...«

»*Querida.*« Er stöhnte und nahm sie fest in die Arme. »Ich würde mir den Arm abhacken, könnte ich das ungeschehen machen. Ich habe dich bis zum Wahnsinn begehrt, und dann sagt man mir, daß du dieses schändliche Gerede über uns selbst in die Welt gesetzt hast ...« Er hob den Kopf, und seine schwarzen Augen baten Bernadette um Verzeihung. »Bernadette, meine Gefühle waren ein einziges Chaos, und ich hatte das Gefühl, im Auge eines Sturmes zu stehen, von dem ich glaubte, ich würde ihn nicht überstehen.« Eduardo legte die Hände um ihr Gesicht und sah Bernadette zärtlich an. »Ich glaube, ich habe mich schon vor Jahren in dich verliebt, aber ich hatte Angst vor einer Ehe. Ich habe mit Consuela so viel durchmachen müssen, und dann die schlechten Erinnerungen an die Ehe meines Vaters ...« Er neigte sich zu ihr und küßte sie innig. »Kannst du mir vergeben?«

»Ja«, sagte Bernadette. »Ich kann dir vergeben.«

»Von diesem Augenblick an werde ich auf niemanden mehr hören, außer auf dich und ... auf mein Herz.«

Bernadette genoß diesen kostbaren Moment und lächelte. »Gut«, sagte sie dann, »und sehr vernünftig. Weil ich eine Reihe von Ratschlägen für dich habe, was die Verwaltung der Ranch angeht!«

Eduardo grinste. »Also schön. Ich verspreche dir, zuzuhören.« Dann wurde er wieder ernst. »Ich liebe dich, Bernadette. Ich weiß nicht genau, wann es angefangen hat, aber ich kann mir mein Leben ohne dich nicht mehr vorstellen.«

»Und für mich gibt es kein Leben ohne dich.« Sie wandte den Kopf und küßte seine Halsbeuge.

»Meine Großmutter hat gewußt, daß du spanisch sprichst.«

Sie lachte. »Ja, sie wußte davon, dieser durchtriebene, liebe Schatz, und sie hat es dir mit keiner Silbe verraten.«

»Wahrscheinlich hat sie die Situation genossen. Sie bewundert dich. So wie ich.«

»Und ich bewundere sie. Sie hatte nur Angst, daß du genauso verletzt werden könntest wie dein Vater. Weil sie mich nicht kannte, dachte sie, ich müßte wie deine Mutter sein.«

»Du könntest nie wie sie sein«, murmelte er. Er zog sie enger an sich. »Bernadette, wenn die finanziellen Dinge hier besser stehen, würdest du dann gern nach Maine fahren und deinen Bruder besuchen?«

»Oh, das würde ich sehr gern!«

Er hob den Kopf und lächelte auf sie herunter. »Dann ist das abgemacht.« Seine Augen wurden schmal. »Unser Leben wird für eine ganze Zeit nicht gerade leicht sein. Ich habe alles getan, was ich konnte, um uns vor dem drohenden Bankrott zu bewahren, auch mit dem Geld, das dein Vater mir geliehen hat. Trotzdem wird es sehr schwer werden, die Ranch wieder ertragreich zu machen.«

Sie hob die Hand und berührte seine Lippen. »Das macht mir nichts aus«, sagte sie. »Gemeinsam werden wir es schaffen!«

Er nickte. »Ja, gemeinsam.«

Es war ein langer und schwerer Weg, den sie gemeinsam gingen, um die Rancho Escondido wieder zum Blühen zu bringen. Bernadette stellte einmal mehr ihr erstaunliches Geschick im Umgang mit Zahlen und Kalkulationen unter Beweis. Sie übernahm die Haushaltsführung und die Buchhaltung und brachte das Hauptbuch in Ordnung, das nicht mehr geführt worden war, seit der letzte Vormann vor Wochen gekündigt hatte, um an die Ostküste zurückzugehen. Erst jetzt begann Eduardo zu erkennen, daß die Verluste der letzten Zeit eine Folge des fehlenden Sachverstandes seines Verwalters gewesen waren.

»Davon hatte ich keine Ahnung!« explodierte er, nachdem Bernadette ihn gebeten hatte, mit ihr zusammen das Hauptbuch und die Geschäftsunterlagen durchzusehen. Als erstes wies sie ihn darauf hin, welchen enormen Umfang die Ausgaben für Geräte und Ersatzteile angenommen hatten, die man nur als reinen Luxus bezeichnen konnte. »Ich war der Meinung, der Mann wüßte, was er hier tut.« Eduardo schlug sich mit der Hand an die Stirn und gab eine Kette spanischer Flüche zum besten.

»Ist gut, ist gut«, beruhigte Bernadette ihn. »Ganz so schlimm ist es ja nicht. Wenigstens hat er dich nicht bestohlen, und einige von diesen Dingen sind bestimmt noch in einem so guten Zustand, daß wir sie zurückgeben können – und das Geld dafür wiederbekommen.« Sie beugte sich über die Papiere, und las laut und rasch die verzeichneten Einträge vor – Sättel, doppelte Ersatzteile für den neuen Motorpflug und andere Dinge, die sie nicht brauchten. »Mr. Jakes von der Eisenwarenhandlung wird die Sachen wahrscheinlich zurücknehmen – und das sogar mit Kußhand. Der alte Harrod hat sich gerade auch einen Motorpflug zugelegt.« Sie grinste Eduardo an. »Mr. Jakes wird überglücklich sein, wieder Ersatzteile auf Lager zu haben.«

Eduardo schüttelte den Kopf, als er über Bernadettes Schulter auf die Geschäftsbücher sah. »Es ist wirklich erstaunlich!« stellte er voller Bewunderung fest, »aber du hast eine Begabung für diese Dinge!«

»Und du hast gedacht, ich wäre nur erstaunlich gut im Bett«, neckte sie ihn mit einem mutwilligen Lächeln.

Er küßte sie auf das Haar. »Du überraschst mich immer wieder aufs neue. Wie bin ich jemals ohne dich zurechtgekommen?«

»Ich habe keine Ahnung.«

Eduardo wurde wieder sachlich, als er die mit Bleistift geschriebenen Zahlenkolonnen betrachtete, die Bernadette im Hauptbuch aufgelistet hatte. »Wir müssen einen Weg finden, um uns Rücklagen zu verschaffen, damit so ein Desaster nicht noch einmal passiert.« Er schüttelte den Kopf. »Ich könnte mich ohrfeigen, daß ich diesem Mann so blind vertraut habe. Ich dachte, er wüßte mit der Buchhaltung Bescheid, schließlich hat er die Ranch ja auch vorher schon verwaltet.«

»Mach dir deswegen keine Vorwürfe. Den meisten Leuten, die mit den Details des täglichen Ranchbetriebes nicht vertraut sind, wäre es ähnlich ergangen.« Sie schaute zu ihm auf. »Ein Vormann beschäftigt sich vorrangig nur mit einer Sache, dem Viehbestand. Ich habe zu Hause für meinen Vater immer die Bestellungen für die Ranch gemacht, daher weiß ich so genau darüber Bescheid.« Sie lächelte. »Mein Vater kann kaum lesen und schreiben«, gestand sie. »Er will nicht, daß die Leute davon erfahren, er ist sehr empfindlich. Aber daß er es nicht kann, hat ihm das Leben in mancherlei Hinsicht sehr schwer gemacht. Soweit ich weiß, war meine Mutter, was die Verwaltung des Geldes anging, der geschicktere Teil der beiden. In den ersten Ehejahren hat sie ihm geholfen, sich seinen Wohlstand zu erarbeiten und zu mehren.«

Eduardo umarmte sie. »Ich sehe, daß mein Glück gesichert ist, wenn die Tochter dieser Frau auf mich und meine Ranch aufpaßt!«

Sie lachte fröhlich. »Das zu behaupten, ist noch etwas zu früh. Aber wir sollten es gleich anpacken. Es spricht nichts dagegen, daß wir sofort damit anfangen, unsere Ausgaben zu reduzieren. Und wir müssen uns überlegen, wie wir mit dem Vieh Gewinne machen können statt der bisherigen Verluste.«

Von diesem Tag an verließ sich Eduardo voll und ganz auf Bernadettes geradezu unheimlichen Instinkt, was geschäftliche und finanzielle Transaktionen anging. Ihr Vater mußte natürlich jetzt ohne diesen auskommen, aber Bernadette besorgte ihm einen fähigen Ersatz, einen ehemaligen Bankangestellten, der das richtige Händchen für Geldgeschäfte hatte.

Inzwischen besprach Eduardo nicht nur seine Zukunftspläne mit Bernadette, auch an seinen Träumen ließ er sie teilhaben. Und wenn es an der Zeit war, Vieh zu kaufen oder zu verkaufen, sorgte er dafür, daß Bernadette ihn zu den Treffen mit anderen Viehzüchtern begleitete. Zuerst waren die Rancher überrascht, als Eduardo darauf bestand, seine Frau bei den Verhandlungen dabei zu haben. Sie waren nicht an Frauen gewöhnt, die den Anstieg und den Fall von Viehpreisen auf dem Markt beurteilen konnten, oder die eine Ahnung hatten, welche Faktoren beim Abschluß eines erfolgreichen Geschäftes eine wichtige Rolle spielten. Doch Bernadette machte Eindruck auf sie, denn stets war sie über die aktuellen Viehpreise informiert und stellte in vielen Gesprächen ihren Sachverstand unter Beweis. Sie gab den Rat, bestimmte Viehbestände abzugeben und statt dessen Tiere anderer Züchtungen zu kaufen, und sie erläuterte ihre Ratschläge. Anfangs hörten die Rancher nur mit halbem Ohr zu. Sie waren der Meinung, daß Eduardo nicht ganz bei Verstand war, eine Frau solche Entscheidungen treffen zu lassen.

Doch als er dann den doppelten Preis wie sie für einen ausgesonderten Viehbestand bekam und zu einem Spottpreis neues Vieh dazukaufte, begannen die Rancher doch zuzuhören. Danach geschah es des öfteren, daß sich auf Viehauktionen eine Schar von Ranchern um Bernadette scharte, wenn sie Eduardo eine bestimmte Vorgehensweise oder Entscheidung empfahl.

Eduardo fand es amüsant, welches Gewicht Bernadettes Rat inzwischen bei den Ranchern hatte. »Die meisten von ihnen haben eine Frau, die den ganzen Tag zu Hause herumsitzt und näht und stickt und über nichts anderes als Mode reden will«, meinte er dazu. »Sie sind unsicher, wie sie mit einer Frau umgehen sollen, die etwas von Viehpreisen versteht.«

»Es macht mir Spaß.«

»Das ist offensichtlich«, erwiderte er ernst. »Ist dir klar, daß wir unsere Investition in die Santa Gertrudis-Kühe, die wir von der King Ranch gekauft haben, bereits verdoppelt haben? Das ist eine wirklich widerstandsfähige Rasse. Wegen ihrer Abstammung von alten Viehrassen, wie die Indianer sie gezüchtet haben, halten sie extreme Hitze und Kälte gleichermaßen gut aus, und sie haben den typischen Körperbau ihrer Hereford-Ahnen.«

»Mir gefällt ihr schönes rotes Fell«, warf Bernadette ein.

Er schnitt ihr eine Grimasse. »Und mir gefallen die Preise, die sie auf der Auktion bringen«, erwiderte er. »Sie legen sehr zufriedenstellend an Gewicht zu, und das trotz der kargen Vegetation, die das Land bietet. Wir müssen deshalb kaum mit teurem Getreide zufüttern.« Er seufzte. »Bernadette, zum ersten Mal habe ich die unerschütterliche Zuversicht, daß wir es schaffen werden.«

»Diese Zuversicht habe ich auch«, erwiderte sie. »Und mein Vater scheint unseren Optimismus zu teilen. Er ist froh, daß er dir den Kredit gegeben hat. Aber wenn du mich fragst, dann freut er sich noch weitaus mehr darüber, dich zum Schwiegersohn zu haben. Er hält große Stücke auf dich.«

»Und ich auf ihn«, sagte Eduardo. »Er mag rauhe Ecken und Kanten haben, aber er ist trotz alledem ein Gentleman.«

Sie schloß die Finger um die Hand, die neben ihrer auf dem Hauptbuch lag. »Uns geht es gut«, sagte sie. »Aber ich vermisse deine Großmutter.«

Er küßte sie auf die Wange. »Das tue ich auch. Sie ist nur widerstrebend nach Hause gefahren, aber es gibt dort geschäftliche Dinge zu regeln, die ihre Anwesenheit erfordern.«

»Sie hat gesagt, sie würde zurückkommen, wenn die erste Taufe ansteht«, sagte Bernadette und sprach damit unabsichtlich ein Thema an, das während ihrer jetzt vier Monate alten Ehe meistens tabu zwischen ihnen gewesen war. Trotz ihrer Angst vor der Entbindung war Bernadette enttäuscht und traurig darüber, daß sie noch immer nicht schwanger war. Sie fragte sich, ob sie vielleicht unfruchtbar war. Sie wußte, daß die Ursache nicht bei Eduardo liegen konnte, denn er und Consuela hatten einen Sohn gezeugt. Sie fühlte sich in gewisser Weise wie eine Versagerin. Ihr fiel auf, daß Eduardo nie über ihre Situation sprach oder die Tatsache erwähnte, daß sich in den vier Monaten ihrer Ehe die Hoffnung auf ein Kind nicht erfüllt hatte.

Eduardo schwieg eine ganze Weile. Geistesabwesend strich er Bernadette über das Haar, das sie zu einer weichen Innenrolle hochgesteckt trug. »Eines Tages ...«, entgegnete er dann leise, »eines Tages wird es vielleicht geschehen ...«

Sie schaute auf und sah ihn traurig an. »Es tut mir leid«, flüsterte sie. »Ich weiß, wie sehr du dir einen Sohn wünschst.«

Er zuckte die Schultern und zwang sich zu einem Lächeln. »Ich liebe dich, Bernadette«, sagte er, seine Stimme klang zärtlich und tief. »Wenn aus dieser Liebe ein Kind entsteht, wird es wunderbar sein, aber ich kann genausogut in Zufriedenheit alt werden, wenn wir allein bleiben.«

»Das weiß ich«, erwiderte sie, »aber ich wünsche mir so sehr ein Kind von dir.«

Er zog sie hoch in seine Arme und küßte sie liebevoll. »Grüble nicht so viel darüber nach«, flüsterte er. »Die Zeit wird vieles richten.«

»Das hoffe ich!«

Aber wie bei jeder erfolgreichen Unternehmung gab es auch für sie einen Wermutstropfen. Es braute sich Ärger zusammen. Eduardos wachsende Viehherden fielen skrupellosen Männern auf, die aus dem spanisch-amerikanischen Krieg zurückgekommen waren und jetzt vor einer ungewissen Zukunft standen. Einige von ihnen schlossen sich zu Banden zusammen und begannen, Ranches zu überfallen und das Vieh wegzutreiben, um damit jenseits der Grenze in Mexiko eine eigene Existenz zu gründen.

Eines Nachts überfielen sie eine an der Außengrenze von Eduardos Ranch gelegene Weide und machten sich mit mehr als einhundert wohlgenährten Rindern aus dem Staub, die zur Auktion hatten geschickt werden sollen.

Als einer seiner Vaqueros die Nachricht vom Überfall überbrachte, legte Eduardo sofort seinen Revolvergürtel um und lud seine Winchester.

Bernadette erstickte fast an ihrer Angst, als er taub für ihr Flehen, sich nicht in Gefahr zu begeben, aus der Tür stürmte.

»Paß auf sie auf«, wies er Claudia an, während er sich den Hut aufsetzte. »Ich komme zurück, sobald ich kann. *Muchachos, vámonos!*« rief er seinen Männern zu, nachdem er sich in den Sattel geschwungen hatte. Dann übernahm er die Vorhut und ritt der kleinen, aber gut bewaffneten Schar voran.

Bei der Barron Ranch machte er halt, und Colston, der ebenfalls Tiere an die Viehdiebe verloren hatte, ließ einige seiner Männer aufsitzen und schloß sich mit ihnen seinem Schwiegersohn an.

Zusammen machten sie sich auf den langen, gefährlichen Weg nach Mexiko.

Voller Angst saß Bernadette am Fenster und trank unzählige Tassen schwarzen Kaffees, um wach zu bleiben. Am anderen Tag brachte Claudia ihr in aller Frühe Rühreier und Speck und bestand darauf, daß sie etwas essen mußte, um bei Kräften zu bleiben.

Als Bernadette eine Gabelvoll Rührei zum Mund führen wollte, geschah etwas Merkwürdiges. Mitten in der Bewegung mußte sie innehalten. Mit wachsender Übelkeit starrte sie die Gabel an, dann sprang sie plötzlich vom Tisch auf und rannte hinaus auf die hintere Terrasse. Die vielen Tassen Kaffee kamen wieder zum Vorschein. Claudia, alles andere als besorgt, stand neben ihr, klatschte in die Hände und strahlte vor Freude.

»Ich leide wie ein kranker Hund, und du stehst da, und lachst mich deswegen aus?« brachte Bernadette mühsam hervor. Immer noch schüttelte sie der starke Würgereiz.

»O nein, Señora, ich lache nicht über die Krankheit, sondern über den Grund dafür! Diese ganz besondere Krankheit wird in ein paar Monaten vorbei sein, und Sie werden statt dessen ein hübsches kleines Baby haben!«

Bernadette hielt den Atem an. Sie packte Claudia am Arm. »Glaubst du wirklich?«

Claudia nickte und grinste, als Bernadette sich erneut über die Balustrade erbrach. »O ja«, sagte Claudia. »Das glaube ich wirklich!«

14

Bernadette war überglücklich darüber, endlich ein Kind zu erwarten, doch ebenso groß war ihre Angst, Eduardo bei seinem gefährlichen Kampf gegen die Viehdiebe zu verlieren und zur Witwe zu werden.

Als die Übelkeit nachgelassen hatte, kehrte Bernadette auf ihren Wachposten am Fenster zurück und zwang sich, Häkelnadel und Garn zur Hand zu nehmen und sich zu beschäftigen. Ihre Hände zitterten und waren eiskalt. Bernadette dachte an das Baby, dann lächelte sie und begann, an einem winzigen Paar Strümpfe zu arbeiten. Sie würde Söckchen häkeln, denn das ließ sich einfach und schnell bewerkstelligen. Wenn sie sich auf eine Beschäftigung konzentrierte, würde die Zeit sehr viel schneller vergehen.

Sie malte sich aus, wie Eduardo auf diese Neuigkeit reagieren würde, und ihr Gesicht leuchtete bei diesem Gedanken auf. Er würde ein wundervoller Vater sein, und dieses Kind würde ihm helfen, den Tod seines ersten Sohnes zu bewältigen. Sie dachte an den Ausdruck, der sich in seinen Augen widergespiegeln würde, wenn sie es ihm sagte. Durch diese schönen Gedanken wurde ihre Angst vor der Entbindung gemildert, unvermindert groß jedoch blieb die Furcht, Eduardo würde vielleicht nicht zurückkehren.

Der Abend dämmerte schon, als Bernadette das Klappern von Pferdehufen hörte. Sie warf ihre Handarbeit zur Seite und lief hinaus auf die Veranda. Claudia folgte ihr auf dem Fuße. Suchend glitt ihr Blick über die Reiterschar, die vor dem Haus haltgemacht hatte. Voller Bangen hielt sie nach Eduardos hoher Gestalt Ausschau. Als sie ihn nicht entdecken konnte, schien es ihr, als wären ihre schlimmsten Befürchtungen wahr geworden, und die Tränen schossen ihr in die Augen.

»Eduardo!« schrie sie verzweifelt, ihre Finger krallten sich um das Geländer der Veranda. »Er ist nicht dabei! Claudia, er ist tot … er ist tot!«

»Aber nein, Señora, nein, nein!« rief Claudia und eilte herbei, um ihre Herrin zu stützen, die aus Verzweiflung zusammengesunken war. »Es geht ihm gut, Señora! Wirklich! Schauen Sie doch!«

Bernadette sah in die Richtung, in die Claudia zeigte. In einiger Entfernung folgte Eduardo jetzt zusammen mit ihrem Vater seinen Männern. Die Vaqueros waren unterdessen dabei, das Vieh, das sie den Dieben abgejagt hatten, auf die nahe gelegene Einfriedung zu treiben.

»Es geht ihm wirklich gut?« Bernadettes Stimme klang selbst für ihre Ohren leer und hohl. Kaum hatte sie diese Worte gesagt, entglitt sie Claudias Armen und fiel ohnmächtig zu Boden.

Claudia winkte wie wild mit den Armen, um auf sich aufmerksam zu machen. Eduardo und Colston gaben ihren Pferden die Sporen und kamen sofort herbeigeritten.

Eduardo sprang sofort aus dem Sattel, als er Bernadette am Boden liegen sah. Er hob seine bewußtlose Frau auf, während er Claudias unzusammenhängender Erklärung zuhörte, was geschehen war. Er trug Bernadette in den Innenhof und legte sie auf das Sofa. Sein Blick fiel auf die Handarbeit, die sie auf den Boden geworfen hatte. Mit Entzücken und mit Erschrecken erkannte er, was sie gehäkelt hatte.

»Bernadette!« rief er zärtlich und massierte besorgt ihre kalten Hände. *»¡Querida, dígame!«*

Wie durch einen Nebel klang seine Stimme an Bernadettes Ohren. Langsam schlug sie die Augen auf und sah Eduardos dunkle, besorgt dreinschauende Augen über sich. Sie lächelte und legte die Hand um sein Gesicht. Er ergriff sie und küßte sie inbrünstig.

»Geht es ihr gut? Mädchen, was ist denn passiert?« rief Colston Barron, der Eduardo voller Sorge um Bernadette begleitet hatte.

»Es war nur … ich war so froh, Eduardo lebend wiederzusehen«, flüsterte sie. »Ein Kind braucht beides, einen Vater und eine Mutter«, fügte sie hinzu. Das Glück, das sie empfand, war überwältigend.

»Ein Kind«, wiederholte Eduardo voll Freude. Er beugte sich über seine Frau und küßte sie fast ehrfürchtig auf das blasse Gesicht. »All diese Gedanken, die wir uns so umsonst gemacht haben. Es ist geschehen. Gott ist gut.«

»O ja, das ist Er«, bekräftigte sie leidenschaftlich.

»Ein Kind«, brummte Colston. Er schien eher besorgt als erfreut zu sein.

Bernadette blickte an dem strahlenden Eduardo vorbei auf ihren bedrückt wirkenden Vater. »Ich habe in New York mit einem Arzt gesprochen«, beruhigte sie ihn. »Er hat gesagt, daß ich bei einer Schwangerschaft nichts zu befürchten hätte, trotz der Tragödien in unserer Familie. Er hat gesagt, es würde mir gutgehen!«

Colston sah noch immer beunruhigt aus. »Du wirst sehr gut auf dich aufpassen, hörst du? Wenn du Krankenschwestern brauchst oder Ärzte, dann werde ich dafür sorgen, daß du sie bekommst, Mädchen.«

Sie lächelte glücklich. »Danke, Vater.«

Er räusperte sich und sah plötzlich sehr selbstzufrieden aus. »Ein Enkelkind zu bekommen ist ein wichtiges Ereignis«, erklärte er. Sein Gesicht begann zu strahlen. »He, ich könnte ihm alles über Eisenbahnen beibringen, nicht wahr? Und über Kobolde und Feen ...«

Bernadette lachte. »Und Eduardo kann ihm von seinen spanischen Vorfahren erzählen«, stimmte sie zu.

»Was für ein Erbe wird er eines Tages antreten können«, murmelte Eduardo zufrieden. »Und was für eine schöne Mutter er haben wird.« Mit offensichtlichem Vergnügen betrachtete er die Taille seiner Frau.

»Nicht nur das, sie wird auch eine perfekte Mutter sein«, stimmte Colston zu. »Sie hat sich immer um die Kinder der Vaqueros gekümmert. Sie wird eine ganz ausgezeichnete Mutter sein, ganz sicher!«

»Ich kann es kaum erwarten«, sagte Bernadette weich.

»Ich auch«, erklärte Eduardo. Aber trotz seiner Freude empfand er Sorge um Bernadette. Doch diese Angst verbarg er sorgfältig vor ihr.

In den Monaten, die nun folgten, erlebte die Rancho Escondido eine neue Blüte. Trotz Eduardos heftiger Proteste beharrte Bernadette darauf, sich auch weiterhin um die Verwaltung der Ranch zu kümmern. Die Überfälle der Viehdiebe hatten aufgehört. Von Tag zu Tag ging es Eduardo und Bernadette finanziell besser, und der Wohlstand kehrte ein. Sie kauften gutes Zuchtvieh und verkauften die Kälber mit großem Erfolg und Gewinn. Es sprach sich herum, daß sie erstklassiges Vieh züchteten, und eines Tages verkauften sie einige Tiere sogar nach Australien. Mit dem Schiff wurde das Vieh dorthin transportiert.

»Ich kann es kaum glauben, daß die Verkäufe unter Dach und Fach sind«, sagte sie zu Eduardo.

»Ich auch nicht.« Er schaute auf Bernadettes dicken Bauch und berührte ihn sanft. »Wie lange wird es noch dauern, Bernadette. Was glaubst du?«

»Der Doktor sagt, es kann jetzt jeden Moment so weit sein«, erwiderte sie.

Die Muskeln an seinem Kinn spannten sich an.

Bernadette schmiegte sich so eng an Eduardo, wie ihr gewaltiger Umfang es zuließ, und legte den Kopf an seine Brust. »Bitte, mach dir keine Sorgen. Ich verspreche dir, nicht zu sterben.«

Er lachte, aber sein Lachen klang hohl. Eduardo starrte in die Ferne, während er in Gedanken versunken über Bernadettes helles Haar strich. Sie war sein Leben. Wenn er sie jetzt verlor, wäre weder die Ranch noch etwas anderes es ihm wert, weiterzuleben.

»Ich verspreche es«, wiederholte Bernadette und sah zu ihm auf. »Eduardo, unser Leben ist bis jetzt nicht leicht gewesen, aber wir haben alle Probleme bewältigt. Glaubst du wirklich, Gott wäre so gnädig zu uns gewesen, nur um unser Glück jetzt zu zerstören? Wo es gerade erst beginnt?«

»Du läßt meine Ängste wie ein Sakrileg klingen«, murmelte er.

»Glaube versetzt Berge«, erwiderte sie einfach. Und lächelte. »Alles wird gut werden.«

»Also schön. Ich werde versuchen, mir keine Sorgen zu machen.«

Aber Eduardo *machte* sich Sorgen. Besonders, als Bernadette eines frühen Morgens atemlos und keuchend nach ihm rief. Ihre Fruchtblase war geplatzt, und sie lag inmitten der Lache auf dem Boden. Sie bat Eduardo, den Arzt zu holen.

Er wollte sie nicht allein lassen und schickte einen der Vaqueros in die Stadt. Dieser sollte auch Bernadettes Vater Bescheid geben.

Es schien Ewigkeiten zu dauern, bis der Doktor kam. Inzwischen wurde Bernadette von Schmerzen gepeinigt und weinte. Eduardo wußte nicht, wie er ihr helfen konnte. Hilflos hielt er ihr die Hand. Dann griff Claudia ein und schickte ihn aus dem Zimmer. Als der Doktor und Colston Barron fast gleichzeitig eintrafen, hatte Eduardo bereits eine halbe Flasche importierten schottischen Whisky geleert.

»Schenk mir auch ein Glas voll ein, Mädchen, aber ein großes« sagte Colston zu einer der Hausangestellten. »Jetzt ist die Zeit, um sich bis zur Besinnungslosigkeit zu betrinken.«

Aus blutunterlaufenen Augen sah Eduardo seinen Schwiegervater anklagend an. »Es dauert schon zwei Stunden«, sagte er mit erstickter Stimme. »Ich hab versucht, ins Zimmer zu kommen, aber der Doktor hat mich von einem meiner eigenen Männer hinauswerfen lassen.« Seine Schultern zuckten haltlos. »Sie hat so geschrien«, stieß er hervor und biß dann die Zähne zusammen. »Ich hätte die Tür einbrechen sollen! Dann wäre ich jetzt bei ihr! Aber sie hat mir zugerufen, daß alles in Ordnung wäre. Sie haben sich alle gegen mich verschworen, Bernadette und der Doktor.« Sein Gesicht verfinsterte sich, als er das Glas wieder an die Lippen setzte. Er sah Colston drohend an. »Wenn sie stirbt, dann werde ich ihn erschießen. Mitten durchs Auge!«

»Sie wird nicht sterben«, versuchte sein Schwiegervater ihn zu beruhigen. Er zeigte mehr Zuversicht, als er empfand.

»Ich werde jetzt mein Gewehr laden.«

»Trink lieber deinen Whiskey. Das Gewehr kannst du später immer noch laden.«

Eduardo wandte sich wieder der Flasche zu. Er starrte erst sein Glas und dann den Gewehrschrank an. Dann ließ er sich in den Sessel zurücksinken. »Ist vielleicht klüger, abzuwarten. Aber nur noch einen Moment!«

Sie tranken und redeten und sorgten sich noch eine weitere Stunde. Als der Arzt ins Zimmer kam, während er sich die Hände mit einem Tuch trocknete, lagen Eduardo und Colston quer in ihren Sesseln und befanden sich in einer geradezu mitleiderregenden Verfassung. Beide waren nur noch halb bei Besinnung und kaum mehr in der Lage, sich aufzusetzen.

Der Doktor grinste. »Bernadette geht es gut. Es ist ein Junge …«, verkündete er.

»Ein Junge. Ein Sohn. Lob Gottes!« lallte Eduardo undeutlich.

Sein Schwiegervater meldete sich. »Glückwunsch, mein Junge, Glück –«

»… und ein Mädchen«, fuhr der Doktor fort.

Eduardo blinzelte. Er war sich nicht sicher, daß er richtig gehört hatte. »Sie haben gesagt, ein Junge«, wiederholte er.

»Ja, das habe ich.«

»Und jetzt haben Sie Ihre Meinung geändert, und es ist ein Mädchen?«

Der Doktor lachte. »Sie werden morgen einen Schädel haben so groß wie ganz San Antonio. Es sind ein Junge *und* ein Mädchen«, sagte er. »Zwillinge.«

»Zwillinge!« Colston schenkte sich noch einen Whiskey ein. »Gott sei gelobt, Zwillinge!«

»Bernadette möchte Sie beide gern sehen«, fuhr der Doktor fort. Er schüttelte den Kopf, als er sich umwandte.

»Gott weiß, warum«, fügte er leise hinzu, als beide sich bemühten, auf die Beine zu kommen.

Sie waren viel zu betrunken, selbst wenn er lauter gesprochen hätte, hätten sie die Worte des Arztes nicht verstanden. Arm in Arm, um sich gegenseitig zu stützen, wankten sie hinter dem Arzt den dunklen Korridor entlang bis vor das Zimmer, aus dem unüberhörbar das Weinen winziger Babys drang.

»Sehr gut, kräftige Lungen«, murmelte der Arzt und öffnete die Tür. Claudia kam auf sie zu, in jedem Arm eines der Kinder. »Und Ihre Frau kann ich da mit einschließen. Während der ganzen langen Prozedur hat ihr das Asthma nicht einmal zu schaffen gemacht.« Er grinste. »Ich glaube, ich werde einen Artikel über sie schreiben.«

»Que guapos son«, sagte Claudia mit einem strahlenden Lächeln, als sie Eduardo die beiden kleinen Bündel zeigte. »Sie sind wunderschön, Señor.«

»Wunderschön«, wiederholte er, und berührte voller Staunen die beiden winzigen Gesichter. »Wie meine Bernadette.«

Während Colston seine Enkelkinder bewunderte, ging Eduardo zu einer sehr erschöpften, todmüden Bernadette und setzte sich zu ihr auf die Bettkante. Bernadette brachte es trotz Erschöpfung fertig, ihren Mann anzulächeln und die Hand zu heben, um ihn zu sich herunter zu ziehen.

Sie küßte ihn zart. »Wir haben zwei Kinder«, flüsterte sie schwach. »Einen Sohn und eine Tochter.«

»Und du lebst, so wie du es mir versprochen hast«, sagte er. Er küßte sie. »Bernie, ich bin ziemlich betrunken.«

Sie lachte über den ungewohnten Kosenamen, den er ihr gerade gegeben hatte. »Ich würde sagen, schrecklich betrunken«, schalt sie ihn liebevoll. »Hast du mir denn nicht vertraut?«

»Ich habe es versucht«, sagte er. »Aber weißt du, es ist schwer, wenn jemand vor Schmerzen schreit.« Seine Augen strahlten sie an. »Ich liebe dich mehr als mein Leben«, flüsterte er zärtlich. »Danke, daß du dein Versprechen gehalten hast. Und danke für unsere Kinder.«

Sie schmiegte das Gesicht gegen seine Schulter. »*Ich* danke *dir*.«

Eduardo schaute hinüber zu seinem Schwiegervater. Dieser hatte sich in einen Sessel gesetzt, wiegte seine beiden Enkel in den Armen und summte ihnen ein Lied vor. Bernadette hob den Kopf und folgte Eduardos fasziniertem Blick. Beim Anblick ihres Vaters mit seinen Enkelkindern füllten sich ihre Augen mit Tränen.

»Glaubst du an Wunder, Eduardo?« flüsterte sie. Bernadette dachte daran, wie tief der Graben gewesen war, der sie und ihren Vater einst getrennt hatte, und wie freudlos und traurig ihr Leben noch vor einem Jahr gewesen war. So vieles hatte sich verändert. Ein so großes Glück hatte sie sich nie vorstellen können.

»Ja, ich glaube an Wunder«, erwiderte er leise, und dabei sah er Bernadette an.

Sie lächelte ihn an. Sie hatten zwei allerliebste Kinder, eine gutgehende Ranch, und die Welt hieß sie mit offenen Armen willkommen. Bernadette fragte sich, ob das alles nur ein Traum war.

»Eduardo, würdest du mich einmal kneifen – nur für den Fall?« bat sie ihn.

Er lachte, denn er wußte, was sie meinte. »Mit Vergnügen, aber du mußt mich wiederkneifen.« Er beugte sich zu ihr. »Aber vielleicht sollten wir es nicht darauf ankommen lassen, Liebste. Denn falls ich träume, dann laß mich nie wieder aufwachen!«

Bernadette konnte vor Glück nichts sagen. Sie lächelte

und küßte Eduardo. Die leise gesummte Melodie eines irischen Schlafliedes schwebte durch den Raum. Noch nie in ihrem Leben hatte Bernadette ein so wunderschönes Lied gehört.

ENDE

Vor dem Bürgerkrieg war Cassandra Valcour eine umworbene Südstaatenschönheit, doch nun kennt man sie nur unter dem Namen ›Füchsin‹, denn sie ist zur listigen Blockadebrecherin geworden.
Die Yankees haben einen hohen Preis auf ihren Kopf ausgesetzt, aber bisher konnte Cassandra ihnen stets entkommen. Vorübergehend zieht sie sich auf die Bermudas zurück, doch statt dort ein wenig Atem schöpfen zu können, gerät sie in größte Gefahr: Sie begegnet Nicholas Forrester – gutaussehend, charmant, ein Verführer. Cassandra verfällt ihm vom ersten Augenblick an, ohne zu ahnen, daß er ein Geheimnis hütet. Denn er ist ein Spion der Nordstaaten ...

ISBN 3-304-18243-X

BASTEI LÜBBE

Erfüllt von Liebe und Frieden war die Zeit, die Tess Meredith und Raven Following zusammen in Montana verbrachten, und Tess hatte geglaubt, daß ihr Glück niemals enden würde – bis Raven sie verlassen mußte.
Er baute sich in Chicago ein neues Leben auf, nahm einen neuen Namen an. Aber Tess war nicht bereit, seine Flucht einfach hinzunehmen. Mühsam folgte sie seinen Spuren, die er so sorgfältig verwischt hatte, und als sie ihn endlich gefunden hatte, begann sie, um den Mann zu kämpfen, der ihr alles bedeutete.
Da mußte Raven schließlich erkennen, daß er machtlos war gegen die Waffe, die diese Frau gegen ihn einsetzte: ihre leidenschaftliche Liebe ...

ISBN 3-304-18242-1

BASTEI LÜBBE

Ganz Paris liegt der bezaubernden Adelaide de Chevenoy zu Füßen. Nicht nur, weil sie eine hinreißende Schönheit ist und mit ihrer frischen, natürlichen Art so ganz anders als die blasierten Damen in Paris. Adelaide de Chevigny gilt außerdem als Erbin eines des größten Vermögen des Landes, was sie noch um so reizvoller macht. Dabei ahnt niemand, daß sie eine Schwindlerin ist, die der echten Adelaide täuschend ähnlich sieht.
Die Engländer haben sie, die in Wirklichkeit Lily D'Artiers heißt, in geheimer Mission nach Frankreich geschickt, um Napoleon eins auszuwischen. Begleitet wird Lily von Webb Dryden, einem hinreißenden, charmanten Abenteurer – dem Mann, dem sie schon längst mit Leib und Seele verfallen ist ...

ISBN 3-404-18241-3

BASTEI LÜBBE